Ernest Zederbauer

Mord im Herrschaftswald

Ernest Zederbauer

Mord im Herrschaftswald

Ein Waldviertel-Krimi
mit Kommissar Reinhart Kalteis

KRAL VERLAG

J. F. Kennedyplatz 2, 2560 Berndorf
E-mail: office@kral-verlag.at, www.kral-verlag.at

Umschlag und Buchgestaltung: Tina Gerstenmayer,
D&K Publishing Service, Wien | www.dkwp.at
Schrift: Palatino Linotype

Erschienen in Berndorf im Herbst 2023
ISBN 978-3-99103-153-6
Erste Auflage / Gedruckt in der EU

2022

1.

Am Sonntag, den 11. Juli 2021, exakt um 4.30 Uhr, riss das Telefon den jungen Polizisten Thomas Reininger aus seinem Dämmerschlaf. Sein Nachtdienst auf der Polizeiinspektion Hochstätt im oberen Waldviertel war ohne besondere Vorkommnisse verlaufen, doch er war müde und so griff erst nach einer kurzen Schrecksekunde zum Hörer. Zuerst war ein leises Schnaufen zu vernehmen.

„Ich habe eine tote Frau gefunden im Herrschaftswald bei der großen Esche!" Das leise Schnaufen ging weiter.

„Hier ist Inspektor Reininger, der diensthabende Polizist. Nennen Sie mir bitte Ihren Namen und wiederholen Sie in aller Ruhe den Vorfall!"

Wieder war ein leises Schnaufen zu hören, dann war die Leitung tot. Reininger starrte das Telefon an, doch dieses traf keine Schuld, weil der Anrufer aufgelegt hatte. Er seufzte kurz, kritzelte auf seinen Notizblock: „Tote Frau, Herrschaftswald, große Esche, anonymer Anrufer, 11. 7., 4.30 Uhr." Einen kurzen Moment war er unschlüssig, was er tun sollte. Es hatte schon des Öfteren anonyme Anrufe gegeben, manchmal im Suff, manchmal als Lausbubenstreich. Doch es war seine Pflicht, den Anruf ernst zu nehmen.

Also tat er das, was er immer tat, wenn etwas unklar war, er riss nun seinerseits seinen Chef, Inspektionskommandant Ignaz Seipelt, aus dessen Schlaf.

„Was ist Burschi, hast du Bauchweh, oder kannst du nicht aufs Klo, weil du mich aufweckst?" Reininger ärgerte sich immer, wenn ihn der Chef als kleinen Buben abstempelte.

Nun wurde er laut. „Nein, viel schlimmer. Ein anonymer Anrufer hat gemeldet, dass er eine tote Frau gefunden hat, im Herrschaftswald bei der großen Esche, wo immer diese auch stehen mag. Was soll ich tun?"

„Ich weiß, wo diese Esche steht. Hol mich in zehn Minuten ab, ich zieh mich schnell an."

Eine halbe Stunde später hielten die beiden am Waldrand. Seipelt stapfte voran, die Esche stand hundert Meter weiter weg im Wald. In einer kleinen Mulde, gut ausgepolstert mit Moos, lag eine tote Frau in einem geblümten Sommerkleid. Sie lag am Bauch, den Seidenschal fest um den Hals geschlungen. Seipelt kniete sich nieder, hob ihren Kopf an, warf einen Blick in die toten Augen, sprang wie von Furien gehetzt auf, drehte sich panikartig um und spie ins Moos. Reininger konnte sich ob er Reaktion seines Chefs nicht genug wundern.

„Kennst du die Frau etwa, ist es eine von deinen Freundinnen?"

Seipelt griff sich an den Hals, rang nach Fassung.

„Es ist Dagmar Trutzbichler, die Frau einer hochgestellten Persönlichkeit Hochstätts. Was hat denn die hier mitten in der Nacht zu suchen?" Seipelt war fertig mit sich und der Welt. Ging ein paar Schritte weg, wollte sich seine Befangenheit nicht anmerken lassen.

Reininger riss ihn aus seiner chaotischen Gedankenwelt. „Was sollen wir jetzt tun?"

Seipelt fasste sich rasch. „Hol das Absperrband aus dem Wagen, wir haben es hier mit einem Mordfall zu tun!"

„Warum muss es Mord sein, könnte sie nicht auch an einem Herzinfarkt oder Ähnlichem gestorben sein?", kam postwendend die Frage des jungen Kollegen.

„Hast du die roten Punkte in ihren Augen nicht gesehen, das sind Stauungsblutungen. Die sind ein sicheres Zeichen, dass die Frau erwürgt wurde, wahrscheinlich sogar mit ihrem eigenen Schal."

Sie sicherten den Tatort in einem Umkreis von fünfzig Metern. Spannten das Band vorsichtig von Baum zu Baum.

„Wir dürfen keine Spuren zertrampeln, sonst bekommen wir Probleme mit der Spurensicherung." Seipelt blickte auf seine Uhr. „Es ist bereits sechs, der Bäcker hat schon offen. Fahr in die Stadt und lass dir ein paar Buttersemmeln streichen und nimm zwei Flaschen Cola dazu. Ich werde einstweilen das LKA in St. Pölten verständigen, hoffentlich hat der Kalteis Dienst! Das ist eine legendäre Gestalt unter den Kriminesern. Der scheißt sich zwar nichts um die Hierarchie, ist aber der fähigste Ermittler im ganzen Land. Über den seine Aufklärungsquoten können sich die andern nur wundern! Kannst du dich noch auf den Fall Hieminger erinnern? Dass war ein Riesenauflauf damals vor sechs Jahren, der erste Mord in Hochstätt seit Menschengedenken! Dieser Hieminger war ein scharfer Hund auf dem Finanzamt, überall wo der in den Betrieben kontrolliert hat, ist fürwahr kein Auge trocken geblieben. Wenn der in der Buchhaltung irgendetwas finden wollte, dann hat er es gefunden. Da gab es stets Nachzahlungen oder saftige Geldstrafen. Bei den Bauern, die er beim Schnapsbrennen wegen der Versteuerung kontrolliert hat, war er als Schnorrer bekannt. Da kam er mit einer leeren Tasche an und wenn er ging, war sie voll. Für ihn war es ein Gewohnheitsrecht, dass man ihm Geselchtes, Eier, selbstgebackenes Brot und ein, zwei Flaschen Schnaps aus dem Vorjahr als Obolus zusteckte. Wenn er damit zufrieden war, blieb die Kontrolle gegenstandslos. Die perversen Spielchen mit seiner Putzfrau sind ihm zuallerletzt zum Verhängnis geworden und er wurde abgemurkst. Anfänglich hat es ein bisschen gedauert, aber der Reinhart hat sich so richtig in den Fall verbissen und dann ist es relativ schnell gegangen mit der Aufklärung!"

Seipelt drängte Reininger förmlich aus dem Wald. Als dieser abfuhr, brachen seine Schranken endgültig. Vorsichtig schlüpfte er unter dem Absperrband durch und strich der Toten zärtlich über das Haar. Mittlerweile war es heller geworden, die ersten, flachen Sonnenstrahlen strichen fingergleich über das Moos, blieben sekundenkurz am blonden Haar der Toten hängen, um sogleich wieder weiter zu gleiten. Sie war ihm keineswegs so fremd, wie er seinen Kollegen glauben machte. Er hatte sie schon lange nicht mehr gesehen, war ihr aus dem Weg gegangen, so gut es in der Enge einer Kleinstadt überhaupt möglich ist. Nun lag sie da vor ihm, tot, mausetot - und die Gespenster der Vergangenheit überwältigten ihn, raubten ihm den Atem. Ihr erstes schicksalhaftes Treffen war nicht weit von hier vonstatten gegangen, auf einem der Güterwege, die den Wald kreuzten.

Es war an einem Dienstag gewesen, immer waren es Dienstage, nur Dienstage. Durch Zufall hatte er erfahren, dass sich Dagmar an jedem ersten Dienstag im Monat mit ihren Freundinnen in einem Tanzlokal in der Nähe traf. Weil dabei immer Alkohol im Spiel war, vermied sie bei ihrer Rückfahrt die Hauptstraße und benutzte für die letzten Kilometer bis zu ihrem Haus diesen Güterweg. Sie hatte ihm immer schon gefallen, diese wunderschöne Frau, der es in ihrem goldenen Käfig zu langweilig war. Ihr Mann Rüdiger war Vorstandsvorsitzender in einem internationalen Konzern. Ein blendender, hochgebildeter Chemiker auf der höchsten Sprosse seiner Karriereleiter, der es nicht duldete, dass seine Frau ihrer Arbeit in der Bank weiter nachging. Im Laufe der Jahre mutierte sie vom Luxusweibchen zur unbefriedigten, zutiefst unglücklichen Frau in einer schönen Villa mit einem Pool und all den

Annehmlichkeiten, um die sie von ihren Hochstätter Geschlechtsgenossinnen beneidet wurde.

Es war einfach gewesen. Er hatte ihr im Wald aufgelauert und sie angehalten. Sie kurbelte das Fenster herunter.

„Ihren Führerschein bitte“, herrschte er sie an, wollte sie einschüchtern, vertraute auf die Macht seiner Uniform. Sie kramte in ihrer Handtasche herum, fischte das besagte Dokument heraus und reichte es Seipelt mit zittriger Hand.

Dieser spielte das böse Spiel unbarmherzig weiter. „Könnte es sein, dass Sie etwas zu viel getrunken haben? Steigen Sie bitte aus!“

Er ließ sie in das berühmte Röhrchen blasen und lachte auf.

„Das sind 1,8 Promille, meine Dame, dass ist eindeutig zu viel des Guten. Das kostet Sie eine saftige Geldstrafe und den Führerschein können Sie auch für ein halbes Jahr vergessen!“

Sie begann zu weinen, umklammerte seinen rechten Arm. „Herr Seipelt“, stammelte sie, „du kennst mich doch, ich kann mir keinen Skandal leisten, sei doch nicht so streng mit mir!“ Ihre Tränen bahnten sich den Weg weiter in das Tal ihrer Brüste, hinunter in den tiefen Ausschnitt. Er folgte jeder einzelnen mit gierigem Blick.

Urplötzlich drehte sich die Situation zu ihren Gunsten, sie wurde vulgär und ihr weiblicher Instinkt schaffte sich freie Bahn. Sie warf sich auf die Motorhaube ihres schicken Kabrios und riss ihr Kleid in die Höhe.

„Du willst mich doch vögeln, du geiler Bock. Komm her, bedien' dich, pflüge ein brachliegendes Feld, das ist es doch, was du willst!“

Nun brachen bei ihm alle Dämme. Er stürzte sich gierig auf sie und gab ihr alles, was er hatte. Sie schrie ihre Lust in die verschwiegene Stille des Waldes. Fünf Monate lang trieben sie das Spiel „böser Cop und böses Mädchen“, immer am ersten Dienstag im Monat, immer an derselben Stelle, bis es ihm zu viel wurde. Ihre sexuellen Phantasien wurden immer bizarrer, währenddessen seine Leidenschaft im selben Maß abflaute, und er sich nur mehr als ihr personifiziertes Sexspielzeug sah. Kam sich vor wie ein Gemeindestier, zu dem man stierige Kühe trieb. Schlechtes Gewissen machte ihm zu schaffen, die Angst, dass diese leidenschaftliche Affäre publik würde, schnürte ihm die Kehle zu. Alles, was er sich aufgebaut hatte, wäre mit einem Schlag zu Ende. Seine Karriere als Polizist, seine Ehe, seine Stellung in der Gesellschaft der kleinen Stadt. Er wusste Bescheid über die triviale Ethik, die hier herrschte, über die Gefahr, zur Zielscheibe von Spott und Hohn zu werden. Seine Kollegen betrachteten ihn plötzlich mit Argwohn, als einem von ihnen auffiel, dass der Chef immer an denselben Dienstagen Nachtdienst machte und noch dazu allein, was allgemein nicht die Regel war. Aber auch seine Frau wurde immer misstrauischer, spürte, mehr als sie wusste, dass etwas im Busch war, wenn er ihr am Mittwoch danach aus dem Weg ging und im Hause herumschlich wie das schlechte Gewissen in Person. So also beendete er das gefährliche Spiel mit dem Feuer, woraufhin ihn Dagmar wochenlang mit obszönen Anrufen bombardierte.

Und nun lag sie tot vor ihm, gebettet im feuchten Moos und ließ die Alarmglocken in seinem Gehirn laut aufbrüllen. Was hatte sie hier zu suchen gehabt, nachts im dunklen Wald? War sie einem neuen Spiel ihrer Begierde zum Opfer gefallen? Mit wem hatte sie sich hier getroffen? Einem Liebhaber, der nicht erkannt werden wollte? Eine prominente Persönlichkeit etwa?

Reininger riss ihn aus seiner trüben Gedankenwelt. „Hast du ein Problem mit der Toten? Warum starrst du sie so an? Geht dir ihr Tod so nahe?“

Seipelt fuhr herum. Er hatte seinen Kollegen nicht kommen gehört, fuhr ihn unwirsch an. „Spiel dich bloß nicht auf, als ob ein Mord in Hochstätt zur Tagesordnung gehört. Natürlich geht einem so was unter die Haut. Oder bist du so abgebrüht, dass du wirklich nichts empfindest, wenn du in aller Herrgottsfrühe vor einem Mordopfer stehst?"

Schweigend verzehrten sie ihr Frühstück. Seipelt blickte immer wieder auf die Uhr. „Schön langsam könnten sie schon andampfen, die Freunde vom LKA, wir können ja nicht stundenlang im Wald herumstehen!"

Reininger schüttelte den Kopf. Die Reaktionen seines Chefs kamen ihm übertrieben vor. Es war zwar sein erster Mord, bei dem er ermitteln durfte, doch das Mordopfer ließ ihn kalt. Hatte er es der Abgebrühtheit seiner Jugend zu verdanken, die sich nicht mit dem Tod beschäftigte, wie einer der älteren Generation? Insgeheim aber nahm er sich vor, der Sache auf den Grund zu gehen. Gab es irgendeine Verbindung zwischen Seipelt und der Toten? Wenn ja, dann galt er als befangen und müsste von der Ermittlung ausgeschlossen werden. Als Kommandant der Polizeiinspektion Hochstätt gehörte er zu der gesellschaftlichen Elite des Städtchens. In seiner Position war es nur natürlich, dass er auch mit anderen Prominenten zusammenkam. Bei feierlichen Anlässen wie Eröffnungen, Jubiläen oder Bällen gehörte er zweifellos zu den Ehrengästen. Der Verdacht lag nahe, dass er die Tote wesentlich besser kannte, als er zugab. Vielleicht, so dachte er, sollte er dem Kommissar vom seltsamen Verhalten des Chefs berichten.

Reininger war auf einen Bauernhof in der Gegend von Arbesbach aufgewachsen und hatte nach der Hauptschule die Landwirtschaftliche Schule Edelhof besucht. Seinen Präsenzdienst hatte er in der Kuenringerkaserne in Weitra geleistet.

Als sein Vater starb, übernahm der ältere Bruder den Hof und er meldete sich bei der Polizei. Nach seiner Ausbildung an der Sicherheitsakademie war Hochstätt sein erster Posten. An und für sich war Seipelt kein schlechter Vorgesetzter, doch wenn er ihn mit Burschi ansprach, dann ärgerte Reininger sich. Schließlich konnte er nichts dafür, dass er der jüngste unter den Kollegen war. Doch er hatte die Ausbildung zum Polizisten mit Bravour gemeistert und war immer der Jahrgangsbeste gewesen. Jetzt aber machte er sich Gedanken, warum der Chef so emotional wegen des Mordes reagierte. Irgendwas war faul an der Sache. Doch er war gespannt auf die Arbeit der Kollegen von der Kripo, denn er war noch nie bei der Aufklärung eines Mordfalls dabei gewesen.

„Geh hinaus bis zum Güterweg, damit dich die Kollegen sehen und bring sie hierher“, wies ihn Seipelt an. Zehn Minuten später war es so weit. Reininger kam zurück, mit Kommissar Kalteis und dem Gerichtsmediziner Dr. Baumgartl im Schlepptau.

„Grüß dich Ignaz“, trompetete Kalteis heraus, „was ist denn bloß los in deinem Kaff? Zwei Morde innerhalb von sechs Jahren, damit wird Hochstätt fast schon zur Mordstätt! Was haben wir heute, wieder einen toten Finanzbeamten?“

„Servus Reinhart“, kam die Antwort. „Nein, heute haben wir es mit einer Dame aus den ‚oberen Zehntausend‘ Hochstätts zu tun, du kannst dich schon auf reges Interesse der Öffentlichkeit gefasst machen! Die Meldung ihrer Ermordung wird wie eine Bombe einschlagen! Eine fesche Frau, mitten aus ihrem blühenden Leben gerissen, eine Einheimische, die alle kannten! Wo bleiben die Techniker?“

„Die kommen ein paar Minuten später“, entgegnete der Kommissar. „Die haben doch erst ihre silbernen Koffer einladen müssen.“ Er musste lachen wegen des Begriffes der oberen Zehntausend, wo doch Hochstätt nur zweitausend Einwohner hatte und das auch nur, wenn alle da waren! Bei dem Fall Hieminger vor sechs Jahren hatte er sich mit dem mittelalterlichen Städtchen vertraut gemacht und er freute sich, wieder ein paar Tage hier verbringen zu dürfen.

Kalteis betrachtete die Tote von allen Seiten. Ging in die Hocke, sah ihr ins Gesicht. Stand wieder auf und musterte die Umgebung. Man sah es ihm förmlich an, wie er den Fundort auf sich einwirken ließ, sich die örtlichen Gegebenheiten einprägte. Es war ein lichter Hochwald mit großmächtigen Fichten, dichtem Heidelbeergestrüpp und dann und wann eine feuchte Stelle mit üppigen, sattgrünen Moospolstern. Inmitten so einer Mulde lag die Tote im Moos wie aufgebahrt, bewusst auf die weiche Unterlage drapiert. Unwillkürlich kam ihm der Gedanke, dass der Mörder mit ihr vertraut gewesen war und sie deshalb so außerordentlich rücksichtsvoll gebettet hatte. Er verwarf diesen Gedanken sofort wieder, denn es wäre mehr als paradox, einen Menschen zuerst zu töten und dann sich zu bemühen, dass er ein weiches Totenbett vorfand. Rasch schüttelte er diesen Ausflug in eine paranoide Gedankenwelt wieder ab und wandte sich sodann an den Gerichtsmediziner. „So, jetzt gehört sie dir!“

Doktor Baumgartl, der sich erstmals im Waldviertel mit einem Mordopfer beschäftigte, war eine eindrucksvolle Erscheinung. Vierzig Jahre alt, mehr breit als hoch, trug er seinen kugelrunden Bauch wie eine Trommel vor sich her. Als er sich im Moos niederkniete, glänzten Schweißperlen auf seiner Stirn. Gemächlich, mit aufreizender Langsamkeit begann er mit der Untersuchung der Toten. Die geringste Bewegung wurde von einem Seufzer begleitet. Immer wieder rutschte ihm die Brille mit ihren zentimeterdicken Gläsern auf die Nasenspitze. Immer wieder schob er sie zurück. Kalteis half ihm mit einer Eselsgeduld. Er stopfte ihre Sachen in einen Plastiksack, sie würde alsbald im Labor landen und dort akribisch genau auf Spuren untersucht werden. Auf Fingerabdrücke, Hautpartikel, Textilfasern, Sperma, Blut oder etliche andere, teilweise winzig kleine Spuren, die man dem Täter zuordnen konnte. Dr. Baumgartl maß ihre Rektaltemperatur und untersuchte sie nach oberflächlichen Verletzungen. Hob eine leblose Hand in die Höhe, schaute sich die Fingernägel an. Drehte den Kopf der Toten zur Seite, leuchtete ihr in die Augen, untersuchte ihren Hals nach Würgemalen. Dann holte er sein Diktaphon aus der Tasche und hielt die ersten Eindrücke in kurzen Worten fest.

„Todeszeitpunkt gestern, zwischen 22 und 24 Uhr. Sie wurde mit ihrem eigenen Schal erdrosselt. Ich vermute, dass sie ihrem Mörder davonlaufen wollte, er hat sie eingeholt, von hinten die flatternden Enden ihres Schals ergriffen und fest angezogen. Durch den raschen Stopp ihrer Vorwärtsbewegung hat er ihr den Kehlkopf eingedrückt und sie erdrosselt. Sie hatte keine Chance, deshalb sind auch keine Abwehrverletzungen zu sehen. Würgemale am Hals. Leichenflecken am Rücken und an der Vorderseite! Keine Spuren einer Vergewaltigung!"

Der Gerichtsmediziner schaltete sein Diktaphon aus und blickte Seipelt an. „Habt ihr die Tote umgedreht?"

„Nein", kam rasch Seipelts Antwort. „Sie ist so auf dem Bauch gelegen und ich habe nur ihren Kopf leicht angehoben und ins Gesicht geschaut. Da habe ich festgestellt, dass es die Frau Trutzbichler ist!"

„Wenn das so ist, dann sind Fundort und Tatort nicht identisch. Denn die Totenflecken am Rücken sind älter als die an der Vorderseite! Die Frau muss zuvor einige Stunden auf dem Rücken gelegen sein. Es gibt jetzt zwei Möglichkeiten. Entweder ist sie hierher transportiert worden oder sie wurde zwei, drei Stunden nach ihrem Tod hier umgedreht. Mehr kann ich erst sagen, wenn ich sie auf dem Tisch gehabt habe. Da könnt ihr euch jetzt ins Zeug legen auf der Suche nach dem Tatort!"

Kalteis seufzte. „Also muss das Mordopfer mit irgendwas von irgendwem transportiert worden sein. Die Frage ist nur, ob der Mord direkt hier im Wald passiert ist oder die Tote von weiter weg hierher gebracht wurde. Wenn aber der Mörder nicht auch der Transporteur war, dann müssen wir nach zwei Beteiligten suchen. Die Spurensicherung muss alle Abdrücke auf dem Weg untersuchen. Jeder davon könnte uns zum Mörder führen!"

Zehn Minuten später traf das Team der Kriminaltechniker ein und machte sich sogleich an die Arbeit. In ihren Overalls, scherzhaft Ganzkörperkondom genannt, sahen sie wie Wesen von einem anderen Stern aus. Gruber, der Chef der Spurensicherung, kurz SpuSi genannt, begrüßte die Kollegen.

„Servus, Kollege Seipelt, war dir wieder einmal fad beim Strafzettelschreiben in der Kurzparkzone? Aber musste es ausgerechnet ein Mord sein, um euch da hoch oben in der Provinz aus eurer Lethargie zu reißen?"

Seipelt zeigte ihm den Stinkefinger. Das Gerede von der Provinz ärgerte ihn maßlos. Geboren 1970 in einem kleinen Dorf im Südburgenland, lernte er nach seiner Ausbildung zum Polizisten in der Therme Lutzmannsburg seine Elli kennen. Bis zu jener schicksalshaften Begegnung war ihm sowohl Hochstätt als auch das Waldviertel fremd. Als sie nach einem Jahr heirateten, wurde Hochstätt seine zweite Heimat. Er fühlte sich auf Anhieb wohl hier in diesem grün- und braungebuckelten Landstrich mit den riesigen Wäldern, den tief eingeschnittenen Flusstälern und der Vielzahl an gewaltigen Steinformationen aus Granit, welche die abgeklärte Weisheit des Alters ausstrahlten. Sein Geburtsort hatte gerademal neunzig Einwohner, die zum Großteil in der Landwirtschaft und im Weinbau tätig waren. Als er nach Hochstätt kam, wurde er plötzlich mit einer völlig anderen gesellschaftlichen Struktur konfrontiert. Die überaus gesunde soziale Durchmischung der Bewohner tat ihm gut. Hier wohnten höhere Beamte neben extravaganten Künstlern, Arbeiter neben Handwerkern, Kaufleute neben Lehrern, es gab drei Gasthäuser, eine Konditorei, drei Supermärkte, einen Fleischer, zwei Bäcker, zwei Ärzte, einen Zahnarzt, eine Theatergruppe und eine Handvoll an Vereinen. Er fühlte sich hier pudelwohl, sowohl privat als auch beruflich. An seinen freien Tagen unternahm er ausgedehnte Wanderungen, besuchte mit seiner Frau all die vielen Burgen und Schlösser, die es hier gab und lernte dieses gottgesegnete Land immer besser kennen. Seine Tätigkeit als Polizist war wohltuend einfach und beschränkte sich auf Verkehrskontrollen, Überwachung der Kurzparkzone und im Höchstfall mit kleinen Diebstählen. Die Kriminalitätsrate war der einzige Faktor, der dem Ausdruck provinziell am nächsten kam, denn sie lag faktisch bei null! Vom Arbeitspensum her war er nicht herzinfarktgefährdet, sein beruflicher Alltag angenehm stressfrei und würde es voraussichtlich bis zu seiner Pensionierung bleiben. Dagmars Ermordung war beruflich gesehen ein Glücksfall, da er die eintönige Alltagsroutine unterbrach. Von der emotionalen Seite her gesehen aber eine persönliche Katastrophe. Nun war es ihm peinlich, vor seinem jungen Kollegen so emotional reagiert zu haben. Doch im Grunde war es ihm egal. Schließlich war er sein Chef und konnte tun und lassen, was er wollte. Reininger war ihm unterstellt und hatte zu gehorchen. Dieser war sein kleinstes Problem und so schwor er sich, nach außen hin seine urplötzlich aufgetretene Gewissensangst maskenhaft zu verbergen. Eine tiefe Furcht hatte ihn beim Anblick der Toten überfallen und sich seiner Seele bemächtigt. Wie würde seine

Frau auf Dagmars Tod reagieren? Schließlich war sie die Kusine der Toten und ständig in ihrem Schatten gestanden, da diese schöner, intelligenter und reicher als sie selbst, noch dazu besser verheiratet war und auch noch einen luxuriösen Schwimmingpool hatte. Den er aber wiederum nicht brauchte, da er viel lieber im nicht chlorierten Badeteich schwamm.

Welche Rückschlüsse würde man in der Öffentlichkeit über ihren Tod ziehen, noch dazu, da man ihr immer ein Naheverhältnis zu ihm, Seipelt, angedichtet hatte? Unwillkürlich musste er an Sigmund Freud denken, nach dessen These sich der Mensch ständig in Konflikt mit seinen Triebwünschen, also dem >Es<, und den Anforderungen der Gesellschaft, dem >Über-Ich<, befindet. Fünfmal in seinem Leben hatte er diesen Trieben nachgegeben und nach den Gesetzen der Kirche eine Todsünde begangen. Würde er jetzt dafür bestraft werden? Nach all diesen Jahren, in denen er stets versucht hatte, sein Gewissen reinzuwaschen, holte ihn die Vergangenheit wieder ein. Doch er schüttelte seine schwarzen Gedanken ab wie Regenwasser von seiner Pelerine und kehrte zu den Leuten von der SpuSi zurück.

Das Team machte sich sofort an die Arbeit. Der Fundort wurde von allen Seiten fotografiert, dann wurde die ehemals gefeierte Schönheit der Hochstätter High Society in den Kombi verfrachtet, um alsbald am Nirostatisch der Gerichtsmedizin zu landen.

Kalteis nahm die Techniker ins Gebet. „Kämmt alles im weiten Umkreis nach Spuren ab. Der Mord fand nicht hier statt, sondern anderswo. Der Täter muss sie mit irgendeinem Fahrzeug hierher gebracht haben. Der Doktor und ich fahren mit der Toten nach St. Pölten. Morgen komme ich mit meinen Leuten, Seipelt, du kannst derweilen dein Büro räumen, denn dort werden wir uns für die nächste Zeit einnisten!“

2.

Seipelt und Reininger verfolgten mit Argusaugen die Millimeterarbeit der Techniker. Für beide war der mysteriöse Mord tatsächlich eine wohltuende Abwechslung von der alltäglichen Routine, so zynisch das auch klingen mag. Seipelts Gefühlsbarometer stand noch immer auf null. Um sich abzulenken, suchte er auf dem Waldweg nach Spuren. Traktoren, Geländeautos, Enduromaschinen und Mountainbikes hatten sich hier verewigt, doch die Reifenprofile waren großteils älteren Ursprungs. Ein schmaler, etwa fünf Zentimeter breiter und glatter Abdruck überlagerte die anderen. Ein kurzes Stück nur, das sich bald in der Grasnarbe, die inmitten des Weges zu sehen war, wieder verlor. Seipelt tat so, als ob er pischen müsste und ging weiter in den Wald hinein. An den Stellen, wo die Grasnarbe schwächer wurde, tauchte dieser ominöse Abdruck wieder auf. Nach einer halben Stunde kehrte Seipelt wieder an den Fundort zurück. Er behielt sein Wissen für sich, denn schließlich hatte er die Spur entdeckt.

Gegen Mittag war die SpuSi mit ihrer Weisheit am Ende, ihre Ausbeute gering. Die Erklärung des Gerichtsmediziners, dass der Fundort nicht ident mit dem Tatort sei, hatte sich damit bestätigt, denn es gab absolut keine Kampfspuren zu sehen. Kurzerhand verstauten sie ihre Ausrüstung wieder in dem Wagen und fuhren ab. Seipelt und Reininger entfernten noch rasch das Absperrband rund um den Fundort und machten sich ebenfalls aus dem Staub. Damit wollten sie die Prozessionen von Schaulustigen verhindern, die in solch einem Fall meist unumgänglich waren. Reininger setzte den Chef bei seinem Haus ab, denn es war ja dessen freier Tag, er selbst kehrte in die Polizeiinspektion zurück, um das Protokoll zu schreiben. Insgeheim aber hatte er im Sinn nachzuforschen, ob zwischen Seipelt und der Toten eine Verbindung bestand.

Gespannt wie eine Feder kehrte Seipelt nach Hause zurück. Es war anzunehmen, dass die Nachricht von Dagmars Ermordung bereits buschtrommelartig die Runde durch die Stadt gemacht hatte. Zuhause angekommen, wartete eine Überraschung auf Seipelt. Seine Frau tischte ihm ein Kalbsrahmgulasch auf, seine Lieblingsspeise. Argwöhnisch wie er war, ahnte er Fürchterliches. Kaum hatte er den ersten Bissen unten, fing sie mit ihrem Gezeter an.

„Jetzt hat sie's endlich erwischt, dieses Luder! Irgendeiner ihrer Liebhaber hat sie um'bracht, draußen im Wald, g'schieht ihr recht! Sie war eine durch und durch unmoralische, scheinheilige Person. Auf der einen Seite war sie im Pfarrgemeinderat tätig und auf der anderen Seite hat sie ihre Beine breit g'macht, so oft es nur ging. Du hast ihr ja auch immer schöne Augen g'macht, weil sie dir so gut g'fallen hat. Wenn ich da nur auf den Feuerwehrball denk', so vor zehn oder zwölf Jahren. Wir sind damals bei den Trutzbichlers und etlichen anderen honorigen Bürgern am Ehrentisch der Gemeinde g'sessen und dir sind fast die Augen herausg'fallen, wie du immer auf ihr tiefes Dekolleté g'schaut hast. Und dann, nachdem du mit ihr getanzt hast, seid ihr in der Bar verschwunden! Sie war ein schamloses Weib, das ihre Reize nur allzu gern präsentierte!"

Jetzt war dem Ignaz der zweite Bissen im Halse steckengeblieben. Wutentbrannt stand er auf, stürmte die Treppe hinauf zu seinem Arbeitszimmer und schloss die Tür rasch hinter sich zu. Schwer atmend sank er in seinen gepolsterten Drehsessel. Die Nachricht von Dagmars Ermordung hatte schnell die Runde durch das Städtchen gemacht und seine Bevölkerung in helle Aufregung versetzt. Endlich gab es wieder genug Redestoff für mehrere Tage! Es grenzte fast an Perversität, dass es ausgerechnet ein Mord sein musste, um eine willkommene Abwechslung in den Alltag zu bringen!

Kollege Reininger hatte die Informationslawine ins Rollen gebracht. Da diesem das Verhalten seines Chefs beim Anblick der Toten nicht ganz geheuer war, beschloss er, ihm eine Falle zu stellen. Aus diesem Grund erzählte er, entgegen den Anweisungen des Chefs, Stillschweigen zu wahren, beim Bäcker von der Auffindung der toten Dagmar Trutzbichler. Er tat dies im vollen Wissen, dass diese Nachricht wie eine Bombe im Städtchen einschlagen würde. Innerhalb kürzester Zeit würde jedermann, jedefrau Bescheid wissen, und die sensationelle Meldung die Runde durch die Stadt machen. Vom Bäcker in die Trafik, von dort überall hin, wo sich die biederen, für jede Ablenkung dankbaren Hochstätter aufhielten. Um den Informationsfluss zu intensivieren, hatte Reininger das Foto der Ermordeten im feuchten Moos an einen Freund gesandt mit der Aufforderung, diese Sensationsmeldung auf Facebook zu stellen. Instinktiv hatte er die Tote mit seinem Handy fotografiert, als Seipelt in das Gras kotzte. Aus diesem Grund wusste Elli Seipelt bereits Bescheid, als ihr Göttergatte zum Mittagessen kam. Die Nachricht von der Ermordung Dagmars hatte ihren an Höhepunkten armen Alltag zu früher Stunde erhellt und so ein Fest der Schadenfreude in ihrer schwer gebeutelten Hirnwelt angefacht.

Ellis Abneigung Dagmar gegenüber war keinesfalls grundlos, denn Dagmars Mutter war wiederum die Schwester ihrer Mutter. Als Dagmars Mutter starb, ließ sich Ellis Mutter nicht lumpen und bestellte beim Gärtner einen Kranz mit weißen Lilien um 70 Euro für das Grab ihrer Schwester. Zwei Jahre später starb dann ihre eigne Mutter und Dagmar besaß die impertinente Frechheit, nur ein Bukett um maximal 30 Euro zu kaufen. Dieser wahrhaft skandalöse Vorfall war für Elli Anlass genug, um die Beziehung zu ihrer Kusine abzubrechen! Seitdem gingen sich die beiden aus dem Weg, so gut das in Hochstätt überhaupt möglich war. Entgegen ihren angestammten Gewohnheiten ging Elli seit diesem Skandal nur mehr zeitig in der Früh einkaufen, weil sie ja wusste, dass Dagmar eine Langschläferin war. Nun aber war dies quasi über Nacht hinfällig geworden und es ist durchaus vorstellbar, dass sie nicht die einzige Person in Hochstätt ist, die kein gutes Haar an der toten Dagmar ließ. Denn alles an Dagmar Trutzbichler war extravagant gewesen, ihre Schönheit, ihr Luxusleben und letztendlich auch die Art ihres Todes. Für die Tratschweiber gab der Mord genug Anlass, um zu zischen und zu züngeln, was das Zeug hielt. Schließlich war es Dagmar gewesen, die den ersten Stein durch ihren skandalösen Umgang mit ihren tatsächlichen, oder auch angedichteten, Liebhabern geworfen hatte. Mit diesem Schritt hatte sie sich von den allgemein üblichen, klassenübergreifenden Konventionen einer Kleinstadt abgewandt, die diese mit einem bürgerlich-katholischen Anstrich versahen. Die ganze Stadt war ein einziges Nachrichtenblatt mit dicht gefüllten Gesellschaftsspalten. Der Mord an der prominenten Dame war absolut schlagzeilentauglich, und würde nach einem ersten, atemlosen Schrecken in einer Schlammschlacht an Vermutungen, Unterstellungen und Verleumdungen enden. Nur damit war es möglich, ein Schutzmanöver gegen die eigene Angst aufzubauen.

Seipelt war mit diesen Gepflogenheiten nur allzu gut vertraut, mit all ihren Auswüchsen. Wenn die Polizei gerufen wird, weil der betrunkene Ehemann seine Frau misshandelte, zwei Brüder sich die Köpfe wegen eines Erbes blutig schlugen oder eine bösartige Nachbarin die frische Wäsche von der Wäscheleine ihrer Nachbarin riss und auf den schmutzigen Boden warf. Wo das Wühlen im Schmutz der anderen einer uralten

Sitte von Überlegenheit entsprach. Wo hinter scheinbar freundlichen Fassaden integriert und verleumdet wurde. Wo jedes Gerücht schwammartig aufgesogen wurde, um die kuriose Gleichförmigkeit eines sich freudlos dahinschleppenden Tages aufzuhellen. Wo nichts mehr so war, wie es einst gewesen ist.

Er meinte, förmlich ersticken zu müssen und riss das Fenster auf. Der Anblick seiner toten Geliebten ließ ihn nicht zur Ruhe kommen. Jahrelang hatte ihm die Erinnerung an diese Episode den Schlaf geraubt, immer wieder geisterten die Bilder der animalischen Vereinigung durch seine geplagte Hirnwelt. Mit einem Schlag waren diese Bilder wieder auferstanden und stürzten sich rachsüchtig auf sein Gemüt. Seine Blutdruckwerte stießen spürbar in bislang unerreichte Höhen. Er sank in seinem Bürostuhl zusammen und atmete tief durch auf der Suche nach Ruhe. Nach einem kurzen Moment der Entspannung begann er, die verworrenen Eindrücke der letzten Stunden in einem Fragenkatalog festzuhalten.

1. Was hatte Dagmar spät in der Nacht im Wald zu suchen und wie kam sie dort hin? Zu Fuß?
2. Wen hatte sie dort getroffen und warum?
3. Wenn der Fundort nicht ident mit dem Tatort ist – wer hat sie dort hingebracht? Wenn es der Mörder war, dann muss er sich im Wald gut ausgekannt haben.
4. Was aber ist, wenn es einen Zeugen der Tat gegeben und der die Tote weggebracht hatte, um den Verdacht von sich abzulenken?
5. Wer aber könnte so etwas tun?

Einer plötzlichen Eingebung zufolge, kramte er einen Meterstab hervor und ging hinunter in den Garten. Im Holzschuppen stand noch eine Scheibkarre oder Schubock, wie er ortsüblich genannt wurde. Als er den schmalen Eisenreif auf dem Rad abmaß, jubelte er auf – es waren exakt fünf Zentimeter, so wie die Abdrücke im Wald. Es wäre für den Täter ein Leichtes gewesen, die tote Frau auf den Schubkarren zu laden und durch den Wald zu fahren. Ein Gerät mit Seltenheitswert aus alten Tagen. Jetzt stellte sich die Frage, wer so ein altmodisches Transportmittel noch in Gebrauch hat. Urplötzlich zuckte ein Gedankenblitz durch Seipelts Gehirnwelt, schaltete die Synapsen auf Volllast und alsbald formte sich ein Bild vor seinen Augen. Der Waldmensch war es, nur er kann es gewesen sein!

Eigentlich hieß er Josef Huber, doch die älteren Hochstätter, die ihn aus seiner Jugendzeit her kannten, gaben ihm den Namen Waldmensch. Von Beruf Baggerfahrer, groß und muskulös, ein Riegel von einem Mann, dem die Mädchen reihenweise nachliefen. War ein guter Tänzer und Musikant, überaus beliebt in Hochstätt, bis das Schicksal ihm ungerechterweise brutal zusetzte. Eine Baggerschaufel löste sich aus der Verankerung, traf ihn seitlich am Kopf und beförderte ihn in ein monatelanges Koma. Fünf Monate lang rang er mit dem Tod und als er zu sich kam, hatten große Teile seines Gehirns den Dienst aufgegeben. Zwei weitere Jahre wanderte er von einem Rehabilitationszentrum zum anderen und musste mühsam wieder sprechen lernen. Ferdl, sein Bruder, nahm ihn zu sich in das Elternhaus am Rand der Stadt und umsorgte ihn mit aller Kraft. An einem hellen Frühjahrsmorgen verschwand er im Wald und ward nicht mehr gesehen. In einem abgelegenen Teil des großen Herrschaftswaldes fand er Unterkunft in einer altersschwachen Hütte, die früher einmal Holzknechten als Unterschlupf diente. So gut wie er es nur bewerkstelligen konnte, richtete er sich dort ein. Als ihn der Förster eines Tages dort entdeckte, schwor er ihm hoch und heilig, keinen Unfug im Wald zu treiben. So erhielt er die Erlaubnis, die warme Jahreszeit dort verbringen zu dürfen. Dafür entfernte er dürres Holz aus dem Wald, erntete Pilze und Beeren, trocknete Heilkräuter und führte ein spartanisches Leben außerhalb einer Gesellschaft, mit der er nichts mehr anzufangen wusste.

So wurde der Sepp krankheitsbedingt zu einem Außenseiter, der nur mehr mit sich selbst sprach und aus seiner Situation eben das Beste machte. Er kannte den Wald wie seine Westentasche, redete mit den Tieren und ging Spaziergängern, Wanderern und Forstleuten aus dem Weg. Mit der Zeit fühlte er, wie er langsam, aber stetig zu sich selbst fand. Seine Sinne schärften sich zusehends, sodass er sich auch in finsterer Nacht zurechtfand. Einmal im Monat, nämlich dann, wann seine Invalidenrente eintraf, versorgte ihn sein Bruder mit Lebensmitteln. Vom Müllplatz hatte er in einer Nacht- und Nebelaktion mit seinem Schubkarren einen alten Kanonenofen in den Wald gekarrt, so dass er sich dann und wann ein bescheidenes Mittagsmahl kochen konnte. Alles, was er tat, tat er mit gehobener Vorsicht, um dem Wald und seinen Bewohnern nicht zu schaden. Außer seinem Bruder und einer Handvoll auserlesener Freunde kannte niemand seinen Aufenthalt. Drei, vier Monate nach seinem Verschwinden kursierten Gerüchte in der Stadt, dass er sich ins Ausland abgesetzt hatte, zur Fremdenlegion gegangen war oder in einer unbekannten psychiatrischen Klinik dahinvegetierte.

Seipelt war sich seiner Sache sicher, dass nur der Sepp in der Lage gewesen wäre, in einer stockfinsteren Neumondnacht die tote Dagmar von einem Ende des Waldes zum anderen zu transportieren. Er muss den Mord beobachtet haben und war dadurch nicht nur der allererste, sondern auch der wichtigste

Zeuge in der Ermittlung des Falles. Die Frage lautete nun, ob und wie man seiner am besten habhaft werden konnte und ob er dann überhaupt in der Lage war, sich zu artikulieren.

Am nächsten Morgen war er schon vor Dienstbeginn im Wald und verfolgte die Karrenspur. Er war noch nie bei der Hütte des Waldmenschen gewesen, kannte aber die ungefähre Lage. Die glatte Reifenspur wechselte ständig vom linken zum rechten Wegesrand, verschwand meterweise im Gras, um plötzlich wieder aufzutauchen. Ihre Richtung führte jedoch zweifelsohne zu jenem dichten Waldstück, wo er die Hütte vermutete. Mit seiner Entdeckung zufrieden, kehrte er ins Revier zurück.

Am nächsten Tag, exakt um 9.00 Uhr, fand die sonst so gemächliche Alltagsroutine der Polizeiinspektion Hochstätt ein jähes Ende. Kalteis und seine Kollegen Schönkirchner und Neumann besetzten das geräumige Büro Seipelts. installierten ihre Computer, schlossen Netzwerke an, stellten Pinnwände auf und schleppten glänzende Alukoffer heran. Innerhalb von einer Stunde sah es hier aus wie im NATO-Hauptquartier. Kalteis ging sofort an die Arbeit und heftete das Bild des Mordopfers ganz oben in die Mitte der Pinnwand. Mehr gab es noch nicht, aber der Ausgangspunkt des Spinnennetzes war geschaffen!

Auf Wunsch des Kommissars waren alle Beamten der Polizeiinspektion Hochstätt versammelt. Dem Kommissar war es wichtig, die Leute zu kennen, mit denen er in den nächsten Tagen zusammenarbeiten musste. Er stellte sich vor.

„Mein Name ist Reinhart Kalteis vom LKA St. Pölten, Abteilung Leib und Leben und wir haben die Aufgabe, den Mord an Dagmar Trutzbichler aufzuklären. Deshalb wird es notwendig sein, in den nächsten Tagen zusammenzuarbeiten. Mein Kollege Erwin Schönkirchner ist unser Ass auf dem Computer. Seine Aufgabe ist es, im Internet zu recherchieren, alle Protokolle zu schreiben und den Kontakt mit anderen

Dienststellen zu suchen. Christian Neumann arbeitet hauptsächlich extern bei Ermittlungen und Befragungen. Strengste Vertraulichkeit ist angesagt, alles, was wir ans Tageslicht bringen, bleibt streng geheim. Ihr dürft weder in der Familie, in der Öffentlichkeit und schon gar nicht der Presse von unserem jeweiligen Ermittlungsstand erzählen, habt Ihr mich verstanden? Sollten mir solche Verfehlungen bekannt werden, so gibt es ein Disziplinarverfahren. Einige von euch waren bereits bei der Aufklärung an dem Mord des Finanzbeamten Herbert Hieminger dabei. Ich kann euch versprechen, dass all das, was wir ab jetzt tun werden, interessanter ist als Strafzettelschreiben! Ihr werdet es hautnah mitbekommen, welch mühsamer Kleinkram auf uns zukommt. Da ist es dann und wann auch notwendig, in Mistkübeln herumzusuchen, zerrissene Briefe zusammenzukleben und allerhand anderen mühsamen Kleinkram zu erledigen. Vergesst alles, was ihr bisher in Fernsehkrimis gesehen habt. Denn was die dort aufführen, hat mit der Wirklichkeit absolut nichts zu tun!"

Als er seinen Namen nannte, bediente er sich eines Tricks, um die Karten offen auf den Tisch zu legen und von Beginn an für Ordnung und Disziplin zu sorgen. Deshalb betonte er die Silben >hart< und <kalt> besonders deutlich. Sein Name war Programm – Kalteis = eiskalt!

Schönkirchners erste Arbeit war es, ein Stammdatenblatt des Mordopfers auf seinem PC einzurichten. Also rief er beim Standesamt Hochstätt an und bat um die Daten der Toten. Die Angaben wurden kurz und präzise vermerkt. Dagmar Trutzbichler, Mädchenname Eberl, geboren am 25. Juni 1975 in Hochstätt, verheiratet mit Dr. Rüdiger Trutzbichler, kinderlos, wohnhaft in Hochstätt, Teichgasse 22.

Noch im Laufe des Vormittags traf das Mail mit dem Untersuchungsergebnis Doktor Baumgartls ein. Kurz und bündig teilte er mit, dass keinerlei Abwehrspuren am Mordopfer gefunden wurden, und der Tod durch Erdrosseln mit dem Seidenschal eintrat. Die Tat war angesichts der Leichenflecken am Rücken zwischen zweiundzwanzig Uhr und Mitternacht geschehen. Spuren von Hautpartikeln oder Sperma waren nicht vorhanden. Keine Vergewaltigung nachweisbar. Die winzig kleinen Textilfasern am Hals stammten eindeutig vom Seidenschal des Opfers. Weder am Hals noch am Schal wurden Fingerabdrücke festgestellt. Doch am Rocksaum des Kleides konnten staubkorngroße, grüne Farbpigmente entnommen werden. Außer den Würgemalen am Hals wurden keinerlei andere Verletzungen festgestellt. Im Mageninhalt fand er große Mengen von Reis und gebratenem Huhn, womöglich hatte sie in einem Chinarestaurant zu Abend gegessen. Auch hielt der Gerichtsmediziner an seiner allerersten Vermutung fest, dass zwischen der Tat und dem Transport der Leiche drei bis vier Stunden vergangen waren. Aber die letzte Zeile hatte es in sich und weitete den Kreis der Verdächtigten aus, denn die Nasenscheidewand war durch übermäßiges Einziehen von Kokain durchlöchert! Doch konnten keine Spuren von Kokain im Körper der Toten nachgewiesen werden. In den letzten Tagen vor ihrem Tod war sie clean gewesen.

Diese Meldung war dem Kommissar Anlass genug, wieder einmal durch seine bemerkenswerte Zahnlücke zu pfeifen!

„Sieh mal an, die feine Dame hat irgendwann einmal gründlich gekokst! Endlich wieder eine Spur, der wir nachgehen können. Wer hat ihr den Stoff besorgt, wo und wann und wie lange? Erwin, mach dich am Computer schlau und forsch' nach, ob es im Umkreis von 50 Kilometern irgendwelche Dealer gibt! Aber nicht die Burschen, die vor den Discos auf der Lauer liegen und mit synthetischen Drogen handeln. Such' solche, die in der höheren Liga spielten, in der gehobenen Preisklasse!"

Der Bericht der Spurensicherung war dürftig. Im Umkreis von fünfzig Metern rund um das Mordopfer wurden weder Fußspuren noch irgendwelche anderen tatrelevanten Spuren gefunden. Die Reifenprofile waren älteren Datums, auch wurden weder ein Handy, eine Handtasche oder eine Geldbörse gefunden. Doch an einer sandigen Stelle des Weges fanden sie einen schwachen Abdruck einer großen Zehe. Es sah so aus, als ob irgendwer bloßfüßig unterwegs gewesen war.

Seipelt triumphierte, denn er war einen Schritt weiter. Er allein hatte die Spuren des Schubkarren entdeckt und nachverfolgt. Von einem Ohr zum anderen grinsend wandte er sich an Kalteis. „Reinhart, wir müssen noch einmal in den Wald zurück, ich habe da was Wichtiges entdeckt!"

Bereits während der Fahrt erzählte er dem Kommissar von seiner Entdeckung und berichtete ihm ausführlich von dem seltsamen Waldmenschen. Er hatte ihn schon lange nicht mehr gesehen, konnte sich aber durchaus vorstellen, dass er bloßfüßig unterwegs ist.

Kalteis pfiff wieder durch seine Zahnlücke, die mittlerweile zu seinem Kennzeichen geworden war. Den Zahn hatte ihm ein Rowdy bei einer Demonstration ausgeschlagen, als er noch Streifenpolizist in Wien war.

„Wenn das stimmt, dann ist der Waldmensch unser Hauptzeuge! Wir müssen ihn unbedingt zu einer Aussage bringen. Setz dich bei seinem Bruder ein, dass er ihm gut zuredet! Wir glauben nicht, dass er mit der Tat was zu tun hat, er muss uns vertrauen!"

Sie folgten der Spur, bis sie sich vor einem dichten Jungwald verlor. Kalteis blieb kurz davor stehen, drehte sich nach allen Seiten, um den Ort auf sich einwirken zu lassen. Seipelt beobachtete ihn fasziniert, wagte nicht zu atmen, sah, wie der Kommissar in die Knie ging und am Waldboden herumstöberte.

„Komm zu mir Ignaz, schau da her!“ Zwei abgebrochenen Fichtenzweige lagen auf seiner Hand. „Hier hat der Waldmensch diese alte Karre über die jungen Bäume gehoben, also muss seine Hütte irgendwo da hinten sein!“

Sie kämpften sich zuerst durch den dichten Jungwald, dann durch einen stachelbewehrten Brombeerschlag und standen plötzlich auf einer kleinen Lichtung im Hochwald vor der armseligen Behausung des Waldmenschen. Diese war eingezäunt mit einem primitiven Steckenzaun, die Hütte geschützt durch eine hohe Felsgruppe an der Rückseite. Ein Hackstock stand davor und meterhohe Stapel von Holzscheiten. Der Platz war fürwahr ein sicheres Versteck für einen Eremiten, von keiner Seite her einsehbar. Für einen, der nicht Bescheid wusste, war die Hütte unauffindbar. Die Tür war offen, doch die beiden Polizisten blieben draußen. Sie scheuten sich, in die Privatsphäre des Waldmenschen einzudringen, denn sie hatten das Ziel, ein gutes Vertrauensverhältnis zu schaffen. Die Möglichkeit, dass der Waldmensch sie von einem sicheren Versteck aus beobachtete, war sehr hoch.

Seipelt griff instinktiv zur Waffe, aber Kalteis winkte ab.

„Herr Huber, hier spricht Kommissar Kalteis von der Kriminalpolizei. Wir wissen, dass Sie vorgestern in der Nacht Zeuge eines schrecklichen Vorfalls wurden. Wir wissen, dass Sie mit dem Mord nichts zu tun haben. Wir wissen aber auch, dass Sie die Tote an die andere Seite des Waldes verfrachteten. Bitte kommen Sie heraus und erzählen Sie uns, was sie erlebt haben!“

Nun sah sich auch Seipelt bemüßigt, seinen Senf beizutragen. „Sepp, ich bin's, der Seipelt Ignaz, du kennst mich doch. Bitte komm heraus, wir tun dir nichts!“

Nichts rührte sich. Kalteis spürte ein leises Kribbeln, ein untrügliches Zeichen dafür, dass er sich beobachtet fühlte.

Niemand war zu sehen, niemand war zu hören und doch war jemand da, ganz in der Nähe. Also unternahm er noch einen Versuch, den Waldmenschen aus seinem Versteck zu locken.

„Herr Huber, ich spüre vehement, dass Sie sich hier aufhalten. Wahrscheinlich lachen Sie sich ins Fäustchen, weil wir Sie nicht sehen können. Die Lage ist ernst, es handelt sich immerhin um einen Mordfall und Sie sind wahrscheinlich der einzige Zeuge. Wir müssen wissen, was Sie in dieser verhängnisvollen Nacht gesehen haben. Sie haben bis morgen Mittag Zeit, sich zu stellen. Sollte das nicht der Fall sein, dann rücken wir nachmittags mit der Kavallerie an und nehmen Ihre Hütte auseinander! Seien Sie vernünftig, wir brauchen Sie!"

Die beiden Polizisten umkreisten die Hütte und entdeckten unter einem Reisighaufen einen alten Schubkarren. Seipelt fischte den Rollmaßstab aus seiner Jackentasche und maß die Breite des eisernen Reifens und jubilierte. „Genau fünf Zentimeter, so wie die Spur am Weg. Mit dieser alten Karre hat der Sepp die Dagmar weggebracht!"

Kalteis schabte mit seinem Taschenmesser ein Stück der grünen Farbe ab und verstaute es in einem kleinen Nylonsack und beschriftete ihn. Die Spezialisten im Labor würden diese Farbreste mit jenen vom Rocksaum des Mordopfers vergleichen. Für Kalteis stand es aber fest, dass die beiden Farben ident waren. Das Mordopfer wurde genau mit dieser Schubkarre befördert! Wo aber wurde Dagmar Trutzbichler umgebracht?

Schweigend gingen sie den Weg zurück zum Dienstauto. Kalteis, der alte Fuchs, spürte genau, dass mit Seipelt etwas nicht stimmte. Seine berufsbedingte Menschenkenntnis ahnte die innere Dramatik, die sich hinter Seipelts Stirn verbarg.

„Was ist los mit dir, Ignaz? Was bedrückt dich, gibt es irgendwas, was ich unbedingt wissen müsste? Dann heraus damit!"

Seipelt schluckte, sandte sein Gewissen auf die Aufwärmrunde, bevor es aus ihm herausbrach. Leise, fast unhörbar, erzählte er dem Kommissar von seinen leidenschaftlichen Begegnungen mit Dagmar. Ließ nichts aus, beschönigte nichts, reinigte in einem Anlauf seine geschundene Seele.

Kalteis pfiff durch seine berühmte Zahnlücke. „Da hast du aber ganz schön was riskiert, du geiler Bock. Wenn das herausgekommen wäre, hättest du nur mehr als Straßenkehrer weiter machen können. Die Anklagepunkte von Missbrauch der Amtsgewalt bis zur sexuellen Nötigung wären ein Fressen für die Boulevardpresse gewesen. Die hätten sich voll Hohn und Spott über die Verfehlungen eines kleinen Landpolizisten ausgelassen und diese zu einem landesweiten Skandal hochgeschaukelt. Da hast du ein Riesenschwein gehabt, dass dieser Kelch an dir vorübergegangen ist! Jetzt aber wird es Zeit, dass du mit allem herausrückst, was du über die Tote weißt. Ich hoffe, du bist dir klar darüber, dass ich dich normalerweise wegen Befangenheit von diesem Fall abziehen müsste!"

Seipelts Druck auf seine schwarze Seele war mit einem Male weg, er atmete tief durch und legte Kalteis seine Hand auf die Schulter. „Ich schwöre dir hoch und heilig, dass du der Einzige bist, der von meiner Verfehlung weiß und ich bitte dich, keinen Gebrauch davon zu machen. Aber diese paar Abende im Wald sind für mich unvergesslich, das war Ekstase pur, so was erlebst du nur einmal
im Leben. Danach war ich immer zwei Tage lang in Trance, bin herumgelaufen wie elektrisch aufgeladen. Wenn du einmal in einem Dreisternelokal gespeist hast, dann schmeckt dir die Alltagskost zuhause einfach nicht mehr!"

Dann erzählte er alles, was er über Dagmar wusste. Dass sie eine unglückliche Ehe führte als Luxusweibchen im goldenen Käfig und ihr Mann ein hohes Tier in einem internationalen Chemiekonzern in Linz ist. Der die meiste Zeit in seinem Appartement in Linz wohnte und sich kaum mehr zuhause blicken ließ. Von ihrer verhängnisvollen Leidenschaft für bizarre Sexspielchen und auch davon, dass sie sich immer nackt an ihrem Pool sonnte. Weiters von den ständigen Streitigkeiten mit ihren Nachbarn, dem Ehepaar Riedler.

„Gab es Gerüchte über andere Liebschaften, andere Männer in ihrem Leben, die nicht die Macht der Uniform missbraucht haben? Trieb sie sich vielleicht mit seltsamen Typen herum, hatte sie Freunde, Freundinnen, Bekannte in der Stadt? Wir müssen uns auf den Tag ihres Mordes konzentrieren, ein Bewegungsprofil erstellen. Wurde sie am Tag ihrer Tötung in der Stadt gesehen, beim Bäcker vielleicht, beim Fleischhacker, im Supermarkt? Mit wem sprach sie? War sie anders als sonst? War sie niedergeschlagen oder eher gut gelaunt? War ihr Benehmen auffällig? War sie alleine oder in Begleitung? Einer alte Kripo-Weisheit zufolge führt das Opferprofil zum Täterprofil. Jedem Mord liegt ein Motiv zugrunde und genau dieses heißt es nun herausfiltern! Ein Puzzlestück an das andere zu reihen, ist nun unserer Hauptaufgabe. Da ist viel Kleinarbeit zu verrichten, vielen Spuren ermüdend nachzugehen. Wer waren ihre Bezugspersonen, denen sie sich anvertraute? Um herauszufinden wie sie gestorben ist, müssen wir wissen, wie sie gelebt hat!“

„Ihre beste Freundin ist zweifelsohne die Hannah Otto, die ist bei einer sozialen Einrichtung in Gmünd beschäftigt, die könnte mehr über sie wissen! Ich kenne sie gut und könnte sie befragen.“

Sie kehrten in das Hauptquartier zurück. Computer-Guru Schönkirchner hatte bereits alles über ihren Ehemann Rüdiger aus dem Internet herausgesucht und ihn zu einer Vernehmung herbestellt. Seipelt suchte derweilen die Anzeigen im Nachbarstreit Trutzbichler-Riedler heraus. Zwei Anzeigen betreffend Dagmar Trutzbichler gaben Anlass zum Schmunzeln. Die erste lautete auf Exhibitionismus und wurde von Agnes Riedler eingebracht. Diese beschwerte sich, weil Dagmar ihre langweiligen Sommertage meist nackt auf der Terrasse und im Pool verbrachte. Dieser Beschwerde wurde aber nicht nach gegangen, nachdem man festgestellt hatte, dass der Garten mit einer hohen Hecke umgeben und ein Einblick einzig und allein vom Dachbodenfenster der Riedler möglich war. Die zweite Anzeige war gröberer Natur und hatte Sachbeschädigung und Vandalismus zum Inhalt. Eines Tages hatte Dagmar beobachtet, wie ihr Nachbar Alfons Riedler sich eben von diesem Dachfenster aus mit dem Fernglas an ihrer Nacktheit aufgeilte, was verständlicherweise seine Ehefrau wiederum maßlos ärgerte. Darauf besorgte sich Dagmar eine Spielzeug-Steinschleuder und schoss kurzerhand das Dachbodenfenster in Trümmer. Drei Anzeigen betrafen die Riedlers. Eine, weil ihr Dackel immer wieder vor der Haustüre der Trutzbichler sein Häufchen machte, und die zwei anderen, weil die gute Agnes gelegentlich stinkigen Hausmüll über die Hecke in Dagmars Pool beförderte. Die Streitigkeiten waren ortsbekannt und sorgten immer wieder für Schadenfreude, Hohn und Spott der lieben Mitbürger.

„Man kann die Dame ja nicht unbedingt als kriminell betrachten, aber skurril ist ihr Verhalten schon! Das ist provinzielle Gartenzwergmentalität in Reinkultur“, witzelte Kalteis und warf Seipelt einen höhnischen Blick zu. Dieser zuckte zusammen und griff nach seiner Uniformjacke. „Wenn's dir recht ist, dann fahre ich nach Gmünd und horche die Hannah aus!“ Sprach's und stapfte hinaus, wohl auch um einer Begegnung mit Dagmars Gatten aus dem Weg zu gehen.

Exakt um 15 Uhr fuhr Dr. Rüdiger Trutzbichler im Audi 8 mit Chauffeur vor. Der distinguierte Herr im dunkelgrauen

Anzug und dazu passender Krawatte strahlte Autorität aus zum Zwecke, die Angelegenheit in die von ihm gewünschten Bahnen zu lenken. Mit einer Aktenmappe in der Hand stellte er sich dem Kommissar vor und kam ohne Umschweife sofort zur Sache.

„Nein, Herr Kommissar, ich habe meine Frau nicht umgebracht und ja, ich habe ein Alibi für die Tatzeit. Ich war von Freitagabend bis Sonntagvormittag in München bei einer Konferenz in der Konzernzentrale. Als Vorstandsvorsitzender der österreichischen Niederlassung in Linz ist es meine Pflicht, vierteljährlich an einer Bilanzbesprechung teilzunehmen. Die beiden Nächte von Freitag auf Samstag und Samstag auf Sonntag habe ich im Hotel ‚Vier Jahreszeiten' verbracht. In dieser Mappe finden Sie sowohl die Teilnahmebestätigung als auch die Rechnung des Hotels, beide von unserem Firmenanwalt beglaubigt. Um ihnen weitere unangenehme Nachforschungen zu ersparen, finden Sie anbei auch eine Bestätigung meiner Geliebten Rebecca Conti, dass sie mit mir beide Nächte verbracht hat. Wie Sie ja sicherlich bereits wissen, funktionierte meine Ehe nur mehr am Papier. Ich habe meiner Frau schon vor fünf Jahren die Scheidung mit wahrhaft großzügigen Konditionen angeboten, die sie aus mir unbekannten Gründen aber stets ausschlug!"

Kalteis war im ersten Moment verblüfft von der geschäftsmäßigen Kaltschnäuzigkeit des Managers, immerhin war doch seine Ehefrau ermordet worden! Er warf einen kurzen Blick auf die beglaubigten Papiere, ohne sich damit zufriedenzugeben und es juckte ihn ungemein, diesem arroganten und aalglatten Menschen einen Denkzettel zu verpassen. Just in dem Moment, als Dr. Trutzbichler aufstehen wollte, schoss er zu dessen Verblüffung weitere Fragen auf ihn ab.

„Diese Papiere sind mir zu wenig, verehrter Herr Doktor! Sie beweisen nichts anderes, als dass für diese beiden Nächte bezahlt wurde, sagen aber lange noch nicht aus, dass Sie nicht das Hotel verlassen haben, um nach Hochstätt zu fahren, ihre Frau um die Ecke zu bringen und anschließend wieder nach München ins Hotel zurückgekehrt sind. Deshalb werde ich die Kollegen in München um Rechtshilfe ersuchen, um Ihr Alibi zu überprüfen. Der Umstand, dass Ihre Frau in die Scheidung nicht einwilligen wollte, ist Grund genug, um sie umzubringen. Dieses Spielchen ‚Ehemann tötet seine Ehefrau, um für die Geliebte frei zu sein' habe ich schon oft genug erlebt, das können Sie mir glauben. Es ist kein großes Geheimnis, dass 75% aller Morde in der Familie passieren! Aus diesem Grund ist für mich auch die Bestätigung ihrer Geliebten nicht besonders glaubwürdig! Ich muss Sie daher bitten, in den nächsten Tagen Hochstätt nicht zu verlassen! Zuvor aber müssen Sie nach Sankt Pölten in die Gerichtsmedizin, um Ihre Frau eindeutig zu identifizieren, das kann ich Ihnen leider nicht ersparen. Auf Wiedersehen, mein Herr!"

Wie von Furien gehetzt sprang der gestresste Vorstandsvorsitzende von seinem Sitz auf und stürmte zur Tür. Einen kurzen Moment verharrend, warf er Kalteis dann ein wütendes „Sie werden noch von meinem Anwalt hören!" entgegen und knallte die Tür zu.

Kaum war er weg, begannen die beiden Kriminalbeamten Schönkirchner und Neumann lauthals zu lachen und zeigten mit dem Daumen nach oben.

„So spricht man doch nicht mit einem Vorstandsvorsitzenden eines internationalen Chemiekonzern, Herr Kommissar, wie können Sie es nur wagen!" Schönkirchner konnte sich fast nicht einkriegen vor lauter Lachen.

Der Kommissar winkte ab und wandte sich seinem Stellvertreter Schönkirchner zu. „Du setzt dich mit dem Hotel in Verbindung. Sie sollen dir die Bänder der Überwachungskameras der Garage von Samstag und Sonntag zusenden. Außerdem möchte ich mehr über diese Rebecca Conti erfahren! Und du, Neumann, gehst zu Ferdinand Huber, dem Bruder des Waldmenschen. Schließlich ist er der Einzige, mit dem er noch Kontakt hat. Er soll ihn zu einer Aussage überreden und hierher bringen. Ohne den brauchen wir mit der Ermittlung gar nicht erst anzufangen. Nimm den Reininger mit, der kennt sich hier aus!"

Kalteis vertiefte sich noch einmal in den Bericht des Gerichtsmediziners. Wenn der Mord zwischen 22.00 und 24.00 Uhr begangen wurde, warum hat dann der anonyme Anrufer den Fund der Leiche erst um 04.30 Uhr gemeldet? Was geschah in diesen viereinhalb Stunden? Der Kommissar war sich felsenfest sicher, dass der Waldmensch Zeuge des Mordes geworden war und auch, dass er es war, der die Leiche vom Tatort zum Fundort gebracht hatte. Warum aber erst so spät? Befand sich der Mörder so lange im Wald? Hatte er Angst vor ihm?

Warum aber, so sinnierte er weiter, waren am Halstuch keine Spuren zu finden? Wenn der Mörder Handschuhe trug, dann geschah der Mord nicht spontan, sondern war von langer Hand geplant. Dann aber müssten sich Mörder und Mordopfer gekannt haben! War die Tote wieder süchtig geworden? Hatte sie sich mit ihrem Dealer im Wald getroffen, kam es dort zu einem Streit? Um die bestellte Ware etwa oder ging es ums Geld? Sie ist sicher nicht ohne ihre Handtasche in den Wald gegangen, doch diese konnte nicht gefunden werden. Frauen tragen doch alles in ihrer Handtasche, oder nicht?

Geldbörse, Handy, Führerschein, Lippenstift, Puderdose und allerhand Kram, kurzum alles, was man so tagtäglich eben braucht! Er hatte noch nie in seiner Laufbahn als Kriminalpolizist einen Fall erlebt, in dem es so wenige Spuren gab wie in diesem hier. Klar waren bislang nur der Fundort, die Identität des Mordopfers und ihr Schal als Mordwerkzeug!

Kalteis griff nach seinem Handy und wählte Seipelt an.

„Ignaz, bist du noch in Gmünd bei Dagmars Freundin? Frag' sie bitte, wie die Lieblingshandtasche der Toten aussah, die sie immer bei sich trug! Vielleicht kann sie dir diese beschreiben, das wäre wichtig für uns. Und frag' sie auch, ob ihr die Tote manchmal abwesend vorgekommen ist. Nach dem Befund des Gerichtsmediziners muss sie eine Zeitlang Kokain geschnupft haben!"

Seipelt und Hannah Otto waren gerade dabei, im Besprechungszimmer des Sozialamtes Kaffee zu trinken, als sein Handy läutete und ihm Kalteis seine Anweisungen gab. Ignaz war vor einigen Jahren mit Hannah in der Laufgruppe des Sportvereins gewesen, sie hatten sich aber schon längere Zeit nicht mehr gesehen. Hannah war zwar verheiratet, doch sie hatte ihren Mädchennamen beibehalten, weil er so außergewöhnlich war. Sie selbst bezeichnete sich als leibhaftiges Anagramm, da sowohl ihr Vorname als auch der Familienname von vorne nach hinten als auch von hinten nach vorne gleich gelesen werden konnten. Ihre Eltern hatten wohl Humor und einen Hang zu solchen Sprachspielereien, so meinte sie stets, wenn sie darauf angesprochen wurde. Sie war eine nette, etwas mollige Frau, bei der die Kurven an der richtigen Stelle saßen, und hatte ein freundliches Gesicht mit rosa Wangen. Nach einigen Minuten formlosen Geplänkels kam Seipelt zur Sache.

„Erzähl mir bitte, was du über Dagmar weißt. Wie sie sich fühlte, was sie so trieb, welchen Umgang sie hatte, warum sie sich nicht scheiden lassen wollte und so weiter und so fort. Jeder noch so kleinste Hinweis kann für die Ermittlung wichtig sein. Sprich einfach frei von der Leber weg, ich werde das Gespräch mit dem Diktaphon aufzeichnen, wenn du gestattest!"

Hannahs Bericht war sehr aufschlussreich. Sie waren zusammen in die Hauptschule gegangen. Dagmar absolvierte anschließend die Handelsakademie mit ausgezeichnetem Erfolg und fand durch Protektion ihres Onkels eine gute Stelle bei einer Bank in Linz. Machte die Ausbildung zur Anlage- und Vermögensberaterin und lernte bei einer Party Rüdiger kennen, der damals noch auf an der Uni Chemie studierte. Die beiden verlobten sich und zogen zusammen, wobei Rüdiger auf ihre Kosten lebte. Als er mit Studium fertig war, haben sie geheiratet. Sie waren ein großartiges Paar. Er, der Doktor der Chemie, groß, schlank, sportlich und sie, die strahlende Naturschönheit vom Lande. Rüdiger, ehrgeizig und brillant, stieg rasch die Karriereleiter hinauf, doch dann starb Dagmars Mutter in Hochstätt. Ihr Vater, hochbetagt und mit fortschreitender Demenz, kam alleine in dem großen Haus nicht mehr zurecht. Dagmar hatte keine Geschwister und so musste sie in den sauren Apfel beißen, ihre Stellung in Linz aufgeben und nach Hause zurückzukehren. Rüdiger kam immer nur an den Wochenenden nach Hochstätt. Zwei Jahre später starb Dagmars Vater. Sie wollte wieder nach Linz zu ihrer Bank, doch Rüdiger war dagegen. Er hatte damals bereits eine leitende Position im Konzern inne und war dagegen, dass seine Frau noch arbeiten ging. Das Elternhaus in Hochstätt wurde renoviert, modern eingerichtet, im Garten ein Swimmingpool angelegt und der goldene Käfig für Dagmar war fertig. Die ersten Jahre funktionierten so einigermaßen, doch dann wurden Rüdigers Besuche immer seltener. Sie hatte alles, was sie sich nur wünschen konnte, und führte ein

Leben in Saus und Braus. Bei ihr traf sich die High Society von Hochstätt. Mitte Mai gab es eine Pool-Einfüllparty und Mitte September eine Pool-Auslassparty. Da wurde nackt gebadet, gesoffen und herumgeschmust, was das Zeug hielt.

„Einmal durfte ich dabei sein, aber ich hab' mich rechtzeitig aus dem Staub gemacht, es war mir einfach zu vulgär. Dagmars legendäre Partys gaben in jener Zeit genug Anlass zum Anheizen der Gerüchteküche. Du weißt ja, wie das Leben in einer kleinen Stadt so funktioniert, wo jeder jeden kennt und über jeden alles zu wissen glaubt. Dagmar galt als Luxusweibchen und wurde von den anderen Frauen beneidet, aber auch misstrauisch beäugt. Trotz all dem Luxus, der sie umgab, wurde sie immer unglücklicher. Obwohl sie selbst nie ein Kind von Traurigkeit war, rastete sie aus, als ihr ein Bekannter aus Linz von Rebecca erzählte, der Geliebten ihres Mannes. Sie fuhr nach Linz und stellte ihren Mann zur Rede. Dieser stritt nichts ab und bot ihr eine Scheidung zu günstigen Konditionen an, wie er es geschäftsmäßig höhnisch betonte. Sie würde das Haus bekommen und eine monatliche Apanage, die dreimal so hoch war wie ihr letztes Gehalt in der Bank. Aus reiner Boshaftigkeit schlug sie sein Angebot aus. Er reagierte sofort, sperrte seine Kreditkarte für sie und überwies ihr monatlich eine gewisse Summe, mit der sie mehr recht als schlecht auskam. Außerdem machte er seinen Einfluss geltend, damit sie keine Anstellung bei der Bank mehr bekam."

„Hast du jemals das Gefühl gehabt, dass sie desorientiert wirkte, beinahe high?" unterbrach Seipelt ihren Redefluss. „Trank sie zu viel Alkohol, nahm sie Aufputschtabletten, oder war sie am Ende gar drogensüchtig?"

Hannah fuhr auf. „Komisch, dass du mich das fragst, denn ich habe mir selbst schon Gedanken darüber gemacht. Mitte Juni hab' ich sie besucht. Wir haben auf der Terrasse einen

Aperol Spritz getrunken und da ist sie mir merkwürdig abwesend vorgekommen. Sie wollte mir was erzählen, irgendwas, was ihr schwer auf dem Magen lag und konnte es aber nicht loswerden. Immer wieder unterbrach sie sich, sprang auf, rannte wie eine Gehetzte hin und her. Ich wollte sie beruhigen, aber sie hat mich brüsk weggestoßen. Bei der Sozialberatung werden wir beinahe täglich mit Suchtgiftmitteln konfrontiert und ich würde für Dagmar nicht die Hand ins Feuer legen, dass sie noch nie auf dem Trip war. Ihre Persönlichkeit hat sich in den letzten beiden Jahren abrupt verändert. Sie war immer auf den besonderen Kick aus und hat da den einen oder anderen Weg gesucht. Du kennst dich doch aus mit ihren sexuellen Phantasien, oder etwa nicht?"

Seipelt errötete bis in die Unterhose. „Hat sie dir das auch erzählt? Diese Episode gehört nicht unbedingt zu den Sternstunden meines Lebens. Sie hat mich benutzt wie einen Gemeindestier."

Hannah lachte. „Aber es hat dir schon gefallen, wenn du ehrlich bist. Aber keine Angst, ich behalt' dieses Geheimnis für mich. Doch mit der Zeit flippte sie immer mehr aus. Ich weiß aus sicherer Quelle, dass sie drei, vier Wochenenden im Jahr nach Linz in einen Swingerclub fuhr und dort die Sau rausgelassen hat. Immer nur nach Linz, in der Hoffnung, dort als Frau des hochgebildeten Vorstandsvorsitzenden Dr. Rüdiger Trutzbichler erkannt zu werden und damit seiner Reputation zu schaden. Außerdem hat sie an das Reisejournal, bei dem die Geliebte ihres Mannes Redakteurin ist, böse Leserbriefe geschrieben, dass man diese unverschämte Frau endlich rausschmeißen sollte. Zum Abschluss kann ich dir noch einen Hinweis geben, der für die Ermittlung wichtig ist. Sie hat sich in den letzten Monaten immer im Umkreis einer Motorrad-Gang bewegt, da sie auch dort die Gefahr oder den

Nervenkitzel gesucht hat. So, jetzt habe ich dir alles gesagt, was ich weiß. Zum Abschluss möcht ich noch anmerken, dass Dagmar in meinen Augen eine gespaltene Persönlichkeit war – von der Grande Dame bis zur Hure war alles dabei!"

Auf dem Heimweg fuhr Seipelt in einen Waldweg hinein, stieg aus, ging ein paar Meter auf und ab. Fassungslos rang er nach Atem, als ihn die Gespenster der Vergangenheit plötzlich einholten. Bilder von ihren leidenschaftlichen Vereinigungen auf der Kühlerhaube ihres Kabrios wechselten einander ab mit vulgären Bildern aus dem Swingerclub, wo es jede mit jedem trieb und mit Szenen aus dem Klubhaus einer Motorradgang, wo Dagmar als Vereinsmatratze inmitten rauer Kerle ihrer Leidenschaft frönte.

Betont langsam kehrte er nach Hochstätt zurück, übergab dem für das Protokoll verantwortlichen Kollegen Schönkirchner sein Diktaphon mit der Gesprächsaufzeichnung, von der er wohlweislich die Zeilen, die ihn betrafen, vorher im Wald gelöscht hatte.

3.

Der nächste Tag begann mit der Vernehmung des Ehepaars Riedler. Seipelt hatte den Kommissar vorgewarnt, dass die beiden eine ausgesprochen seltene Ausgabe des Homo sapiens verkörperten. Alfons Riedler, ein ungustiöser Mensch mit pergamentartiger Haut und verkniffenem Gesicht betrat als Erster die Bühne. Kalteis hatte sich vorgenommen, nicht voreingenommen zu sein, obwohl ihm solche Spechtler gehörig auf den Nerv gingen. Trotz alledem bot er Riedler die Hand zum Gruß, zuckte aber jäh zusammen, als die schmierig-weiche seines Gegenübers die seine sekundenlang streifte.

„Herr Riedler", begann er vorerst mit sanftem Ton, „wir wissen von Ihrem Hobby, vom Dachfenster aus die Leute auszuspionieren. Mir ist es völlig egal, wenn Sie ihre Nachbarin beim Sonnenbad auf der Terrasse beobachten. Mit diesem Mist will ich nichts zu tun haben, doch wir haben einen Mord aufzuklären. Deshalb frage ich Sie jetzt: Haben Sie mit dem Mord an ihrer Nachbarin was zu tun? Sind Sie am Ende gar ihr Mörder? Wo waren Sie in der Nacht vom zehnten auf den elften Juli?"

Riedler, ein spindeldürres Männchen, kahlköpfig, mit einer schlecht operierten Hasenscharte, sprang entsetzt auf. „Was glauben Sie denn Herr Kommissar, ich bin ein rechtschaffener Mann und kein Mörder! Ich könnte keiner Fliege was zu leide tun und in der Mordnacht war ich zu Hause, so wie immer! Meine Frau kann das bestätigen!"

Kalteis drückte ihn an den Schultern auf seinen Sessel nieder, wurde nun doch etwas lauter. „Ich halte nicht viel von Leuten, die ständig auf der Lauer liegen und sich an der nackten Nachbarin erregen! Gibt es noch wen anderen, der Ihr Alibi bestätigen kann? Die Bestätigung Ihrer Frau ist nichts wert, dass wissen Sie so gut wie ich!“

Riedler schlug die Augen nieder und schwieg eine Weile, bevor er weitersprach. „Leider nein und ich kann Ihnen versichern, dass ich nicht nur meine Nachbarn beobachte! In erster Linie bin ich nämlich Hobbyornithologe und beobachte die Vögel in den Gärten rundherum. Aber nicht nur vom Dachfenster aus, ich verbringe viele Stunden in der freien Natur!“

Kalteis senkte seine Stimme. „Ich glaube Ihnen ja, Herr Riedler, mich interessiert einzig und allein, was Sie sonst noch alles über das Mordopfer herausbekommen haben. Hatte sie öfters Besuch, Männerbesuch, fremde, junge Männer oder saß sie immer allein auf ihrer Terrasse? Trieben sich fremde Leute um ihr Haus herum, die Ihnen verdächtig vorkamen? Denken Sie scharf nach, jeder noch so kleine Hinweis könnte bedeutend sein!“

Riedler war nur mehr ein Häufchen Elend und rang endlos lange mit den Worten. Man konnte förmlich die Synapsen in seinem Gehirn knacken hören. Er war ein Duckmäuser, der unter der Fuchtel seiner Frau stand und den Umgang mit anderen Autoritätspersonen nicht gewohnt war.

„Mindestens zwei Mal im Juni ist ein junger Mann gekommen. Immer erst knapp vor Sonnenuntergang. Er hat Jeans angehabt und so eine ärmellose Lederjacke. Wenn es warm war, sind sie auf der Terrasse gewesen und haben da rumgemacht. Bei Schlechtwetter sind sie in den ersten Stock hinauf ins Schlafzimmer, dort hat die Dagmar dann den Vorhang zugezogen.“

„Würden Sie den Mann wiedererkennen? Wie hat er ausgesehen?“

„Na ja, es war ja schon dämmrig, aber es könnte sein! Aber der war ganz normal, keiner von diesen Motorradrowdys, die sonst immer vorfuhren! Aber so gegen Ende Juni war der Normale nicht mehr zu sehen. Dann kam wieder ein Rocker angefahren!“

„Können Sie sich erinnern, an welchen Tagen dieser Mann da war?“

„Da müsste ich in meinen Notizen nachschauen!“

Riedler wurde von Minute zu Minute unruhiger, sprang wie gehetzt von seinem Sessel auf. „Könnte es sein, dass ich den Mörder gesehen habe? Ist mein Leben jetzt in Gefahr?“

Ob er wollte oder nicht, Kalteis musste diesem unsympathischen Kerl einen Dämpfer versetzen. „Wenn der Mann Sie bei Ihren Beobachtungen entdeckt hat, dann ist es durchaus möglich. Solchen Menschen ist alles zuzutrauen und Spione sind schon öfters liquidiert worden, wie wir aus der Weltgeschichte wissen! Also rücken Sie heraus mit der Sprache, zermartern Sie Ihr Gehirn, ob Ihnen nicht doch noch was einfällt!“

Riedler war am Boden zerstört. „Brauche ich jetzt Polizeischutz?“

Kalteis gab ihm den Gnadenschuss. „Sie haben also über ihre Beobachtungen Buch geführt? So richtig wie die großen Spione mit Datum, Uhrzeit und Vorfall? Wenn ja, dann will ich diese Tagebücher morgen früh hier auf dem Tisch liegen sehen, haben Sie mich verstanden? Aber komplett bitte, ohne herausgerissene Seiten und andere Scherze!“

Riedler erhob sich langsam und blickte Kalteis treuherzig an. „Bitte erzählen Sie meiner Frau nichts von diesen Tagebüchern, die bringt mich um, die weiß ja nichts davon!“

Kalteis versprach es ihm großzügigerweise. Riedler verbeugte sich devot nach allen Seiten, schlurfte hinaus wie das personifizierte Elend himself.

Kalteis rief Agnes Riedler herein und kam aus dem Staunen nicht heraus. Sollte sich das Ehepaar Riedler, so dachte er, jemals bei einem Schönheitswettbewerb beteiligen, dann würde Agnes punktelos den allerletzten Platz noch hinter ihrem Mann einnehmen. Ebenfalls spindeldürr, doch um drei oder vier Zentimeter größer als ihr Alfons, mit einem raubvogelartigen Gesicht, geprägt von einem nie nachlassenden Eindruck von Bitterkeit. Alles an ihr war spitz. Ihr Kinn, ihr Mund, ihre Nase und vor allem ihre Zunge, mit der sie flink Gerüchte verstreute und die an allen und jedem etwas auszusetzen hatte. Kalteis erschauerte innerlich und musste sich wiederum beherrschen, um die Befragung ruhig und vorurteilslos durchführen zu können.

Diesmal verzichtete Kalteis auf den Handschlag und begann die Befragung in einem schärferen Ton.

„Sie wissen, warum Sie hier sind, es geht um den Mord an Frau Trutzbichler! Es ist kein Verhör, sondern eine normale Befragung bei einer Ermittlung. Haben Sie in den letzten Wochen irgendetwas Außerordentliches an ihrer Nachbarin entdeckt? Vielleicht verdächtige Gestalten oder so ähnlich. Erzählen sie uns alles, was sie über das Mordopfer wissen. Ihre Streitigkeiten interessieren uns nicht die Bohne, haben Sie das verstanden! Sollten Sie aber selbst mit dem Mord zu tun haben, dann packen Sie jetzt aus! Wo waren Sie in der Nacht vom 10. auf den 11. Juli?“

Agnes Gesicht war blutrot angelaufen und es war ihr anzusehen, dass sie nach Beherrschung rang. Erst im letzten Moment wurde ihr bewusst, dass sie hier die zweite Geige spielte und sich der Kommissar auf keine Kinkerlitzchen einlassen würde. Sie holte zum zweiten Mal tief Luft, diesmal um sich zu beruhigen.

„Zuhause natürlich, da können Sie meinen Mann fragen! Ich bin eine anständige Frau, Herr Kommissar, das können Sie mir ruhig glauben. Gehe Sonntag für Sonntag in die Kirche und einmal im Monat auch zur Kommunion. So lange die Trutzbichlers beieinander waren, lebten wir noch in guter Nachbarschaft zusammen. Wir haben uns nie beschwert, wenn es bei ihren Partys einmal lauter zuging. Aber als er nur mehr in Linz blieb, hat sich Dagmars Verhalten stark verändert, sie wurde sprunghaft. An manchen Tagen ist sie teilnahmslos auf ihrer Terrasse g'sessen und war kaum ansprechbar, an anderen Tagen wiederum hat sie wie irre nackt herumgetanzt und hat lauter alte Schlager g'sungen. Wie sie jünger war, hat sie auch in der Pfarre mitgearbeitet und war so wie ich im Pfarrgemeinderat. Nach den Sitzungen sind wir immer z'ammen heim'gangen und haben viel Spaß dabei g'habt. Vor drei Jahren dann hat sie mich jedoch in aller Öffentlichkeit maßlos beleidigt, als Hexe hingestellt und meinen Mann einen geilen Fenstergucker genannt. Dabei hat er doch nur immer die Vögel beobachtet!"

„Das lassen wir einmal dahingestellt, wir wissen über das voyeuristische Hobby Ihres Mannes Bescheid", bremste sie er Kommissar ein. „Was uns interessiert, ist, welchen Umgang die gute Dame hatte. Hat sie mit fremden Männern herumgemacht? Sind merkwürdige Typen bei ihr aus- und eingegangen? Haben Sie Gespräche mitangehört, laute Schreie, Streitereien oder Ähnliches mitbekommen?"

„In den letzten beiden Jahren hat sie öfters Besuch von meist jüngeren Männern bekommen, die sich wie Tag und Nacht voneinander unterschieden haben. Der eine war ungepflegt, mit Bart und langem Zottelhaar. Ein brutaler Typ, dem ich in der Nacht nicht über den Weg laufen möcht'. Ich hab' mich g'wundert, dass sie sich mit diesem Rocker herum'trieben hat, weil sie doch eine ‚feine Dame' aus höheren Kreisen war. Der ist immer mit dem Motorrad 'kommen und hat gehupt, dann ist das Garagentor elektrisch auf'gangen und er ist rasch reing'fahren. Wann er wieder weg ist, kann ich nicht sagen. Wir sind doch nicht so kleinkariert, dass wir unsere Nachbarn ausspionieren! Der andere hat ebenfalls so ein schweres Motorrad, aber der hat viel netter ausg'schaut!"

Der Kommissar bekam einen Hustenanfall, fasste sich aber schnell. „Ist es zwischen ihr und diesem Rocker jemals zu Streitigkeiten gekommen?"

„Hin und wieder sind sie laut g'worden. Aber ich hab' immer nur einige Wortfetzen verstanden, weil die ja so eine hohe und dichte Hecke rund um ihren Garten g'macht haben, so dass man nichts sehen und nichts hören kann. Was an und für sich schon eine Frechheit ist! Wo kommt man denn da hin, wenn sich jeder von seinen Nachbarn so abschottet! Bei den Streitereien ist es immer ums Geld 'gangen und um irgendeinen guten Stoff, was mich g'wundert hat, denn die Gnädigste war ja keine Schneiderin, die hat doch ihre modernen Fetzen nur in den besten Boutiquen ein'kauft! Tief ausg'schnitten und so kurz, dass man fast die Steckdose höher hätt' setzen müssen. Total verdorben und schamlos war dieses Weib und so hat sie auch ihr Ende g'funden!"

Kalteis hatte genug von ihr und entließ sie mit einer unwirschen Handbewegung. Kopfschüttelnd wandte er sich Seipelt zu. „Habt Ihr hier noch mehr so Leute wie diese? Die gehören ja in ein Panoptikum, aber in die allerunterste Schublade. Haben nichts anderes im Sinn als ihre Mitmenschen auszuspionieren und Lug und Trug zu verbreiten!"

Schönkirchner, der die Personalien der beiden bereits aufgenommen hatte, war bereits beim Recherchieren. „In der Kartei haben wir die beiden nicht, außer diesen kabarettistischen Anzeigen im Nachbarschaftsstreit liegt nichts gegen sie vor. Sie war Putzfrau bei verschiedenen Geschäftsleuten in der Stadt und er Schulwart in der Hauptschule!"

Seipelt fiel ihm aufgeregt ins Wort. „Bingo! Da fällt mir was ein, da hat es vor zwanzig Jahren so Gerüchte gegeben, dass der Alfons angeblich immer die Mädchen in der Garderobe des Turnsaales beim Ankleiden beobachtet hat! Und die Agnes haben sie kurzerhand aus dem Pfarrgemeinderat entfernt, weil sie mit allen gestritten hat! Von wegen ‚anständige Frau', da geht mir der Hut hoch, wenn ich so was höre. Die sind doch beide schwer gestört, gehen sich gegenseitig den ganzen Tag auf den Wecker und lassen ihren Frust an ihren Nachbarn aus!"

„So kommen wir nicht weiter, meine Herren! Neumann, du gehst nach dem Mittagessen in dieser Siedlung von Haustür zu Haustür, hör' dich bei den Leuten um, ob irgendwer das Mordopfer mit verdächtigen Gestalten gesehen, ob sie vielleicht von wem bedroht wurde, oder sie vor irgendwem Angst hatte. Es wäre ja durchaus möglich, dass sie mit anderen Leuten in ihrer Umgebung Kontakt hatte, du weißt schon, auf was es ankommt, okay? Nimm den Kollegen Reininger mit und befragt auch das Personal beim Bäcker, Fleischer, Supermarkt und Ähnlichem. Es wäre sehr hilfreich, wenn wir den letzten Tag in ihrem Leben rekonstruieren könnten! Vielleicht ergibt sich da eine Spur, der wir nachgehen können! Erkundigt euch, wo es im Umkreis von 30 Kilometern einen Chinesen gibt. Fahrt dort hin und zeigt dem Personal ein Foto der Toten und fragt nach, ob sie am 10. Juli dort gegessen hat. Entweder mittags oder am Abend. Allein oder in Begleitung.

Und du Seipelt, gehst heute abends noch zu diesem Ferdl Huber und erklärst ihm, dass er seinen Bruder so rasch wie nur möglich aus dem Wald herausschleppt! Du, Erwin, schaust in deinen Blechtrottel und durchforstest die Kartei nach allen Regeln der Kunst. National und international, gib alle Namen ein, mit denen wir es bislang zu tun hatten, vielleicht landen wir einen Volltreffer! Ich werde den Staatsanwalt anrufen, um einen Durchsuchungsbefehl für das Haus der Trutzbichlers zu erwirken. Außerdem möchte ich die Geschichte mit dem Waldmenschen vorerst nicht publik machen. Der ist menschenscheu und wir benötigen seine Informationen. Ich bin zutiefst davon überzeugt, dass er das Verbrechen beobachtet hat!"

Erwin Schönkirchner grinste, sichtlich froh darüber, dass der Chef nun auf Betriebstemperatur kam und machte sich sofort an die Arbeit. Denn wenn der brillante Ermittler Kalteis eine Schwäche hatte, dann war es die EDV. Trotz aller Bemühungen seiner Vorgesetzten hat er sich von Anfang an geweigert, an einer Schulung teilzunehmen. Alles, was mit Computer, Internet, Facebook und Co zu tun hatte, war ihm suspekt bis zum Geht-nicht-Mehr und deshalb war sein diesbezüglicher Wissensstand auf dem Niveau eines Säuglings. Seine standhafte Weigerung, sich damit zu befassen, war ausschlaggebend dafür, dass er die Karriereleiter nicht weiter erklimmen konnte. Doch das war ihm egal, er fühlte sich wohl, wenn er einen komplizierten Fall zu ermitteln hatte und wenn er erst einmal in Fahrt kam, dann gab es kein Halten mehr. Sein Gespür für komplizierte Bewusstseinsvorgänge war geradezu sensationell und er hatte die seltene Gabe, sich sowohl in das Opfer, als auch in den Täter hineindenken zu können. Schönkirchner und der junge Neumann waren glücklich, Teil seines Teams zu sein und segelten im Windschatten seiner Erfolge mit. Auf der Sicherheitsakademie war Kalteis ein Vorzugsschüler und in den Fächern Kriminalistik und Vernehmungstechnik der absolute Star, da konnte ihm keiner das Wasser reichen. Seine Vorgesetzten bis hinauf zum Innenminister sonnten sich in seinem Ruf und wenn er punkto EDV nicht so stur gewesen wäre, hätten sie ihn schon längst auf die FBI-Akademie nach Quantico gesandt! Doch Kalteis war eben „der Kalteis“, der Kommissar mit der österreichweit höchsten Aufklärungsquote. Er hatte einen Ordner angelegt, in dem alle Zeitungsberichte von den spektakulärsten Fällen abgeheftet waren, die er gelöst hatte. Wo er sogar als „Superbulle“ tituliert wurde. Auf vielen dieser Bilder war er meist mit einem seiner Vorgesetzten zu sehen, der sich im Scheinwerferlicht rund um ihn sonnte. Natürlich gab es auch Neider unter den Kollegen. Die eben nicht mit dieser ganz speziellen Art von Spürsinn ausgestattet waren wie Kalteis. Seine Methoden waren unorthodox, entsprachen nicht den – oft praxisfernen – Lehrbüchern. Durch seine Erfolge wurde er immer wieder zu Vorträgen und Schulungen eingeladen. Mit seinem Vortrag „Gewalt im Fernsehen“ war er in ganz Österreich unterwegs gewesen, hauptsächlich in höheren Schulen, bei vielen Elternabenden, in Volkshochschulen, aber auch auf der Sicherheitsakademie der Polizei.

Das Thema Gewalt war sein Steckenpferd. Die Ursache, warum Gewalt ausgeübt wurde. Wie man sie verhindern könnte und wie sich Darstellungen von Gewalt auf Kinder und Jugendliche auswirkt. So hatte er sich die Mühe gemacht und eine Woche lang in einer TV-Programmzeitung alle Sendungen, in denen Gewalt im Spiel war, aufgezeichnet. Dabei handelte es sich um die Programme der vierzig Sender, die den größten Zuseheranteil in Österreich hatten. Nur an einem Tag fand er 69 Kriminalfilme, Kriegsfilme oder Krimiserien. Eine internationale Untersuchung hat ergeben, dass heutzutage ein Zwölfjähriger schon an die 14.000 Gewaltszenen im Fernsehen, aber zunehmend auch im Internet und in Computerspielen Mord, Totschlag, Vergewaltigungen oder schwere Körperverletzungen konsumiert hat. Dazu kommen noch all die Videospiele, in denen man nur dann siegreich ist, wenn man die anderen abgeschossen und ausradiert hat. Helden mit perfekt trainiertem Superkörper wie Batman, Spiderman und eine Handvoll mehr sind unfehlbare tödliche Kampfmaschinen, sorgen scheinbar für Recht und Ordnung und werden zu Vorbildern vieler Jugendlicher. Die größte Gefahr dieser elektronischen Reize ist ein gewisser Kontrollverlust in der Unterscheidung von Gut und Böse. Deshalb riet er den besorgten Eltern, mit ihren Kindern gemeinsam jene Filme auszuwählen, die gewaltfrei waren. Weiters schlug er vor, mit den Kindern über die Entstehung und Auswirkung von Gewalt offen zu diskutieren, um für sich selbst ein Werturteil zu bilden und kritisch zu bleiben. Die Gefahr liegt darin, so erklärte er immer wieder, dass in Film und Fernsehen Gewalt oft in eine heile Welt eingebettet wird, welche nach den allgemeingültigen Strickmustern von Liebe und Sex, Macht und Glamour funktioniert und nicht auf den ersten Blick wahrgenommen wird.

Dieser Vortrag stieß auch auf internationales Interesse, weshalb er auch schon zu Fachveranstaltungen der Polizei in Deutschland und der Schweiz eingeladen wurde. Er sah es als seine Pflicht, vor den Gefahren des Gewaltkonsums Jugendlicher im Fernsehen etc. zu warnen, sei es in Wien, München oder eben auch in Hochstätt. Er sah sich berufen, für Recht und Ordnung zu sorgen, ohne Wenn und Aber.

Noch am selben Tag ging Seipelt zu Ferdinand Huber. Dieser war wie vor den Kopf gestoßen, als er ihm vom Verdacht berichtete, von dem Verdacht gegen seinen Bruder. Im ersten Moment rang er nach Fassung, im zweiten suchte er nach den Hintergründen.

„Hast du gewusst, dass der Sepp mit der Dagmar in die Schule gegangen ist? Sie waren immer gute Freunde und sie hat ihm bei den Mathe-Aufgaben geholfen. Mit achtzehn Jahren haben sie beide an einem Tanzkurs teilgenommen. Ich bin mir ganz sicher, dass er in sie verliebt war. Aber er war viel zu schüchtern, um sich ihr gegenüber zu äußern. Die Dagmar ist dann nach Linz gegangen und hat den Rüdiger geheiratet. Und Ihr glaubt, dass er Zeuge des Mordes ist?"

Seipelt erzählte ihm von den Schubkarrenspuren, die zu Sepps Hütte führten. Von dem Zeitraum zwischen Ermordung und dem anonymen Anruf und von der Notwendigkeit, ihn als Zeugen vorzuladen. Mittlerweile war Ferdinand Huber von seinem Sessel aufgesprungen und ging rastlos hin und her.

Er sprach mit sich selbst. „Und was soll ich jetzt tun, in den Wald hineingehen und den Sepp mit einer Banane herauslocken? Was ist, wenn er nicht will? Soll ich ihn dann an den Haaren herschleifen?"

Nun wandte er sich Seipelt zu. „Du kennst doch das Drama von seinem Unfall. Zwei lange Jahre verbrachte nur in Krankenhäusern und auf Reha. Sein Gehirn war schwer geschädigt und er konnte kaum sprechen, war im Stadium eines Kleinkindes, hat sich alles erst mühsam erarbeiten müssen. Ich habe das alles miterlebt und alles getan, was in meiner Macht stand, um ihn wieder ein Stück an die Normalität heranzuführen. Ich bin der Einzige, den er an sich heranlässt. Die Flucht in die Einsamkeit des Waldes hat er als seinen einzigen Ausweg gesehen, um den lieben Mitmenschen aus dem Weg zu gehen. Für den modernen Menschen, der sich im digitalen Irrgarten längst schon verirrt hat ohne Chance, jemals wieder herauszufinden, ist ein Mensch ohne Handy und Internet nicht denkbar. So einer wie mein Bruder steht doch den Anforderungen unserer schnelllebigen und von Egoismus geprägten Zeit hilflos gegenüber. Getratscht ist genug g'worden über ihn und so wurde er mit dem kaum schmeichelhaften Prädikat ‚Waldmensch' abgestempelt! Und genau da liegt das

Problem! Gebt mir einen Tag Zeit, dass ich ihn davon überzeugen kann, in dem Mordfall auszusagen. Aber er ist an Menschen nicht mehr g'wöhnt, spricht nur zu sich selbst. Wir können keinen Auflauf brauchen, und wenn nun plötzlich alle Welt seine Hütte sieht und seine Geschichte hören will, dann wär' das sein Untergang!"

„Ich kann dir nur versprechen, dass der Kommissar so behutsam wie möglich vorgehen wird. Doch der Sepp ist der Schlüssel zur Aufklärung des Falles. Er allein weiß, was in jener Nacht im Wald vorgefallen ist. Er ist quasi unser Kronzeuge! Wir werden seine Aussage auch streng vertraulich behandeln! Erklär' ihm das bitte! Er wird in keiner Presseaussendung genannt werden und mit seiner Aussage hat sich die Sache erledigt, darauf hast du mein Wort! Hat er überhaupt so einen Schubkarren, wie es früher in jedem Haushalt einen gab? Dunkelgrün, mit einem Metallreifen auf dem Rad?"

„Hundertprozentig. Er hat doch jahrelang immer das Klaubholz im Wald zusammen'tragen und fein säuberlich g'hackt und in Bündeln zusammeng'schnürt. Das ist ein uraltes Recht und die Herrschaft ist froh, wenn wer den Wald fein säuberlich räumt. Vor dem Winter bin ich mit dem Anhänger immer zu seinem Lagerplatz bei der Hütte g'fahren und wir haben diese Binkel aufg'laden. Er hat in seinem Winterquartier in der Mansarde einen alten Holzofen, den er immer selbst beheizt hat."

„Wir werden uns den Schubkarren ansehen. Du aber musst alles daransetzen, dass der Sepp zu einer Aussage bereit ist. Wir brauchen ihn dringend, nur er kann Licht ins Dunkel bringen!" Seipelt flehte ihn förmlich an, weil er sich verpflichtet fühlte, den Mörder von Dagmar zu finden.

Ferdinand Huber war damit einverstanden. „Aber die Befragung muss in meinem Haus stattfinden. Wir müssen jeden

Auflauf vermeiden, sonst bringen wir kein Wort aus ihm heraus. Und Ihr müsst ihm die Zeit geben, die er braucht. Er spricht noch immer sehr langsam und manchmal fehlen ihm die Worte. Ich werd' morgen in den Wald geh'n, wir haben unsere Zeichen, wie und wo wir uns finden können! Wenn er bei mir ist, dann ruf ich dich an. Erklär bitte dem Kommissar, dass dieser Weg der einzig richtige ist, hast du mich verstanden?"

Währenddessen ging der junge Kommissar Neumann, blond, fesch und der Traum aller Schwiegermütter, in der engeren Umgebung des Mordopfers von Haus zu Haus auf der Suche nach Informationen. Wie in einer Kleinstadt so üblich, wurde er mit Vermutungen, Gerüchten, Klatsch und Tratsch geradezu überhäuft, sodass es ihm schwerfiel, die Spreu vom Weizen zu trennen. Drei Aussagen schienen interessant zu sein. Einer älteren, alleinstehenden Dame war es aufgefallen, dass nach dem Auszug ihres Ehemannes die lauten, alkoholtriefenden Partys ein jähes Ende gefunden hatten. Ein junges Ehepaar hatte bemerkt, dass es im letzten Halbjahr wiederholt Tage gab, in dem in Dagmars Haus kein Licht brannte und hin und wieder ein Motorrad vor dem Haus stand. Ihre Aussage deckte sich mit der Beobachtung eines pensionierten Lehrers, der gesehen hatte, dass Dagmar von einem Rocker auf einer Harley-Davidson abgeholt wurde. In den Geschäften wurden sie nur in der Bäckerei fündig. Dort hatte sie, wie vor jedem anderen Wochenende auch, einen Striezel erstanden. In dem Chinalokal war Dagmar Stammgast, mindestens einmal im Monat war sie dort aufgekreuzt. Die Kellnerin konnte sich erinnern, dass sie am Tag ihrer Ermordung das Mittagessen dort eingenommen hatte und dass sie allein gewesen war. Wie üblich wurden alle diese Aussage auf einem Kärtchen vermerkt und an der Pinnwand angeheftet.

Am nächsten Morgen, pünktlich um neun Uhr, übergab Alfons Riedler sein Spitzel-Tagebuch zu treuen Händen, wie er es gönnerhaft bezeichnete, dem Kommissar. Und verstreute gleichzeitig diesen typischen Altmännergestank im Raum, sodass Schönkirchner augenblicklich das Fenster aufriss. Kalteis aber zog sich zum Studium in sein Büro zurück. Der Fenstergucker, wie er in Hochstätt genannt wurde, musste den Großteil seiner Freizeit bei seinem Dachbodenfenster verbracht haben. Akribisch genau waren Tag für Tag alle interessanten, aber auch alltäglichen Vorgänge in seiner Sichtweite notiert. Mit Datum, Uhrzeit, der Anzahl der Personen, kurzum, mit allem Wichtigen und Unwichtigen, was ihm ins Auge stach. Er hatte nicht nur das Haus Trutzbichler im Auge, sondern auch alle anderen in dieser Siedlung. So wusste er genau, dass Frau X einmal pro Woche zum Friseur ging, beim pensionierten Lehrer mindestens zweimal im Monat der Briefträger eine Bestellung mit Büchern von Amazon ablieferte und das dreizehnjährige Mädchen nebenan heimlich im Gartenhaus rauchte. Diese und ähnliche Eintragungen überflog der Kommissar in Windeseile, ihn interessierten einzig und allein Riedlers Aufzeichnungen bezüglich des Mordopfers. Und diese waren teilweise sehr aufschlussreich, denn der feschen Dagmar galt seine ungeteilte Aufmerksamkeit. Ein Großteil der Notizen betraf seine Beobachtungen des Swimmingpools und der Terrasse. Kurz und bündig notierte er alle Einzelheiten. An welchen Tagen sich Dagmar nackt im Garten tummelte, ebenso die Muster und Farben ihre diversen Bikinis und selbstverständlich auch, wer und wann zu Besuch gekommen war. Doch er hatte nicht nur den Garten in seinem Blickfeld, sondern auch das Badezimmerfenster. Eine Notiz erweckte das Interesse des Kommissars: *8. Juli, 20.30 Uhr, D. unter der Dusche, aber zu zweit, fremder Mann*

Kalteis pfiff durch seine markante Zahnlücke. Denn das bedeutete, dass Dagmar Trutzbichler zwei Tage vor ihrer Ermordung noch Herrenbesuch hatte. Wer aber war dieser Mann? Der Mörder? Leider fand er zu dieser Meldung nichts, was auf diesen Mann hinwies. Ausgerechnet an diesem Tag hatte Riedler kein Auto, kein Motorrad oder sonst irgendeine Bewegung vor oder in dem Haus bemerkt. Drei weitere Notizen galten einem Motorradfahrer mit Zottelhaar und Bart, zwischen dessen Ankunft und Abfahrt jeweils eine Stunde lag. Doch hin und wieder blieb er auch über Nacht. Ein gutes Jahr lang herrschte dieser Zustand, es war ein stetes Kommen und Gehen, wie die Aufzeichnungen preisgaben.

Kalteis griff nach einem der Kärtchen und schrieb darauf: „Motorradfahrer mit Zottelhaar und Bart ???“ Er heftete es auf die Pinnwand. Schönkirchner kopierte die betreffenden Seiten aus Riedlers Tagebuch und pikste sie darunter an.

„Wir konzentrieren uns in erster Linie auf diesen Rocker. Wenn der einer Motorradgang angehört, dann haben wir ihn eventuell sogar in der Kartei! Aus der Aussage von Frau Otto ist uns bekannt, dass Dagmar dann und wann auf verbotenen Pfaden wandelte und das Risiko suchte. Es ist durchaus möglich, dass sie ab und zu bei einer der Ausfahrten dabei war. Sie liebte anscheinend den Nervenkitzel, um wie eine Schlange ihre alte Haut abzustreifen. Es könnte sein, dass sie sich bewusst der Gefahr aussetzte. Wie wir alle wissen, wandeln verschiedene dieser Gangs außerhalb des Gesetzes. Die Hells Angels zum Beispiel mischen kräftig im Drogenhandel und der Prostitution mit. Die sind nicht gerade zimperlich, wenn sich ein Mitglied nicht an die Regeln hält und in der Begegnung mit rivalisierenden Gangs hat es auch schon Tote gegeben! So geschehen vor einem Jahr in Berlin, wo die Hells Angels mit den Bandidos zusammenkrachten. Erwin, du durchforstest deinen Blechtrottel nach allem, was unter Motorradgangs zu finden ist. Befasse dich aber nur mit den Gangs, die schon mit dem Gesetz in Konflikt geraten sind. Tragisch ist nur, dass der Großteil dieser Kerle lange Haare und lange Bärte hat. Deswegen kann ich mir nicht vorstellen, dass die Riedlers einen davon in der Kartei erkennen würden! Verwirrend ist allerdings, dass es anscheinend zwei Motorradfahrer waren, die bei unserem Mordopfer ein- und ausgingen. Einer war der Rockertyp, der andere aber sah ganz normal aus. Wer von den beiden war dann der Rauschgiftlieferant? Wer der Mörder?“

Kalteis telefonierte mit dem Staatsanwalt und erklärte ihm die besondere Situation von Sepp Huber: „Die Befragung muss so diskret wie nur möglich vor sich gehen“, forderte er. „Seine Aussage muss als vertraulich gelten und die Öffentlichkeit darf nichts davon erfahren.“
Dreißig Minuten lang hämmerte er auf den Staatsanwalt ein, bis dieser nachgab und sich damit einverstanden erklärte. Die Ausstellung eines Durchsuchungsbeschlusses für das Haus des Mordopfers ging dafür in einer Minute über die Bühne.

Kurz nach Mittag brach Kalteis gemeinsam mit seinen jungen Kollegen vom LKA, Neumann und Reininger, über Dr. Trutzbichler ein wie eine mittlere Naturkatastrophe. Der Kommissar hielt ihm den Durchsuchungsbefehl vor die Nase und erklärte ihm unmissverständlich, dass ein Anruf bei seinem Anwalt kontraproduktiv wäre. Naserümpfend ließ er die Beamten ein. Sie durchkämmten das Haus vom Keller bis zum Dachboden, suchten im Garten und der Garage nach brauchbaren Hinweisen, öffneten Kästen und Truhen und drangen tief in die Privatsphäre der Toten ein. Klopften Wände und Fußböden ab auf der Suche nach einem Geheimversteck. Rissen Schubladen auf, durchwühlten Papierkörbe und Mülltonnen. Der fesche Neumann wurde schließlich in der Garage fündig. In einem alten Kasten, unter einer Decke versteckt, fand er eine Ledergarnitur, wie sie Motorradfahrer tragen.

Kalteis stellte den Hausherrn zur Rede.

„Haben Sie gewusst, dass sich ihre Frau mit wilden Kerlen einer Motorradgang herumtrieb?“

Dr. Trutzbichler kippte fast aus den Schuhen, als ihm Kalteis die Motorradkluft seiner Gattin hinhielt, war fassungslos, rang nach Atem. Es stand ihm förmlich ins Gesicht geschrieben, dass er von Dagmars Umtrieben nichts gewusst hatte.

„Ich schwöre Ihnen, dass ich diese Montur noch nie gesehen habe. Ich selbst bin nie mit einem Motorrad gefahren und habe auch noch nie eines besessen. Dasselbe gilt auch für meine Frau. Es ist mir unerklärlich, was sie mit dieser Lederkluft wollte!“

Kalteis stieß unbarmherzig nach.

„Ist Ihnen bekannt, dass Ihre Gattin Kokain schnupfte?“

Nun war es um Dr. Trutzbichler geschehen. Er, der weltgewandte Manager, in der ganzen Welt zu Hause, mit höchsten Persönlichkeiten in Wirtschaft und Politik per du, sank auf einem Sessel zusammen und begann bitterlich zu weinen. Der Kommissar gab ihm ein paar Minuten Zeit.

Dr. Trutzbichler fasste sich und bat den Kommissar um eine vertrauliche Unterredung. Sie gingen in sein Arbeitszimmer, währenddessen Neumann und Reininger weiter im Haus herumstöberten.

„Ich habe doch schon seit mindestens einem halben Jahr das Haus nicht mehr betreten“, begann Rüdiger Trutzbichler mit seiner Rechtfertigung. „Wir hatten einige höchst unerfreuliche Telefongespräche in denen sie mich saumäßig derb beschimpfte und herumschrie wie eine Furie. Ich hab' stundenlang auf sie eingeredet, dass eine Scheidung für sie die beste Lösung wäre. Rechtmäßig steht mir die Hälfte des Hauses zu, aber ich hätt' darauf verzichtet, nur um endlich Ruhe zu haben. Den Brief meines Rechtsanwaltes hat sie ungeöffnet wieder zurückgesandt. Es war unmöglich, sich mit ihr zu einigen. Glauben Sie mir, Herr Kommissar, dass ich alles Menschenmögliche unternommen habe, um sie zur Vernunft zu bringen. Aber es war nicht möglich, eine gemeinsame Gesprächsbasis mit ihr aufzubauen!"

„Hat Rebecca Conti auf einer Scheidung bestanden, wollte sie Ihre Ehefrau werden?"

„Nein. Sie ist Chefredakteurin eines bekannten Reisejournals und ständig in aller Welt unterwegs. Wir lieben uns, aber wir haben vereinbart, nicht wie Kletten aneinanderzuhängen. Sie braucht ihre Freiheit, und ich habe eine Position in einem großen Konzern inne, in dem es keine 40-Stunden-Woche gibt, wo von einem erwartet wird, ständig und überall für die Firma erreichbar zu sein, das ist der Preis für den Erfolg."

Das Mitleid des Kommissars hielt sich in Grenzen. Er mochte diesen Mann nicht und machte ihm unmissverständlich klar, dass es einen Mord zu klären galt und Schonung nicht angebracht war.

Dr. Trutzbichler ging zur Bar, goss sich einen Cognac ein, bot Kalteis an, einen Schluck zu trinken. Dieser lehnte jedoch ab.

„Es ist für die Ermittlung notwendig, mehr über Ihre Ehe und über die Persönlichkeit Ihrer Gattin zu erfahren. Ich bin ein alter Hase in dem Geschäft, mich kann nichts mehr überraschen, sprechen Sie sich also Ihren Frust von der Seele!"

Trutzbichler lächelte süffisant.

„Ich habe Erkundigungen über Sie eingeholt und man hat mir versichert, dass Sie der erfolgreichste Ermittler im Lande sind und ich hoffe inständig, dass Sie den Mörder meiner Frau bald fassen. Meine Zeit ist begrenzt und ich werde in Linz dringend erwartet, also lassen Sie uns zur Sache kommen!"

Ohne lange Umschweife erzählte er Kalteis nun von seiner Beziehung zu Dagmar. Von den ersten, schwierigen Jahren, als er mit dem Studium noch nicht fertig gewesen war und sie von ihrem Gehalt gelebt hatten. Von seiner Strebsamkeit, die ihn Stufe für Stufe der Karriereleiter erklimmen ließ, sodass sie sich mehr leisten konnten. Wie sie das Haus umbauten, Dagmar ihre gutbezahlte Stellung in Linz aufgab und nach Hause ging, um ihren kranken Vater zu pflegen. In den ersten Jahren hatte er mit ihr gemeinsam die Wochenenden in Hochstätt verbracht und auch die Urlaube. Als er zum jüngsten Vorstandsvorsitzenden in dem riesigen Konzern bestellt wurde, war er auf dem Höhepunkt seiner beruflichen Laufbahn angelangt. Zu dem Preis, immer weniger Zeit für seine Frau zu haben. Von da an wurde sie immer unzufriedener, obwohl er ihr ein Leben in Saus und Braus zu Füßen legte. Zu allen nur erdenklichen Anlässen schenkte er ihr Schmuck, ging mit ihr in Linz in teure Modegeschäfte einkaufen, verwöhnte sie nach Strich und Faden und gewährte ihr Zugriff auf sein Konto. Doch all der Luxus, der sie umgab, konnte sie nicht zufriedenstellen. Irgendwann begann sie mit ihren Eifersuchtsattacken. Wenn er am Freitagabend nach Hause kam, schnüffelte sie in seinem Wagen herum, um irgendwelche Düfte einer anderen Frau aufzuspüren. Suchte seine Taschen ab, durchwühlte seinen Kleiderschrank auf der Suche nach Beweisen für seine Untreue. Rief seine Sekretärin an und beschimpfte sie maßlos, die Finger von ihrem Mann zu lassen. Dabei war er ihr bis zu jenem Zeitpunkt nie untreu gewesen. Doch dann lief ihm bei einem Meeting in Genf Rebecca über den Weg und es war um ihn geschehen. Ein Superweib, hochintelligent, die von Berufs wegen in der ganzen

Welt zuhause war und vier Sprachen sprach! Dann kam bald der Moment, in dem er seiner Frau erstmals eine Scheidung vorschlug. Sie beschimpfte ihn und schaltete auf stur, für sie kam eine Scheidung nicht in Frage. Obwohl seit einigen Jahrzehnten auch im konservativen Hochstätt Scheidungen keine Seltenheit mehr waren, wollte sie sich doch das Gerede darüber ersparen. Ihr einziges Gegenargument war, dass sich ihre Eltern im Grab umdrehen würden, wenn sie das wüssten.

„Dabei bestand unsere Ehe nur mehr auf dem Papier, und ich kam wochenlang nicht nach Hause. Je mehr ich mich von meiner Frau entfernte, desto mehr Geld hob sie von meinem Konto ab."

Nun wurde Kalteis hellhörig. „Wann war das?"

Trutzbichler dachte nach. „Da müsste ich jetzt in den Kontoauszügen nachschauen, die sind aber in Linz. Hmm, ich denke, dass es im Frühjahr 2020 begonnen hat. Als ich es bemerkt hab', hab' ich sie angerufen und wollte wissen, wofür sie das Geld braucht. Sie hat mir klipp und klar erklärt, dass mich das nichts anginge. Einige Zeit habe ich dem bösen Spiel noch zugeschaut, dann hab' ich das Konto sperren lassen und zwei neue eingerichtet. Eines für das Haus, damit wurden alle Kosten für Heizung, Kanal, Wasser und so weiter abgebucht. Eines für sie, mit einer freiwilligen Zahlung von zweitausend Euro im Monat, damit konnte sie schön leben.
Nun wissen Sie alles über mich, Herr Kommissar, und ich ersuche Sie, das Gespräch als vertraulich zu betrachten. Es ist genug, wenn es in meiner Firma jeder weiß, dass meine Frau ermordet wurde. Ich höre dort die Tratschweiber jubilieren und kann mir keinen Skandal leisten. Die Firmenleitung vertraut mir und ich wünsche mir, dass Sie das nun auch tun!"

Kalteis zeigte Verständnis für seine Lage, kam aber nicht umhin, ihm von ihren sexuellen Leidenschaften zu erzählen.

„Wussten Sie, dass Ihre Frau hin und wieder ein Wochenende in einem Swingerclub in Linz verbrachte und sich dort austobte in der Hoffnung, dass sie irgendwer erkennen würde? Dass quasi in irgendeinem Skandalblatt zu lesen stand, dass sich die Frau des bekannten Vorstandsvorsitzenden Dr. Rüdiger Trutzbichler bei Orgien vergnügte? Sie setzte unsinnige und nicht ganz ungefährliche Aktionen in Gang, nur um Ihnen zu schaden!"

Er wusste nichts davon und blieb stumm. Seine weltmännische Gewandtheit blätterte von ihm ab wie der Putz eines alten Gemäuers. Kopfschüttelnd stand er auf, ging zur Bar und goss sich noch einen Cognac ein. Kalteis aber war noch nicht bereit, das Gespräch zu beenden.

„Eine letzte Frage noch, eigentlich sind es zwei. Könnte Rebecca Conti mit dem Mord etwas zu tun haben? War vielleicht ein Auftragsmörder im Spiel?"

„Jetzt werden Sie aber spekulativ, Herr Kommissar! Das kann ich mit hundertprozentiger Sicherheit ausschließen. Die beiden Damen sind sich nie begegnet, und ich habe Rebecca aus den Streitereien mit meiner Frau stets herausgehalten. Es ist ja nicht so, dass wir zusammenleben und es kann immer wieder vorkommen, dass wir uns einige Wochen nicht sehen. Außerdem hätte sie kein Motiv gehabt, Dagmar zu töten. Sie hat nie auf einer Scheidung bestanden, weil sie sich nicht so fest an mich binden wollte! Von der Flucht meiner Gattin in riskante Unternehmungen habe ich ebenfalls nichts gewusst! Weder von ihren Abenteuern mit der Motorradgang noch von der Kokainschnupferei und den Besuchen in einem Swingerklub, das würde ich jederzeit auch unter Eid aussagen! Aber sie hat immer Lust gehabt an leichtsinnigen Experimenten, ich traue ihr in dieser Beziehung alles zu."

„Vorerst will ich Ihnen einmal glauben, aber für mich sind Sie noch lange nicht aus dem Schneider. Morgen wird ein Kollege der Drogenfahndung mit einem Spürhund nochmals das Haus durchsuchen – das kann ich Ihnen leider nicht ersparen. Auf Wiedersehen!"

Im Ermittlungsbüro berichtete Neumann von seinen Erkenntnissen: „Das Mordopfer muss sich spontan mit seinem Mörder getroffen haben und sie hatte keinesfalls vor, mit ihm irgendwo hinzufahren. Ihr Bett war nicht gemacht, Schmutzwäsche lag herum und es war nicht aufgeräumt worden. Allerdings waren die Vorhänge überall zugezogen und in einem Aschenbecher fand ich ein paar Zigarettenstummel der Marke Gauloises. Ich hab' sie mitgenommen, um sie auf DNA-Spuren untersuchen zu lassen. Die Fotos, die herumstanden, zeigen sie mit ihrem Mann bei irgendwelchen Urlauben. Wir haben alle Schubladen durchwühlt, weder eine Waffe noch eine größere Geldsumme oder Drogen gefunden. Aber auch keine Erpresserbriefe oder gar Morddrohungen oder Ähnliches. Im Spiegelschrank im Bad war ein Fläschchen mit Antidepressiva und eine Schachtel Schlaftabletten. Im Tritteimer sind wir auf einen dieser Einmalrasierer gestoßen, ich habe ihn eingepackt. Ihr Kabrio steht in der Garage, auf den Reifen waren keine Spuren von Walderde zu finden. Aber im Handschuhfach haben wir eine Eintrittskarte zu einem Rockfestival in Wiener Neustadt gefunden, das vor dem ersten Lockdown stattfand. Wahrscheinlich war sie mit ihrer Gang dort! Sonst haben wir keine nennenswerten Beweise entdeckt, die uns weiterhelfen könnten. Aber wir haben ihren Laptop mitgenommen, mit dem sich jetzt der Erwin befassen kann!"

Kalteis nickte anerkennend. „Gut gemacht, Christian! Du fährst sofort ins LKA nach St. Pölten. Bring die Zigarettenstummel und den Rasierer ins Labor und mach den Kollegen von der Drogenfahndung Feuer unter dem Arsch, damit sie morgen früh antanzen, denn mittags muss unser Freund Trutzbichler wieder in seine Vorstandsetage."

Erwin Schönkirchner war in seinem Blechtrottel fündig geworden. „Stell dir vor, das Superweib Rebecca Conti ist in ihrer Jugend straffällig geworden! Sie hat sich in Lugano in der Schickimickiszene herumgetrieben und dort reichen Männern höchst diskret ihre Dienste als sogenannte ‚Escort-Dame' angeboten. Die Sittenpolizei wurde aber bei ihren Ermittlungen gegen sie auf geheimnisvolle Art und Weise zurückgepfiffen. Da haben wohl einige der prominenten Herren ihren Einfluss geltend gemacht. Sie hat sich also als Gefälligkeitsdame ihr Studium an der Uni finanziert! Ist das nicht ein Knaller!? Ich kann mir aber beim besten Willen nicht vorstellen, dass sie ihrem Freund Rüdiger Trutzbichler davon erzählt hat!"

Kalteis pfiff wieder durch seine Zahnlücke. „Sieh an, sieh an, wie sich unser Fall langsam, aber sicher weiterentwickelt. Ersuche die Schweizer Kollegen um den Akt dazu. Weiters musst du die Telefonliste sowohl von Dagmar als auch von Rüdiger Trutzbichler und Rebecca Conti anfordern. Außerdem benötigen wir die Kontobewegungen der drei Personen!"

Kalteis war aus dem Häuschen. Erstmals in diesem Fall ging etwas weiter und so steckte er sich euphorisch eine seiner geliebten Lindor-Kugeln in den Mund. Eine blaue, mit Bitterschokolade, die liebte er besonders. Ein wahres Highlight für ihn, das immer herhalten musste, wenn er in Hochstimmung oder aber auch an einem Tiefpunkt angelangt war.

Die Kontobewegungen der Ermordeten hatten es in sich, schwankten von eintausend bis dreitausend Euro pro Vorgang. Dann brachen sie abrupt ab, als ihr Mann dieses Konto auflöste. Kalteis war sicher, dass Dagmar mit Rüdigers Geld

ihre Sucht finanziert hatte und, als die Geldquelle versiegte, damit wieder aufhörte. Nun stellte sich die Frage, wie ihr Dealer darauf reagiert hat. War er der Mörder? Wollte er sie zwingen, wieder mit dem Koksen zu beginnen? Hatte er sie am Ende gar erpresst? Bekam er Geld von ihr oder hätte er noch welches bekommen sollen?
Wenn es aber ihr Motorradfreund war, der sie mit der Droge belieferte, warum haben sie sich dann im Wald getroffen, wo er doch sonst immer ins Haus kam? War sie verzweifelt oder in einer Notlage, weil sie auf sein Angebot einging? Wo ist ihre Handtasche geblieben, mit Handy und Geldbörse darinnen? Hatte ihr der Mörder alles abgenommen? Die erste Handyortung hatte kein Ergebnis gebracht, wahrscheinlich hatte der Mörder es weggeworfen. Fragen über Fragen tauchten urplötzlich auf, auf die man (noch) keine Antwort hatte. Es war mühsam, da es wenig Spuren gab, bei denen man ansetzen konnte.

Kalteis hielt es für notwendig, mit Rebecca Conti zu sprechen. Sie war zwar nicht mordverdächtig, doch er wollte herausfinden, ob sich ihre Aussage mit der ihres Geliebten decken würde. Er rief in der Redaktion in München an und wurde prompt zu ihr durchgestellt.

„Ich nehme an, Sie wissen bereits Bescheid über den Mord an Dagmar Trutzbichler“, begann er überfallsartig.

Zuerst war es still, es schien so, als ob sie erst ihre Gedanken sammeln wollte. Nach einer Schrecksekunde meldete sie sich: „Ja, Herr Kommissar, Rüdiger hat mich gleich angerufen, nachdem er von ihrem Tod verständigt wurde. Er war total außer sich und meinte, dass sie so einen Tod nicht verdient hätte!“

„Wo waren Sie in der Nacht von 10. auf 11. Juli des Jahres?“

„Das wissen Sie doch schon längst! Ich kann die Aussage von Herrn Trutzbichler bekräftigen. Sie können sich das vom Hotel bestätigen lassen. Rüdiger und ich haben seit einiger

Zeit eine Beziehung, ohne dass wir uns aneinander klammern. Wir treffen uns immer dann, wenn er seine Vierteljahreskonferenz in der Zentrale in München hat. Wir verbringen dann ein gemeinsames Wochenende und tun damit niemandem Unrecht, da er und Dagmar ja schon lange getrennt sind. Wir haben ein Abonnement für die Salzburger Festspiele und gehen hin und wieder auch in München in die Oper. Ich kann nicht verstehen, warum sie nicht in die Scheidung einwilligt. Er hat ihr ein äußerst großzügiges Angebot gemacht und es ist dumm von ihr, nicht darauf einzugehen. Für Rüdiger wäre das eine große Erleichterung, weil er doch immer wieder von Gewissensbissen geplagt wird."

Für Kalteis war sie noch lange nicht aus dem Schneider und so wurde er grob. „Wusste Rüdiger über die Art und Weise Bescheid, wie Sie Ihr Studium finanziert haben? Über Ihre Tätigkeit bei einem Escort-Service? Wir haben da eine sehr interessante Aussage der Polizei aus Lugano!"

Eine neuerliche Schrecksekunde. – „Hört denn das nie auf, mir meinen jugendlichen Leichtsinn vorzuwerfen", brach es fast weinerlich aus ihr heraus, „nein, natürlich weiß er nichts davon und er braucht es auch nicht zu wissen. Ich hoffe auf Ihre Diskretion. Sie wissen ja, dass der Fall nicht verhandelt wurde."

Kalteis beendete das Gespräch mit der Befriedigung, der sonst sehr selbstbewussten Dame einen Dämpfer versetzt zu haben. Er war kein Freund dieser Goldgräberinnen, die sich gutsituierten älteren Männern zuerst an den Hals schmissen und sie dann zur Kasse baten.

Nach der Auswertung der Bänder der Überwachungskamera des Hotels war klar, dass weder Trutzbichler noch Rebecca in jener Nacht mit dem Auto unterwegs waren. Mit öffentlichen Verkehrsmitteln jedoch wären die beiden in dieser kurzen Zeitspanne nie und nimmer nach Hochstätt und von dort wieder zurück nach München gekommen. Somit stand fest, dass weder Rüdiger Trutzbichler noch Rebecca Conti den Mord selbst begangen haben konnten.

Am späten Nachmittag traf Seipelt mit der erlösenden Mitteilung ein, dass der Waldmensch zu einer Aussage bereit wäre. Um acht Uhr abends, in der Dämmerung, würden er und Kalteis dem Hause Huber einen Besuch abstatten. Kalteis zog sich in sein Büro zurück, stellte einen Fragenkatalog zusammen und bereitete sich auf die hochsensible Begegnung vor.

Ferdinand Huber erwartete sie bereits an der Haustür. „Bitte gehen Sie behutsam mit ihm um, er ist ja den Umgang mit Menschen nicht gewohnt, er hat nur mich. Sprechen Sie leise und langsam, geben Sie ihm genug Zeit für eine Antwort. Sein Sprechzentrum im Gehirn ist schwer geschädigt und es fällt ihm manchmal schwer, die richtigen Worte zu finden. Wenn er nicht weiterkann, dann geben Sie ihm die Möglichkeit, etwas aufzuzeichnen. Er war bis zu seinem Unfall ein Naturtalent und hat schöne Bilder gezeichnet oder auch gemalt! Wir gehen jetzt ins Wohnzimmer und ich hole den Sepp aus seinem Winterquartier, seiner Kammer oben in der Mansarde!"

Kalteis und Seipelt setzten sich auf das Sofa. Die Nerven des Kommissars lagen blank, aber er zwang sich zur Ruhe. Als der Sepp den Raum betrat, konnte man eine Stecknadel fallen hören und er war ganz anders, als er es erwartet hatte. Denn sein Bruder hatte ihm die Haare geschnitten, den Bart gestutzt und eine halbe Stunde unter die Dusche gestellt. Aus dem zerzausten Waldmenschen war im Handumdrehen ein respektierlicher Mann Mitte vierzig geworden. Er schien völlig normal zu sein, erst bei genauerem Hinsehen erkannte man, dass der rechte Mundwinkel ein klein wenig verzogen war. Zaghaft nahm er seinen Platz gegenüber vom Kommissar ein.

Um die Situation so entspannt wie nur möglich zu gestalten, hatte Ferdinand einen Apfelkuchen gebacken und servierte dazu einen hausgemachten Brombeersaft.

„Den Saft hat der Sepp im Winter selbst gemacht. Er kennt einen Brombeerschlag im Wald und versorgt uns damit. Im Winter, wenn er wieder daheim ist, dann macht er den guten Saft!“ Dabei strich er seinem Bruder über das Haar. Dieser warf ihm ein dankbares Lächeln zu.

Der Kommissar räusperte sich. „Zu zuallererst möchte ich mich herzlich für Ihre Gesprächsbereitschaft danken. Was wir jetzt machen, ist kein Verhör, sondern eine Befragung. Ich habe ein Diktaphon mitgebracht und werde unser Gespräch aufzeichnen, wenn Sie es gestatten. Erzählen Sie mir bitte alles, was Sie in jener verhängnisvollen Nacht vom 10. auf den 11. Juli im Wald beobachtet hatten. Lassen Sie sich so viel Zeit, wie Sie dazu brauchen. Ich werde Sie beim Reden nicht unterbrechen und wenn etwas unklar ist, erst nachher meine Fragen stellen. Haben Sie mich verstanden?“

Sepp nickte. „Habe keine Uhr, brauche draußen keine. Sonne und Mond genügen. Spät in der Nacht munter, plötzlich Geräusch da, was nichts zu suchen hatte. Stockfinster, dann Schritte gehört. Sepp auf Ausguck hinauf, dort hingelegt, gewartet. Sieht mich keiner dort, aber ich sehe alles. Sehe und höre wie ein Luchs. Entgeht nichts. Zuerst ist die Frau gekommen, mit Lampe auf Kopf. Hat zu mir geschaut, war Dagmar, mit mir in der Schule. Handy aus der Tasche geholt, herumgedrückt. Hin- und hergegangen. Immer auf Uhr geschaut!“

Ferdl reichte ihm sein Glas, wischte ihm Speichelreste vom Mund. „Er braucht eine kurze Pause. So viel hat er schon lange nicht geredet. Aber er hat die Dagmar immer gerngehabt und ich denke, dass er sich bemüht, weil er will, dass der Täter gefasst wird.“

Sepp nickte. „Mörder schlecht, ganz schlecht. Ich traurig, weil Dagmar tot ist!“

„Wir werden den Mörder stellen, das verspreche ich Ihnen. Dazu müssen wir aber wissen, was damals im Wald geschehen ist! Erzählen Sie alles, was Sie darüber wissen.“

Sepp nickte abermals. „Motor gehört, Waldesrand, Güterweg. Mmh! Ja, ja Güterweg!“

„War es ein Auto?“

„Eher Motorrad. Ich früher hatte Motorrad! Gut! War sicher Motorrad! Ja!“

„Was geschah dann?“

„Großer Mann in Wald trifft Dagmar. Grüßen sich, alles gut! Er nimmt etwas aus der Tasche, gibt es ihr. Sie will es nicht, gibt zurück. Mann schreit, Dagmar Geld schuldig. Viel Geld, dreitausend Euro. Sie sagt, nicht wahr, geht weg. Er ihr nach, packt sie grob. Ganz grob, arme Dagmar. Läuft weg. Er nach, ihr Schal weht im Wind. Böser Mann greift nach Schal und zieht zu. Dagmar zappelt, fällt um. Aus. Böser Mann nimmt Handtasche, holt Geldbörse raus, geht weg. Schrecklich, schrecklich. Böser, böser Mann, Dagmar arme Frau, tot. Sepp nicht böse. Sepp traurig.“

Er hielt sich die Augen zu, ein tiefes Schluchzen entringt sich seiner Kehle. Schweißtropfen perlen über seine Stirn, sein Atem geht stoßweise. Trinkt wieder einen Schluck. Keucht. Ferdl wischt ihm Speichel vom Mund.

„Machen wir morgen weiter“, wandte sich sein Bruder an den Kommissar, „Sie sehen doch, wie ihm die ganze Sache zusetzt!“

Sepp reagiert gereizt. „Nein, nicht Schluss machen, Dagmar tot, Sepp traurig, Mann böse, muss eingesperrt werden! Bitte weitermachen!“

„Was passierte dann? Ist der Mörder weggelaufen?"

„Ja, nicht gekümmert um arme Dagmar, einfach liegen lassen. Ich mich ganz klein gemacht, oben auf Wachtfelsen. Gezittert, Angst gehabt, er sieht mich und bringt mich um. Er ist gegangen. Ich lange gewartet, bis Motor an. Noch länger gewartet. Weiß nicht, wie lang. Keine Uhr. Bin zu Dagmar, gemerkt, dass sie tot ist. Nichts zu machen. Bin zu Waldrand geschlichen, Güterweg leer, kein Motorrad da! Nicht gewusst, was ich machen soll. Lange bei Dagmar gestanden, geweint. Was tun? Habe ihre Lampe von Kopf genommen, geschickt so was, wenn stockfinster. Neumondnacht.

Bin in Hütte gegangen, schlafen wollen, nicht können. Wieder zu Dagmar hin, verzweifelt. Wenn Polizei kommt, tote Dagmar bei meiner Hütte, glauben, ich bin Mörder! Bin der Waldmensch, verrückt, spricht nur mit den Tieren rundherum, versteckt sich vor Menschen, will alleine sein, Ruhe haben!"

Immer wieder rang er nach den Worten. Nach den richtigen Worten. Wahrscheinlich hatte er noch nie so viel geredet. Es ist augenfällig, dass er immer wieder kurze Pausen einlegt, sein Redefluss ist gestört, voll von lauter ah, mh, eh, oh und ähnlichem. Urplötzlich sprang er auf, der Sessel fiel polternd zu Boden. Ging in seiner kleinen Kammer unruhig hin und her, öffnete das Fenster und schnappte nach frischer Luft. Ferdl legte ihm beruhigend seine Hand auf die Schulter, wischte ihm erneut den Speichel vom Mund. Sepp beruhigte sich langsam und setzte sich nieder. Es war ihm förmlich anzumerken, dass er sich dieses traumatische Erlebnis von der Seele reden wollte. Blickte den Kommissar an. Kalteis nickte ihm lächelnd zu. Mit aller Kraft sprach er weiter.

„Hole Schubkarren, lade arme Dagmar auf, fahre durch ganzen Wald bis zur großen Esche. Lege sie sanft auf Moos, wo es weich ist, mit Gesicht nach unten, kann ihre toten Augen nicht sehen. Frühmorgens zu Telefonzelle, Polizei anrufen. Rest bekannt! Ja, bekannt! Sepp gut! Polizei wichtig, Mörder fassen!“

„Können Sie den Mann beschreiben? Wie gut haben sie ihn in der Dunkelheit sehen können?“

„Großer Mann, lange Haare, langer Bart. Kappe auf. Jeanshose, Weste ohne Ärmel, glaube Leder, bin nicht sicher. Am Rücken Zeichnung mit bösem Tier, spuckt Feuer! Mehr nicht gesehen, oder? Vielleicht hohe Stiefel, bin nicht sicher!“

Seipelt, der bisher gespannt zugehört hatte, hielt ihm seinen Block hin. „Ich weiß, dass du gut zeichnen kannst. Zeichne uns bitte dieses Tier auf!“

Sepp strahlte über das ganze Gesicht. Griff zum Kuli und zeichnet in Windeseile einen feuerspeienden Drachen.

„Ein Drache!“ rief Kalteis erstaunt aus.

„Ja, Drache, richtiges Wort. Bin sicher, war Drache mit Feuer aus Mund!“ Er schlug sich vor Freude auf die Schenkel. „Sepp gut, nicht blöder Waldmensch! Sie jetzt finden Mörder!“

Kalteis war begeistert und steckt ihm ein Stück des Apfelkuchens in den Mund. „Sie müssen morgen mit uns in den Wald fahren und die Stelle zeigen, wo Dagmar erdrosselt wurde. Geht das?“

Sepp starrte den Kommissar an, zeigte sich verunsichert.

„Böser Mann nicht mehr im Wald? Sepp große Furcht!“

„Nein“, sicherte ihm Kalteis zu, „böser Mann längst über alle Berge. Fürchtet sich vor der Polizei, will nicht ins Gefängnis!“ Unwillkürlich hatte sich Kalteis Sepps Sprache angepasst.

Jetzt griff sein Bruder ein. „Für heute habt Ihr ihn genug gemartert, er braucht jetzt Ruhe. Vor allen Dingen aber brauchen wir keinen Auflauf. Die lieben Nachbarn spitzen doch alle Ohren, warum plötzlich die Polizei zu uns kommt. Irgendwer hat sicher bemerkt, dass ich den Sepp aus dem Wald geholt habe und zählt eins und eins zusammen. Leiche im Wald, Sepp im Wald, da kann man doch schon kombinieren, warum sich die Polizei für ihn interessiert. Sie haben bekommen, was Sie wollten, Herr Kommissar, lassen Sie es gut sein. Ich bringe ihn jetzt zurück in seine Kammer und werde ihm gut zureden. Morgen früh rufe ich Sie an, wie die Geschichte weitergeht. Gute Nacht, die Herren!“

Ferdinand Huber, üblicherweise Ferdl genannt, rief Kalteis noch in derselben Nacht an.

„Herr Kommissar, Herr Kommissar“, meldete er sich ganz aufgeregt, „ich habe den Sepp noch um Mitternacht in den Wald bringen müssen. Er muss wieder in sein Sommerquartier, hat er mir unmissverständlich erklärt. Sie sollen noch vor Sonnenaufgang bei der Hütte sein, er will Ihnen dann zeigen, wo der Mord geschah. Später sind dann wieder die Schwammerlsucher unterwegs und denen will er aus dem Weg gehen. Die Befragung gestern war zu viel für ihn, er sucht wieder die Einsamkeit. Der Wald ist seine Heimat sagt er immer, und die Tiere dort seine Freunde. Er hat absolut kein Bedürfnis, Kontakt zu haben – egal zu wem. Wenn seine Invalidenrente kommt, dann besorge ich ihm die Handvoll Lebensmittel, die er braucht. Da draußen ist er putzmunter und strotzt vor Gesundheit. In der Stadt erdrückt ihn der Lärm und die Menschen um sich herum. Wenn er Mitte November sein Winterquartier bei mir bezieht, braucht er mindestens eine Woche, um sich zu akklimatisieren. Finden Sie alleine zur Hütte, oder soll ich mitfahren? Wenn Sie näherkommen, sollen Sie dreimal in die Hände klatschen als Erkennungszeichen, er kommt dann zu Ihnen. Seine Sinne sind im Laufe der Zeit geschärft worden, er sieht, hört und riecht besser als ein zivilisierter Stadtmensch, dem jeglicher Bezug zur Natur verlorengegangen ist“.

Kalteis rief Seipelt an und erklärte ihm unumwunden, dass sie um vier Uhr früh in den Wald fahren müssen. Dieser zeigte sich anfänglich nicht sehr begeistert, wieder so früh aus den Federn zu müssen, stimmte aber zu.

So gegen halb fünf standen sie vor dem dichten Waldstück. Kalteis klatschte dreimal in die Hände.

„Sepp schon da, fidiralala", tönte es plötzlich laut durch den morgenstillen Wald, woraufhin sie beide erschrocken zusammenzuckten. Von einem Ohr bis zum anderen spitzbübisch grinsend stand Sepp hinter ihnen. Wie ein Geist hatte er sich durch den Wald bewegt, barfuß, leise. Ohne dass ein knackender Zweig die Stille durchbrochen hatte oder Schritte zu hören gewesen waren.

„Sepp schon lange Sie gesehen. Hört und sieht alles, was im Wald vorgeht, Tag und Nacht!"

Sie kämpften sich durch das dichte Unterholz, bis sie vor der Hütte standen. Das Versteck war gut gewählt, die Hütte wurde von hinten durch die Felsgruppe, auf den anderen Seiten durch dichten Wald geschützt. Sepp kletterte behände wie eine Bergziege auf den rechten Felsen und legte sich oben hin. Dies war sein Wachtturm, sein Aussichtspunkt. Von dort aus hatte er eine hervorragende Sicht auf den Waldweg. Nach dieser Demonstration kletterte er in Windeseile herunter und zupfte den Kommissar am Arm und zog ihn mit sich fort und ging mit ihnen zu der Stelle, wo der Mord geschehen war. Trotz des schwachen Lichtes waren Fußabdrücke zu erkennen, große und kleine.

Kalteis kniete sich vorsichtig nieder, um die Spuren in Augenschein zu nehmen und wandte sich an Seipelt.

„Hier hat sich das Drama abgespielt. Man kann deutlich sehen, wie Dagmars Füße im Todeskampf hin- und hergezappelt sind, als sie sich gewehrt hat. Ich sehe es bildhaft vor mir, wie er ihren Schal von hinten ergreift. Wahrscheinlich hat er sie gar nicht töten wollen, nur zurückhalten. Sie aber war im Vorwärtslauf und durch den abrupten Ruck von hinten hat er ihr den Kehlkopf eingedrückt und sie erdrosselt. Wir müssen den Weg hier für die Spurensicherung absperren, die müssen heute noch her, um Abdrücke zu machen!“

„Wie ist die Leiche dagelegen, als Sie sie gefunden haben, Herr Huber?“

Sepp strahlte wie ein Christbaum am Heiligen Abend, weil ihn der Kommissar mit dem „Herrn“ tituliert hatte. Wahrscheinlich wurde er seit vielen Jahren nicht mehr so höflich angesprochen. Kurzerhand legte er sich auf den Boden, rückte genau an jene Stelle.

„Ist sie tatsächlich auf dem Rücken gelegen?“

Sepp nickte. „Ja genauso, wie Sepp jetzt! Gut so?“

Kalteis schlug ihm anerkennend auf die Schulter. „In ein paar Stunden werden einige Männer von der Spurensicherung kommen und die Abdrücke fotografieren und einen Abguss machen. Ich sage Ihnen das nur, damit Sie sich nicht erschrecken. Bleiben Sie in Ihrer Hütte, wo Sie sicher sind. Die Männer gehören zur Kriminalpolizei wie ich und machen ihre Arbeit so schnell wie nur möglich. Vor denen brauchen Sie keine Angst zu haben. Seipelt und ich werden niemandem erzählen, wo Ihre Hütte zu finden ist!“

Sepp kramte in seiner Hosentasche herum, zog die Stirnlampe heraus und hielt sie dem Kommissar vor die Nase.

„Lampe sehr gut, brauchen Lampe? Kann Sepp behalten oder wichtig für Ermittlung?“

Kalteis nahm die Lampe und streifte sie Sepp feierlich über den Kopf. „Die Lampe gehört Ihnen für Ihre Mithilfe bei der Aufklärung des Mordes. Einverstanden?“ Sepp strahlte wie ein frisch lackiertes Hutschpferd und umarmte Kalteis, dessen Gesicht daraufhin vor Rührung rot anlief. Sie verabschiedeten sich von Sepp Huber, der geisterhaft rasch wieder in den Wald eintauchte und nicht mehr zu sehen war. Kalteis und Seipelt kehrten nach Hochstätt zurück. Mittlerweile war es hell geworden und die Bäckerei am Platz sperrte gerade auf. Kalteis lud den Inspektionskommandanten zu einem kräftigen Frühstück ein.

Seipelt füllte seine Müslischüssel zum zweiten Mal, Kalteis trank Kaffee und genehmigte sich ein weiches Ei zu Schinken, Käse und einem kräftigen Vollkornbrot. Seipelt begann mit vollem Mund zu sprechen und kleckste sich einen Löffel Joghurt auf die Uniformhose.

„Ach du Scheiße, da hat meine Alte wieder was zu keppeln, sei froh, dass du geschieden bist, das erspart eine Menge Ärger!" räsonierte er und griff zur Serviette.

Kalteis musste lachen. „Das Alleinsein hat natürlich auch seine guten und schlechten Seiten. Wenn ich abends vom Dienst müde nach Hause komm', wär' es schon schön, wenn wer auf mich warten würd'. Natürlich, es soll auch Frauen geben, die ihren Männern rund um die Uhr bestes Service bieten und zu ihnen aufschauen. Aber das ist wohl eher ein Wunschtraum. Ich habe dir doch erzählt von Karin, der Schuldirektorin von St. Marein am Langholz, die ich dort bei der Ermittlung an dem Mord des Raiffeisenobmannes Fichtinger kennengelernt habe. Wir lieben uns, haben eine wunderschöne Mittelmeerkreuzfahrt gemeinsam erlebt und waren ein paar Tage Schi fahren in Obertauern. Aber wir wollen unsere Beziehung nicht gefährden, indem wir uns gegenseitig auf die Füße treten. Deshalb treffen wir uns, wenn wir Lust dazu haben und alles ist gut! Ich bin ein gebranntes Kind und spreche aus Erfahrung. Die ersten Jahre meiner Ehe waren wahrhaft eitle Wonne. Wir haben Ausflüge gemacht, gemeinsame Freunde gehabt und sind viel ausgegangen. Als unsere Tochter geboren wurde, war meine Frau im siebten Himmel, doch als ich dann bei einer dieser blöden Demonstration von so einem Rüpel verwundet wurde, änderte sich die Situation schlagartig. Meine Frau bekam Panik, beschwor ihren Vater, mir doch einen Posten im Ministerium zu beschaffen. Aber ich bin doch kein Bürohengst, sondern Polizist. Nun hatte ich plötzlich die Hölle auf Erden, war ich ein verantwortungsloser Vater, der sich unnötig der Gefahr aussetzt. Wahrscheinlich hat sie recht gehabt, doch ich war stur und wollte nicht zum Protektionskind meines Schwiegervaters werden. Die Streitereien reichten bis ins Ehebett und irgendwann war der Ofen aus und sie hat die Scheidung eingereicht. Ich habe mich in die Arbeit gestürzt, um mein schlechtes Gewissen zu beruhigen. Den Rest kennst du ja! Doch manchmal wünschte ich mir, ich hätte nachgegeben und wir wären noch eine glückliche Familie!"

Seipelts Hose war wieder einigermaßen sauber. „Meine Elli und ich sind jetzt 25 Jahre verheiratet, haben aber die Silberne Hochzeit nicht gefeiert, sondern wir quälen uns noch fünf lange Jahre ab und zelebrieren dann den Dreißigjährigen Krieg. Gleich zu Beginn der Pandemie hat es sie erwischt und ich musste zehn Tage in Quarantäne bleiben, das hat mich meine letzten Nerven gekostet. Auf dem Revier ist es dabei drunter und drüber gegangen und ich musste nachher wieder alles ins Lot bringen!"

„Man darf nicht alles auf die Waagschale legen in einer Partnerschaft. Wenn du ehrlich bist, dann musst du zugeben, dass nicht alles schlecht daran ist, oder?" Kalteis bestellte noch einen zweiten Kaffee und fuhr mit seinen philosophischen Betrachtungen fort. „Aber es hängt es von der richtigen Betrachtungsweise ab. Nimm dir den Sepp

Huber als Beispiel. Der haust seit mehr als zehn Jahren in seiner einfachen Hütte im Wald und fühlt sich dort wohl. Der findet sich unter den Menschen nicht mehr zurecht. Du hast doch gesehen, wie ihm diese eine Stunde, die unsere Befragung dauerte, zu schaffen gemacht hat. Im Wald macht er den ganzen Tag, was er will, ohne feste Vorgaben, ohne dass ihm wer dreinredet. Setz' den in ein Haus, schenk' ihm ein Auto oder viel Geld und er würde dabei verkümmern. Ich hab' vor kurzem erst ein Buch von einem Amerikaner gelesen, der von der Zivilisation genug hatte, einfach in den Wald ging und dort 27 Jahre unter einfachsten Bedingungen hauste. Das Buch heißt ‚Der Ruf der Stille' und ich habe es dreimal gelesen, weil es mich fasziniert hat, wie großartig er sein Lager organisiert hatte. Über tausend Mal ist er in leerstehende Ferienhäuser eingebrochen, um sich mit Lebensmitteln, Kleidung, Matratzen und Ähnlichem zu versorgen. Jahrelang wurde er von der Polizei, der Jagdaufsicht und anderen Institutionen gejagt und erst durch einen Zufall gefasst. Dann hat man ihn den Medien und der Öffentlichkeit zum Fraß vorgeworfen und er hat sich in sich verkrochen, weil er diesem Trubel um seine Person nicht gewachsen war. Solche Personen sind natürlich Extremfälle und ihr einfaches Leben fernab der modernen Welt ist für uns zivilisationsgeschädigte Menschen nicht nachvollziehbar. Aber ich könnt' es mir auch durchaus vorstellen, ein, zwei Wochen allein in einer Almhütte zu verbringen ohne all die Annehmlichkeiten unserer Zeit! Man braucht keinen Luxus, um zufrieden zu sein!"

„Durch die Pandemie sind wir ja sowieso ordentlich eingeschränkt worden, mit dem Vorteil, sich auf das Wesentliche im Leben besinnen zu können. Trotzdem ist mir der Lockdown ordentlich auf die Nerven gegangen, was ist denn das für ein Leben, wenn man nicht hin und wieder in ein Wirtshaus gehen kann! An meinen freien Tagen sind wir stundenlang im Wohnzimmer beisammen gehockt und haben Rummykub gespielt. Anfänglich war das ja ganz lustig, aber nach ein paar Tagen war ich mit meinen Nerven am Ende!" Seipelt war durch die Infektion seiner Frau indirekt schwer coronageschädigt .

„Jetzt kommen wir wieder auf Sepp Huber zurück", gab nun Kalteis seinerseits seine Gedanken zur Pandemie wieder. „Der haust im Wald nur mit sich selbst, hat keinen Kontakt zu anderen Menschen. Niemand kann ihn anstecken, er kann niemanden anstecken. Der braucht keinen Impfschutz, isst nur, wenn er Hunger hat, bewegt sich viel in der frischen Waldluft und wird nicht durch negative Berichterstattung beeinflusst. Wenn du heute in den Zeitungen blätterst und den Fernseher aufdrehst, ganz egal welche Sendung und welchen Sender du anschaust, hörst du nichts als Corona, Corona, Corona. Rein psychosomatisch ist das, ein Humbug. Wie soll ein Kranker dann gesund und ein Gesunder nicht krank werden? Manchmal fühle ich mich direkt schuldig, weil ich noch nicht damit infiziert wurde!"

Seipelt spielte den Ball zurück. „Denk dich mal in die extreme Situation des Sepp Huber. Der lebt dreißig Jahre putzmunter, mit all dem, was das Leben eben ausmacht. Kleinkind, Schüler, Pubertierender. Lernt einen Beruf, lernt Mädchen kennen, verliebt sich oder auch nicht und mit Dreißig macht es plötzlich Bumm! Da fällt ihm eine blöde Baggerschaufel auf den Kopf, er liegt wochenlang im Koma, ringt mit dem Tod. Als er wieder zu Bewusstsein kommt, ist er ein anderer Mensch. Teile seines Gehirns sind irreparabel hinüber oder auf der Stufe eines Kleinkindes. Wechselt von einem Krankenhaus in das andere, verbringt Wochen in verschiedenen Rehabilitationszentren mit ständig wechselnden Ärzten und Krankenschwestern. Manche sind gut zu ihm, manche nicht. Muss mühsam wieder das Sprechen lernen, sich zu bewegen, sich richtig auszudrücken, wird mit Medikamenten vollgestopft und an irgendwelche obskuren Geräte angeschlossen. Dann wird er als halbwegs geheilt entlassen und kehrt in seine kleine Heimatstadt zurück. Alle Menschen, die hier leben, wissen Bescheid über seinen Zustand. Manche meinen es ehrlich mit ihm, manche überschütten ihn mit Mitleid, dass er absolut nicht will. Einige aber stempeln ihn als Idioten ab. Sein Bruder nimmt ihn bei sich auf, obwohl seine Frau dagegen ist. Sepp ist verzweifelt, was soll er nun tun? Wo soll er hingehen? Als Ausweg zieht er sich in die Einsamkeit des Waldes zurück. Unsere Gesellschaft verzeiht so was nicht und so wird er zum Waldmenschen, zum Verrückten, der im Wald lebt und mit den Tieren spricht! Doch das ist immer noch besser, als sich umzubringen!"

Kalteis wurde nachdenklich. „Ich weiß nicht, was ich an seiner Stelle getan hätte, aber er hat anscheinend den richtigen Weg für sich gefunden. Da draußen lebt er in seiner eigenen Welt, ob er damit wirklich glücklich ist, weiß nur er allein. Körperlich ist er so fit wie ein neuer Turnschuh. Schlank, muskulös, ohne ein Gramm Fett. Wenn der in seinem Geisteszustand so leben würde wie wir, würde er wahrscheinlich stundenlang stumpfsinnig vor dem Fernseher dahin brüten, kiloweise Chips vertilgen und dick und fett werden. Ich denke, er hat für sich den richtigen Weg gewählt und ich werde alles in meiner Macht Stehende tun, damit die Öffentlichkeit nicht über ihn herfällt!"

Kalteis und Seipelt hatten ihr Gespräch leise geführt, da immer wieder Leute an ihrem Tisch vorbeigingen. Kalteis kannte die Durchseuchung der Kleinstadtgesellschaft durch

Tratsch, Klatsch und Gerüchte und wollte kein unnötiges Risiko eingehen, dass irgendwer ein paar Wortfetzen aufschnappte und noch dazu falsch auslegte. Aus Erfahrung wusste er, dass Kriminalpolizisten immer unter Beobachtung standen. Alles, was er und seine beiden Kollegen tun, würde man in der Hochstätter Gerüchteküche sammeln, analysieren und bewerten. Deswegen war Vorsicht geboten. Er hatte Sepp Huber höchste Vertraulichkeit zugesprochen, um ihn aus der ganzen Sache so gut wie möglich herauszuhalten. Denn der Sepp war kein Mörder, sondern ist nur durch die Angst verdächtigt zu werden, in Schwierigkeiten geraten. Mag sein, dass er Dagmar noch immer verehrte und es deshalb nicht zulassen konnte, dass sie wie ein Stück Abfall entsorgt wurde.

Obwohl er es nicht wollte, musste Kalteis auf Geheiß der Staatsanwaltschaft eine Pressekonferenz abhalten, da der Druck in der Öffentlichkeit immer größer wurde. In Hochstätt kursierten bereits Spekulationen über den Transport der Leiche quer durch den Wald. Irgendeiner der Beteiligten hatte aus dem Nähkästchen geplaudert. Vermutungen gab es viele und es fiel dem Kommissar nicht leicht, den Sepp da rauszuhalten. Deswegen flüchtete er, wie so oft schon, in die altbewährte Floskel, dass über laufende Ermittlungen nicht gesprochen werden durfte. Er gab aber bekannt, dass es im Leben des Mordopfers vielerlei Ungereimtheiten gab, denen man nun allesamt nachgehen musste. Das Mordopfer, so referierte er, war eine widersprüchliche Person mit zwei Gesichtern. Dieser Umstand mache den Ermittlern ihre Arbeit nicht unbedingt leichter und deswegen sei es unabdingbar, in mehrere Richtungen zu ermitteln. Da den Medienvertretern die schnörkellose Arbeitsweise des Kommissars bekannt war, gaben sie sich mit seiner Erklärung zufrieden.

Der Staatsanwalt hatte anfänglich auf einen Lokalaugenschein bestanden, wie der Sepp die Tote von seiner Behausung weggebracht hatte, konnte aber vom Kommissar überzeugt werden, dass dies nicht viel bringen würde. Der Zeitfaktor, wie lange dieser gedauert hatte, sei für die Ermittlung nicht unbedingt ausschlaggebend, wie er meinte. Er selbst ist diese Strecke in fünfundzwanzig Minuten gegangen, man kann annehmen, dass Sepp Huber mit dem Gewicht auf der Schubkarre fünf bis maximal zehn Minuten länger gebraucht hätte, wenn überhaupt. Es gab nur eine Konstante und das war 04.30 Uhr, als Huber die Polizei verständigt hatte. Seine Angabe, dass der Mord wahrscheinlich kurz vor Mitternacht geschah, war nicht relevant genug, da er die Zeit ja nur schätzen hatte können. Der Staatsanwalt gab schließlich nach, allerdings mit der unnötigen Bemerkung, dass es wahrscheinlich nur mehr in der hintersten Provinz des Waldviertels Menschen gab, die weder eine Uhr noch ein Handy ihr Eigen nannten.

Beim Stichwort „Uhr“ fuhr Kalteis zusammen. Wandte sich rasch Schönkirchner zu, der wie immer an seinem PC saß. „Hat man bei der Toten keine Uhr gefunden? Sieh bitte im Protokoll der Spurensicherung nach!“

Dort waren keine Hinweise auf eine Uhr zu finden. Kalteis klammerte sich an das letzte Fünkchen Hoffnung, wandte sich hilfesuchend an Seipelt.

„Frag' diese Hannah, was Dagmar normalerweise bei sich trug. Wichtig wären Hinweise auf Handtasche, Schmuck und Uhr, vielleicht kommen wir da weiter! Sie soll mit dir ins Haus gehen, sie war Dagmars beste Freundin, da weiß man normalerweise, was deren Kleiderschrank und Schmuckschatulle zu bieten hat.“

Gleich darauf nahm er Schönkirchner ins Gebet. „Wann kommen die Kollegen von der Drogenfahndung?“

„Sie sollten eigentlich schon längst hier sein, kann also nicht mehr lange dauern!“

„Wohin ist der Neumann so rasch verschwunden?“ wollte Kalteis wissen.

„Der hatte die Eingebung, dass vielleicht die Handtasche auf dem Fundamt abgegeben worden ist, der sollte auch gleich wieder hier sein!“

Im selben Moment stürmte Neumann zur Tür herein, mit einer Handtasche winkend.

„Stellt euch vor, gestern kam ein Bauer mit ihr auf die Gemeinde, der hat sie in seiner Wiese gefunden! Aber bis auf eine Packung Papiertaschentücher, Lippenstift und Puderdose, Haarbürste und ein paar Visitenkarten war nichts drin, was uns interessieren könnte!“

Kalteis zeigte sich beeindruckt von der Privatinitiative des jungen Kollegen, war voll des Lobes. „Sehr gut gemacht, du fährst mit den Drogenfahndern zum Haus des Mordopfers. Nimm die Handtasche mit und zeige sie dem Herrn Trutzbichler, frag’ ihn, ob diese Tasche seiner Frau gehörte! Bring’ sie aber wieder zurück. Außerdem kannst du ihm die freudige Mitteilung machen, dass die Gerichtsmedizin morgen die Leiche seiner ach so geliebten Frau freigibt. Er kann sich bereits Gedanken über das Begräbnis machen. Der Spürhund soll auch die Handtasche beschnüffeln, vielleicht findet er noch ein paar Stäubchen Kokain! Um 17.00 Uhr halten wir eine Lagebesprechung ab über den Lauf der Ermittlung und wie es nun weitergehen soll!“

Der Hausherr verfolgte teilnahmslos die neuerliche Hausdurchsuchung. Zwei Mann der Abteilung für Suchtmittelkriminalität wanderten mit ihrem Spürhund von Raum zu Raum und durchsuchten das Haus vom Keller bis zum Dachboden. Reininger erlebte so eine Recherche zum allerersten Mal und war total beeindruckt von der Gründlichkeit der beiden Spezialisten und der Effizienz des Spürhundes. Im WC im ersten Stock schlug er an.

Richter, der Hundeführer, lachte lauthals. „Es ist überall gleich, der Spülkasten ist nach wie vor das Lieblingsversteck der Süchtler!"

Er nahm den Deckel ab und tatsächlich klebte an der Unterseite ein Briefchen des begehrten weißen Pulvers, mehrfach von Nylon umhüllt. Triumphierend hielt er es Dr. Trutzbichler unter die Nase.

Dieser zuckte mit den Schultern, den Blick ins Leere gerichtet. Er war fix und fertig. „Glauben Sie mir, ich habe von all dem nichts gewusst. Meine Frau und ich sind uns in den letzten beiden Jahren fremd geworden und jeder ist seine eigenen Wege gegangen. Dagmars falsche Wege haben ihr letztendlich den Tod gebracht!"

Neumann zeigte ihm die Handtasche. Trutzbichler war ahnungslos. „Es ist möglich, dass sie ihr gehört. Mit Sicherheit kann ich das jedoch nicht bestätigen. Wenn Sie in ihr Zimmer schauen, dann finden Sie wahrscheinlich noch zehn andere Taschen. Sie hatte zu jedem Kleid die passende Tasche, alles mit meinem Geld bezahlt!"

In der Handtasche fand der Spürhund Reste von Kokain, die in einer der Falten hängengeblieben waren. Sonst wurde nichts gefunden. Die Drogenfahnder fuhren wieder nach St. Pölten zurück, das Kokain würde dort auf seine Reinheit und Herkunft überprüft werden und dann in der Asservatenkammer landen. Dagmar Trutzbichlers Daten würden nun nicht nur in der Mordstatistik, sondern auch in jener der Suchtmittelabteilung Eingang finden.

Um 17.00 Uhr fand die Lagebesprechung statt. Kalteis stand mit einem Zeigestab in der Hand an der Pinnwand und zeigte damit auf das Bild des Mordopfers.

„Dagmar Trutzbichler, 46 Jahre alt, Gattin des Herrn Vorstandsvorsitzenden Dr. Rüdiger Trutzbichler. Die Tat geschah am 10. Juli zwischen 22 und 24 Uhr. Sie wurde mit ihrem eigenen Schal von hinten erdrosselt. Keine Abwehrverletzungen, keine Fingerabdrücke, keine Verstümmelungen, keine Vergewaltigung. Ihre Handtasche wurde auf einer Wiese, fünf Kilometer östlich gefunden. Handy, Uhr, Geldbörse und Schmuck fehlen. Das Mordopfer hat ihren Mörder gekannt, und das Treffen war am Anfang harmonisch. Doch dann ist es zu einem heftigen Streit gekommen, das Mordopfer suchte ihr Heil in der Flucht, wurde jedoch vom Mörder eingeholt und von hinten mit ihrem Schal erdrosselt. Sepp Huber, der Waldmensch, beobachtete das Treffen der beiden von seinem Wachtturm aus, einem hohen Felsen hinter seiner Hütte. Er beschreibt den Täter als langhaarig mit einem Bart und einer Lederweste mit einem feuerspeienden Drachen auf dem Rücken. Erwin, du klemmst dich hinter dein Computerkastl und durchforstest es nach Motorradgangs, die so einen Drachen als Klubabzeichen führen. Vielleicht werden wir fündig. Nun stellt sich aber die Frage, wie das Mordopfer mit einem Rocker aus einer Gang in Verbindung kam. Wie uns allen bekannt ist, handeln viele der kriminellen Gangs mit Suchtmitteln und verdienen ihr Geld auch mit Prostitution. Aber Vorsicht! Nicht jede Motorradgang ist kriminell und schon gar nicht die Mitglieder eines Motorsportvereins. Nach den Kontobewegungen dürfte ihre Sucht nicht ganz ein Jahr lang gedauert haben und ist durch das Einfrieren des Kontos ihres Mannes zum Stillstand gekommen.

Wenden wir uns nun Dagmars Gatten zu. Doktor der technischen Chemie, Vorstandsvorsitzender eines internationalen Chemiekonzerns, der Sitz der österreichischen Niederlassung ist in Linz, wo er hauptsächlich lebt. Versucht seit einigen Jahren, seiner Frau die Scheidung vorzuschlagen, sie willigt aber nicht ein. Nachdem sie das Geld mit vollen Händen ausgibt, aber nicht nur für Schmuck und teure Mode, sondern auch für das Kokain, sperrt er das Konto. Wusste nichts von ihren Ausflügen in eine kriminelle Scheinwelt. Hat seit einiger Zeit eine lose Beziehung mit der Schweizer Journalistin Rebecca Conti. Die wiederum hat sich ihr Studium in der Schweiz als Escort-Dame verdient, was zweifelsohne nicht sehr lobenswert ist. Sie ist der Polizei damals aufgefallen, doch die Ermittlungen wurden eingestellt, weil besagte Dame nur in der höheren Gesellschaft ihre Reize anbot. Ich glaube kaum, dass unser lieber Herr Doktor darüber Bescheid weiß. Beide haben zur Tatzeit ein Alibi, welches wir noch genauer unter die Lupe nehmen werden.

Das Ehepaar Riedler können wir als Täter ausschließen. Er ist ein harmloser Narr, der seine Gegend ausspioniert und sie ist eine alte Keife, die Gerüchte verstreut. Sein Tagebuch kann für uns aber Gold wert sein, da er ja Dagmars Männerbesuche festgehalten hat. Der Hinweis auf einen Motorradfahrer mit Bart und langen Haaren deckt sich mit den Aussagen Sepp Hubers.

Sepp Huber ist das Ass in unserem Ärmel. Er ist der einzige Zeuge der Tat, an seiner Aussage müssen wir uns orientieren. Der Leichentransport geschah aus Furcht, dass er verdächtigt werden könnte. Seine Hütte ist nur hundert Meter vom Tatort entfernt und dieser Umstand hat eine panikartige Reaktion bei ihm ausgelöst. Immerhin ist er mit Dagmar in die Hauptschule gegangen, wahrscheinlich war er einer ihrer Bewunderer. Auch er kommt als Täter nicht in Frage!

Was ist also zu tun? Erstens gilt es, den mysteriösen Motorradfahrer auszuforschen und zweitens, die Frage zu lösen, ob dieser auch gleichzeitig als Kokslieferant fungierte. Ich werde morgen nach St. Pölten fahren und mit dem Chef der Suchtmittelkriminalitätsabteilung sprechen. Der weiß Bescheid über alle Dealer, die hier im Waldviertel gelegentlich ihr Unwesen treiben, hauptsächlich vor Diskotheken. Wenn das Labor fix gearbeitet hat, dann wissen wir auch über die Herkunft und die Zusammensetzung des Kokains Bescheid.

Erwin, du hängst dich an deine Maschine und suchst alle Fälle der letzten zwei Jahre heraus, in die Motorradgangs verwickelt waren. Konzentriere dich auf den Feuerdrachen, es wäre möglich, dass der als Klubemblem irgendwo in Europa auftaucht. Diese Banden sind allesamt international vernetzt und manchmal liefern sie sich auch tödliche Bandenkriege. Mach auch denen im Labor Druck, damit wir endlich ein Ergebnis der DNA-Analyse von Zigarettenstummel und Rasierer bekommen!

Seipelt, du gehst mit der Hannah Dagmars Garderobe durch. Schaut nach, ob irgendetwas vom Schmuck fehlt, außerdem zeigst du ihr die Handtasche und frag, ob sie Dagmar gehörte. Ihr Göttergatte weiß darüber nichts, dem war seine Frau nur mehr ein lästiges Anhängsel.

Neumann, du gehst mit dem Kollegen Reiniger in alle Geschäfte Hochstätts, aber auch in die Gasthäuser und Cafés. Zeigt dem Personal ihr Bild und fragt nach, ob sie mit einem Rocker dort gesehen wurde. Es ist durchaus möglich, dass das Mordopfer so unvorsichtig war und sich mit ihrem Motorradfreund öffentlich sehen hat lassen. So, das war's."

Seipelt meldete sich mit einer erfreulichen Nachricht. „Zum krönenden Abschluss lade ich euch zu Fleischknödeln ein, die es jeweils donnerstagabends in der ‚Krone' gibt!"

Als sie die Gaststube beraten, wurde es einen Moment lang still. Schließlich und endlich war es nicht gerade alltäglich, dass sich Mordermittler in der kleinen Stadt tummelten. Nach einer Schrecksekunde schwappte wieder der übliche Geräuschpegel durch den Raum. Manche steckten die Köpfe zusammen, um über die Ermordung einer der ihren zu reden. Was durchaus in der Natur der Sache lag, da dieser bedauerliche Vorfall hohe Wellen geschlagen hatte. Jeder hier hatte sie gekannt und an ihrem Schicksal teilgenommen. Manche mehr, manche weniger, doch kalt gelassen hatte es keinen der biederen Hochstätter, deren Leben sonst frei von Gewaltakten war.

Die Polizeibeamten spürten genau, dass sie auf dem Prüfstand gemustert wurden, doch das waren sie gewohnt. Also widmeten sie sich mit der allergrößten Hingabe den riesigen Portionen und tranken das ausgezeichnete Hadmarbier der Bierwerkstatt Weitra dazu.

Seipelt hielt es für seine Pflicht, den Kommissar mit dem Bürgermeister bekannt zu machen, welcher ebenfalls am Stammtisch saß. Dieser gab sich besorgt, aber jovial.

„Wir sind natürlich alle noch geschockt wegen des Mordes. An und für sich sind wir Hochstätter ein friedliches Völkchen, wo eben jeder jeden kennt und alle miteinander gut auskommen. Dagmars Vater war zwanzig Jahre lang Direktor der Hauptschule, bis er in Pension ging und als ihr Mann dieses hohe Tier in einem großen Konzern wurde, waren wir alle stolz darauf. Er hat einen Hauch der großen, weiten Welt zu uns gebracht, und seine Partys waren stets gesellschaftliche Höhepunkte in unserer kleinen Stadt. Als die Ehe nicht mehr funktionierte, hat er sich kaum noch blicken lassen. Die Dagmar selbst hatte zwei Gesichter. Auf der einen Seite war sie das mondäne Luxusweib, auf der anderen Fastensuppenköchin für die Pfarrgemeinde. Dort ist sie dann von den ausgetrockneten, vor Neid platzenden Kerzenschluckerweibern hinausgeekelt worden. Mir ist es schon zu Ohren gekommen, dass sie in letzter Zeit den Nervenkitzel bei obskuren Gestalten gesucht hat. Sie war in einem goldenen Käfig eingesperrt, aus dem sie sich auf abenteuerliche Weise befreien wollte und ist dabei an die falschen Leute geraten! Ich kann mich nicht daran erinnern, jemals so viele Harley-Davidson-Motorräder bei uns hier gesehen zu haben. Der Mord ist schrecklich genug und hat die ganze Stadt in Angst versetzt, die Hochstätter sind verunsichert, weil man nicht weiß, ob sich der Mörder hier noch aufhält. Das Gefühlsbarometer der Menschen ist wegen der Pandemie sowieso schon ganz unten, und der Mord hat die Situation noch verschlimmert. Die Bevölkerung ist nervös, fahrig und die Depressionen häufen sich. Alte Gräben werden wieder aufgerissen, Vermutungen angestellt und Gerüchte machen die Runde. Dagmar ist das Opfer einer schief gelaufenen Entführung, so munkelt man. Ihr vermögender Mann soll angeblich eine Lösegeldforderung erhalten, eine Zahlung aber abgelehnt haben. Die örtlich anerkannte Tratschweiberriege tippt auf einen Mord aus Leidenschaft. Einige vermuten, dass sich der Mörder noch in der Gegend aufhält und schüren damit die Angst der Bevölkerung. Wir sind hier eine kleine Gemeinschaft und solche Verbrechen sind uns fremd, kennen wir nur von Film und Fernsehen. Die passieren doch nur anderswo, aber nicht bei uns! Ich kann Sie nur bitten, den Fall so schnell wie möglich aufzuklären. Was ist an den Gerüchten dran, dass der Sepp Huber die Leiche transportiert hat?"

Der Kommissar erklärte ihm, dass er über ein laufendes Ermittlungsverfahren nicht sprechen durfte, bat aber seinerseits den Bürgermeister um seine Mithilfe.

„Wir werden in den nächsten Tagen einen Postwurf starten, worin wir die Bevölkerung um zweckdienliche Hinweise rund um den Mord bitten möchten! Sie als Bürgermeister sind ja über das öffentliche Leben in Hochstätt bestens informiert.

Wenn an Sie Meinungen, Gerüchte oder echte tatrelevante Tipps herangetragen werden, dann setzen Sie sich bitte mit mir oder einem der Kollegen in Verbindung. Hören Sie sich bitte um, ob es irgendwen gibt, der das Mordopfer und ihre neuen zwielichtigen Freunde beobachtet hat. Sie sind hier die erste Instanz und es ist gut möglich, dass man Ihnen mehr vertraut als der Polizei. Wir sind für jeden Hinweis dankbar, der uns weiterhelfen kann!"

„Vor zwei Jahren gab es hier bei uns ein Oldtimertreffen, das legal angemeldet war. Es war gut organisiert und stieß auf reges Interesse der Öffentlichkeit, Schaulustige aus der ganzen Umgebung sind hergekommen. Es waren wunderschöne Autos zu sehen, mit viel Chrom und echten Ledersitzen. Von Jaguar über Skoda und Triumph war alles dabei, unter anderem auch einige historische Militärfahrzeuge. Ich kann mich an einen alten Dodge erinnern, zwei GMC aber auch einen VW-Kübelwagen, einen Schwimmwagen und ein paar alte Krads der deutschen Wehrmacht. Die Fahrer waren lauter abenteuerliche Typen in Tarnanzügen. Bis spät in die Nacht lümmelten sie auf der Liegewiese beim Badeteich rund um ein Lagerfeuer, tranken kübelweise Bier und grölten Nazilieder. Angeblich hatte einer von ihnen sogar ein EK 1 um den Hals. Als mich ein besorgter Anrainer anrief, hetzte ich ihnen die Polizei an den Hals, aber ich kann mir vorstellen, dass ihnen der Ignaz das alles schon erzählt hat!"

Ignaz reagierte wie vom Blitz getroffen. „Um Gotteswillen nein, das habe ich total aus meinem Gedächtnis gestrichen! Ja, wir haben damals gegen Mitternacht die ganze wilde Horde aufgescheucht und nach Hause geschickt. Tut mir leid, Reinhart, dass ich dir davon nichts erzählt habe!"

Kalteis wurde nachdenklich, ahnte wohl instinktiv, wie die Geschichte weiterging. Seipelt setzte fort. „Das war ein Auflauf, der einige Leute angelockt hat. Einer davon hat angeblich Dagmar Trutzbichler bei dieser Meute erkannt, die sich eilends in den Wald verdrückte, als wir angefahren kamen!"

„Habt ihr damals die Personalien von diesen Kerlen aufgenommen?"

Seipelt erbleichte. „Nein, es ging alles so schnell und wir waren froh, als die ganze Gesellschaft abdampfte. Wir haben doch mit so etwas noch nie zu tun gehabt, das war doch alles fremd für uns Landeier!"

Kalteis wollte sich und seinen Kollegen den Abend nicht verderben, doch er war sauer. „Schwamm darüber, aber morgen möchte ich das Protokoll von diesem missglückten Einsatz auf meinen Schreibtisch haben, hast du mich verstanden?"

Seipelt bestellte zerknirscht noch eine Runde Bier hinein in das große Schweigen, die anfänglich gute Stimmung freilich war verständlicherweise dahin. Bald darauf trennte sich die Gruppe und strebte ihren Nachtquartieren entgegen.

Nach dem Streit mit seiner Frau verzichtete Ignaz auf die eheliche Gemeinschaft und schlug sein Nachtquartier in seinem Arbeitszimmer auf. Dort stand ein altes Sofa, das unangenehm hart und noch dazu zu kurz war. Seine Frau hasste es, alleine schlafen zu müssen. Doch ihr Göttergatte fand die Bestrafung angemessen. Ihre Vorwürfe bezüglich der sexuellen Abartigkeit der Ermordeten trafen ihn ins Mark, zumal sie absolut gerechtfertigt waren. Was er natürlich nie und nimmer zugeben konnte. Ihre Eifersuchtsattacke wegen der Vorkommnisse auf dem besagten Feuerwehrball vor vielen, vielen Jahren entsprangen dem typisch weiblichen Instinkt, dass es da etwas gegeben hat, was es nicht geben sollte. Es war für ihn ein wunderbares Erlebnis gewesen, diese wunderschöne Frau auf der Tanzfläche herumwirbeln zu können.

Mit all ihrer Raffinesse hatte sie ein Gefühl in ihm ausgelöst, das seinem Unterleib entsprang. Noch jetzt, da sie tot war, vermeinte er, ihre Rundungen zu spüren. In der Bar tranken sie Bruderschaft und küssten sich erstmals. Damals spürte er, dass da mehr sein könnte. Als er Dagmar an den Tisch zurückbrachte und galant den Sessel zurechtrückte, bohrte sich der scharfe Blick seiner Frau in seinen Rücken. Artig nahm er neben ihr Platz und versuchte seinen Atem zu regulieren. Um sich abzureagieren, griff er nach seinem Bierglas und trank einen Schluck. Noch im selben Moment spürte er, wie Dagmars Zehen unter dem Tisch sein Gemächt streichelten. Vor lauter Schreck verschluckte er sich und ein Schwall Bier landete auf Ellis Kleid. Alle lachten, nur Elli nicht. Und Dagmar, dieses raffinierte Luder schickte ihm einen Kussmund, der die Situation weiter anheizte. Ihr Mann aber hatte von der ganzen brenzligen Situation nichts bemerkt, zumindest tat er so. Doch die anfänglich gute Stimmung war dahin. Elli täuschte Migräne vor, drängte zum Aufbruch und verabschiedete sich mit bittersüßer Miene von der Tischgesellschaft. Zu Hause angekommen, machte sie ihm Hölle heiß. Damals erfuhr Ignaz Seipelt am eigenen Leib, dass Eifersucht, Neid und Missgunst eben typisch weibliche Eigenschaften waren.

Doch die Sehnsucht - oder war es eher die Gier? - nach Dagmars verlangendem Körper ließ ihn nie wirklich los. Als er dann einige Jahre später von ihren nächtlichen, volltrunkenen Heimfahrten auf dem Schleichweg hörte, nutzte er schamlos die Chance auf dem Silbertablett.

4.

Am Freitag, früh am Morgen, fuhr Kalteis nach St. Pölten ins LKA, besprach sich dort zuerst mit den Kollegen der Suchtmittelabteilung und ließ sich von ihnen über den aktuellen Stand der Rauschgiftszene aufklären. Das Kokain, das man in Dagmars Spülkasten gefunden hatte, war von allererster Qualität und war wahrscheinlich aus Kolumbien über den Hafen Hamburg nach Österreich gelangt. Erst im Februar wurden in fünf Containern eines Frachtschiffes 16 Tonnen Kokain mit einem Marktwert von mehr als einer Milliarde Euro sichergestellt. Die sogenannten Narco-Banden, so erklärte ihm der Kollege, entwickelten immer wieder neue Transportmöglichkeiten für ihre Waren. Im November 2019 entdeckten spanische Behörden erstmals in Europa ein „Semi-Submarine“ mit drei Mann Besatzung und Tonnen Kokain an Bord. Solche „Halbtauchboote“ werden von den Narcos auf eigenen Werften in Kolumbien gebaut. Damit beliefern sie ihre Absatzgebiete auf dem Seeweg. Aber auch die Körperschmuggler, in Südamerika „mulas“ genannt, welche mit Kokainpaketen in ihren Eingeweiden nach Europa fliegen, werden immer mehr.

Kolumbien, so erklärte der Drogenspezialist, ist der seit vielen Jahren führende Produzent von Kokain. Zwei Drittel der Weltproduktion wachsen dort, der Rest stammt aus Peru und Bolivien. Durch professionellen Anbau können dort mittlerweile sechs Ernten im Jahr erzielt werden. Der Versuch des kolumbianischen Präsidenten Ivan Duque, das Besprühen der Kokafelder mit dem Pflanzengift Glyphosat wieder aufzunehmen, scheiterte an den Gerichten wegen hoher Umweltschäden. Denn die Kokabauern waren mittlerweile auf die Idee gekommen, Koka neben Bananenstauden zu pflanzen, damit die großen Bananenblätter die kleinen Kokabüsche vor der Sichtung aus der Luft schützten. Die Hoffnung des FBI, dass die Pandemie den Drogenanbau und Handel einschränken würde, hatte sich nicht erfüllt. Die wirtschaftlichen Einschränkungen durch die Pandemie schwächte die Widerstandskraft vieler südamerikanischer Regierungen und ermöglichten dadurch den Gangstern einen freien Fluss von Kokainlieferungen. In den letzten Jahren hat Europa die USA als Hauptkonsument abgelöst und hierzulande werden bereits 40.000,-- Dollar pro Kilogramm erzielt. Bei diesen Preisen war es kein Wunder, dass sich das Mordopfer die Droge nicht mehr leisten konnte, als ihr Mann ihr den Geldhahn abdrehte.

Derzeit waren dem Kollegen keine Dealer im Oberen Waldviertel bekannt, denn das teure Kokain war eher die Droge der High Society in den größeren Städten. Aber Dagmar hat lange genug in Linz gewohnt, wo man nur die richtigen Leute kennen muss. Wenn sie aber wirklich Verbindung zu einer Motorradgang hatte, dann wäre es kein Problem, hochwertiges, unverschnittenes Kokain zu bekommen. Sowohl die Hell Angels, die Bandidos, die Mongols und eine gute Handvoll anderer Gangs waren dafür bekannt, dass ihnen der Handel und Transport von Kokain, Heroin, Marihuana und ähnlichen Drogen massenhaft Geld in die Vereinskasse spülte.

In einem Kurzreferat hielt er die Grundzüge der sogenannten *Outlaw Motorcycle Clubs* fest, vom FBI in Amerika als OMCG oder auch OMC abgekürzt. Kern dieser Subkultur bilden Cruiser- und Chopper-Motorräder, insbesondere der Marke Harley-Davidson, das Streben nach Freiheit vom Mainstream und der Non-Konformität, sowie die hundertprozentige Loyalität zur eigenen Gang und ihren Gesetzen. Körperliche Gewalt sei unter ihnen normal und sollte eine andere Gang in ihr Territorium eindringen, so kommt es manchmal auch zu Mord und Totschlag. Viele dieser Gangs betreiben zu ihrer Finanzierung nicht nur den Drogenhandel, sondern auch Schutzgelderpressung und Zuhälterei. Sie sind erkennbar an ihren Kutten, ärmellose Westen mit einer Reihe von Abzeichen darauf und sehen sich als Bruderschaft. Sie sind strikt organisiert und haben ihren eigenen Ehrenkodex. Dieser muss von jedem Mitglied unterzeichnet und akzeptiert werden. Jeder Verstoß wird streng bestraft.

Eine Gang mit einem feuerspeienden Drachen als Symbol war ihm jedoch nicht bekannt. Sie seien aber dabei, den Vertriebsweg des Kokains weiter zu verfolgen. Er versprach dem Kommissar, sich darüber schlau zumachen. Sie beschlossen, miteinander in Kontakt zu bleiben.

Der Spurensicherung war es immer noch nicht gelungen, das Passwort für Dagmars Laptop zu knacken. Gruber, der Chef, der im Laufe der Jahre schon alles miterlebt hatte, war am Ende seines Lateins angelangt.

„Der Großteil aller Anwender ist da äußerst einfallslos und verwendet Geburts- und Sterbedaten von Angehörigen, einfache Zahlenreihen oder Postleitzahlen von Orten aus ihrer Umgebung. Unser Spezialist ist total verzweifelt, hat schon hunderte von Möglichkeiten durchgespielt, ohne Erfolg. Wir kommen damit nicht weiter, es ist zum Aus-der-Haut-Fahren!“

Kalteis wagte einen Sprung ins kalte Wasser. „Probiert es einmal mit Feuerdrache!“ Das Ergebnis war null.

„Machen wir einen zweiten Anlauf und drehen das Wort einfach um. Gib einmal Drachenfeuer ein!“

„Bingo!“ schrie Gruber euphorisch, als sich die Seite öffnete. „Wie bist du denn darauf gekommen?“

Kalteis lächelte. „Hast du denn noch nichts von meinem legendären Gefühl für verborgene Zusammenhänge gehört? Genau das ist es, was mir unter all den Ermittlern in unserem Lande einen Sonderstatus beschert hat. Jetzt allerdings musst du den Laptop an mich abtreten, mit dem soll sich nun der Erwin beschäftigen, denn das ist sein Metier!"

Ohne viel Aufhebens schnappte sich Kalteis den Laptop, denn nun stand ein Besuch beim Staatsanwalt auf dem Programm. Einer dieser Momente, die er am wenigsten schätzte. Für ihn waren die Papiertiger fern jeder Wirklichkeit. In kurzen Worten berichtete er ihm von den Fortschritten der Ermittlung, sprach von der guten Zusammenarbeit der einzelnen Abteilungen und verabschiedete sich.

Einer plötzlichen Eingebung folgend rief er die Polizeipsychologin an. Vor einigen Jahren hatten sie sich bei einer Ermittlung kennengelernt und auf Anhieb verstanden. Daraus war eine kurze Affäre geworden, im Zuge derer sie sich gelegentlich in einem Hotel weit weg vom Schuss trafen und ein gemeinsames Wochenende verbrachten. Irgendwann begriffen sie die Sinnlosigkeit dieses Unterfangens, blieben aber freundschaftlich verbunden. Hin und wieder suchte er ihren Rat, besonders dann, wenn es um Sexualdelikte ging. Nun war er interessiert, wie sie das Sexualleben des Mordopfers beurteilte und so besuchte er sie in ihrer Ordination und berichtete ihr von Dagmars Verhalten am Badeteich. Sie kam sofort zur Sache.

„Für das Verhalten des Mordopfers sind zwei Phantasien ausschlaggebend. Da ist einmal eine latente Gewaltfantasie am Werk. Es gibt Frauen, die nur zu ihrem Höhepunkt kommen, wenn sie in ihren Vorstellungen mit Gewalt zum Geschlechtsverkehr gezwungen werden. Es stellt sich nun die Frage, warum Frauen in manchen Augenblicken, in denen es um körperliche Liebe geht, Gewalt nicht scheuen. Darüber hat sich schon Sigmund Freud seinen Kopf zerbrochen. In dem gegenständlichen Fall spielt auch die Unterwerfungsfantasie eine große Rolle. Dagmar war scheinbar auf der Suche nach dem Ritual von Täuschung und Überraschung und dem Kontrast von Heftigkeit und Zärtlichkeit. Manche Frauen kommen nur dadurch zu intensiver Lust. Ihre Begegnungen mit den brutalen Kerlen, aber auch der Besuch von Swingerclubs entsprachen ihrem Bedürfnis nach starken Reizen und gipfelten zweifellos in einer gedanklichen Bestrafung ihres Mannes, da sie sich von ihm vernachlässigt fühlte. Es kann sein, dass sie dadurch ihre sie belastenden Erfahrungen verarbeitete und damit Kontrollverlust in Kontrolle und Schuldgefühle in Schuldlosigkeit umgestaltete. Der Endeffekt war für sie klar, nicht sie, sondern ihr Ehemann war an ihrem Dilemma schuld! Unsere moderne Gesellschaft ermutigt Frauen einerseits, ihre weiblichen Reize öffentlich zu zeigen, beschämt sie aber auch deswegen. Ist dir bekannt, ob Dagmar eine katholische Schule besucht hat?"

„Sie ging bei den Ursulinen in Linz zur Schule", bekräftigte Kalteis dieses Argument.

„Dort wurde alles, was die Sexualität betrifft, als schlecht behandelt und unterdrückt. Dadurch wurde Dagmar geprägt. Ich könnte mir vorstellen, dass sie vor ihrem Mann keine anderen sexuellen Beziehungen hatte. Das könnte ihren Hunger nach extremen Erfahrungen ausgelöst haben!"

Kalteis erzählte ihr von Sepp Huber und bat sie um eine Einschätzung seiner Aussage.

„Nach dem, was du erzählt hast, leidet Herr Huber an globaler Aphasie. Das ist eine Sprachstörung nach einem Schädel-Hirntrauma. Deshalb spricht er abgehackt, ringt förmlich um den richtigen Ausdruck, alle sprachlichen Modalitäten wie Sprechen, Verstehen, Lesen und Schreiben sind stark betroffen. Huber hat einen Mord beobachtet, noch dazu an einer Frau, die er gut kannte. Es ist gut möglich, dass er die erste Zeit nach diesem traumatischen Erlebnis stumm war, also überhaupt nicht sprechen konnte. Weder zu sich, noch zu einem anderen. Aber trotz Verlust von Lautstrukturen der Sprache, von Wortschatz und Satzbau ist bei vielen Betroffenen die allgemeine Kommunikationsfähigkeit erstaunlich gut erhalten. Sie beachten im Gespräch den Wechsel von Reden und Zuhören und versuchen sehr oft, ihre Mitteilungen durch Gestik und Mimik zu verdeutlichen. Du kannst hundertprozentig sicher sein, dass er die Wahrheit gesagt hat, es wäre ihm unmöglich gewesen, eine Geschichte zu konstruieren!

Doch zurück zum Mordopfer. Ihr Verhalten weist die Züge einer gespaltenen Persönlichkeit auf, die offenbar mit ihrem Leben nicht fertig wurde und sich bewusst in Gefahr begab. Dies entsprang aber nicht einer gewissen Todessehnsucht, sondern einem Frustrationserlebnis gegen sich selbst. Sie war mit ihrer Situation nicht zufrieden, sah sich unbewusst selbst als Frustrationsquelle. Sie war quasi auf der Flucht vor sich selbst!"

Ähnliche Gedanken waren Kalteis ebenfalls gekommen. Dagmar Trutzbichler muss eine vom Leben schwer enttäuschte Frau gewesen sein. Sie war das beste Beispiel dafür, dass Geld und Besitz nicht gleichbedeutend mit Zufriedenheit und Erfüllung sein müssen. Mit diesen schweren Gedanken kehrte er nach Hochstätt zurück.

Dort angekommen, widmete er sich dem Protokoll von der Zerschlagung des Treffens der Naziliedersänger. Das Protokoll, das eigentlich gar keines war, bestand nur aus einer kurzen Meldung, nämlich dass diese Teilnehmer innerhalb von einer Stunde, knapp nach Mitternacht, auf Anordnung der

Polizei den Lagerplatz geräumt hatten und unbekannten Ziels abgezogen waren. Kalteis seufzte, war so eine Schlamperei nicht gewöhnt. Doch was soll man auch von Polizisten einer Kleinstadt, die sich im Normalfall nur mit Geschwindigkeitsmessungen, Röhrchenblasen und hin und wieder einer harmlosen Rauferei auf einem Wald- und Wiesenfest zu tun haben, schon verlangen? Also hatte es auch keinen Sinn, dies beim biederen Kommandanten Ignaz Seipelt zu beanstanden.

Seipelt war es jedoch selbst, der ihn darauf ansprach. „Ich weiß, dass die Sache so nicht in Ordnung war. Aber wir haben damals unser Ziel erreicht, sie sind ja schließlich abgehauen. Doch es gibt in diesem Fall noch etwas, das ich dir beichten muss. Es ging damals das Gerücht um, dass die Dagmar bei dieser verschrobenen Clique war und in den Wald flüchtete, als wir mit der Kavallerie antanzten. Ich selbst habe sie nicht gesehen, aber einige der schaulustigen Passanten. Am nächsten Tag, es war ein Sonntag, hat ein Jogger sie entdeckt, wie sie auf der Liegewiese neben dem Badeteich gelegen ist, halbnackt und total zugedröhnt. Er hat mich angerufen und ich bin in Zivil hinaus, habe ihr eine Decke umgehängt und sie nach Hause gebracht. Sie hat mir unendlich leidgetan und ich hatte das Gefühl, ihr diesen kleinen Gefallen schuldig zu sein!“

Kaltes war sprachlos, schüttelte den Kopf. „Du hättest Politiker werden sollen, nicht Polizist. Nach allen Seiten hin seine Fühler ausstrecken, unverbindlich alles versprechen, Gefälligkeiten fordern und Gefälligkeiten austeilen. Doch ganz egal, ob du die Uniform trägst oder nicht, für dich muss immer das Gesetz an erster Stelle stehen, da haben private Interessen nichts zu suchen. Schön langsam wirst du mir unheimlich, mein Freund. Deine spezielle Nähe zu dem Mordopfer ist verdächtig, von Rechts wegen müsste ich so etwas melden und du müsstest aus diesem Fall abgezogen werden.

Sollte es noch so einen Vorfall geben, dann rücke am besten gleich mit der Sprache heraus!"

Der so rüde abgekanzelte Polizeichef zog betroffen ab und ward an diesem Tage nicht mehr gesehen. Kalteis konnte sich nur wundern, wie Ignaz die Macht seiner Position im Laufe der Jahre ausgenutzt hatte. Doch er wusste genau, wie es in einer Kleinstadt zugeht, wo der Polizeikommandant zur handverlesenen Schar der Prominenten gehört wie der Bürgermeister, Gemeinderäte, Schuldirektoren, Sparkassenleiter und der Feuerwehrkommandant. Wo die Bevölkerung autoritätsgläubig ist und sehr wenig zum Widerspruch neigt. Er war selbst in einer Kleinstadt aufgewachsen, wo ein Großteil der Bevölkerung miteinander verwandt war. Wo man sich gegenseitig schützte und zusammenhielt, wo eben eine Hand die andere wäscht und man Fremden mit einer ordentlichen Portion an Misstrauen begegnete.

Mittlerweile hatte Erwin alles über Drachen zusammengekratzt, was er im Internet finden konnte. Diese stellen in der Bildwelt vieler Völker ein Tier von ungeheurer Symbolkraft dar. In den Schöpfungsmythen sind Drachen meist gewalttätige Urwesen, die von den Göttern überwunden werden müssen. In der mittelalterlichen Literatur sind es Helden wie Siegfried, die in der Rolle des Drachentöters auftreten. Die Besiegung eines Drachens ist in Mythen und Märchen oft Prüfungsaufgabe des Helden, der dadurch einen Schatz erringt oder eine gefangene Prinzessin erlöst. Die christliche Symbolik wiederum sieht den Drachen als Verkörperung des Teuflischen oder des Satans Luzifer, den der Erzengel Michael besiegt und in die Hölle hinabstürzt. Drachen sind daher oft mit dem Element Feuer verbunden und feuerspeiend dargestellt. Im Gegensatz zu dieser abendländischen Auffassung wird der Drache in Ostasien meist als

Glückssymbol aufgefasst, das den Trank der Unsterblichkeit hervorzubringen vermag.

Erwin Schönkirchner war ein Mann, der mit beiden Beinen fest verankert im Leben stand. Führte eine Bilderbuchehe und hatte zwei pubertierende Söhne. Er selbst glaubte nicht an Drachen oder ähnliche Ungeheuer, doch in den Kinderbüchern und unter den Spielzeugen seiner Kinder gab es genug davon.

Er fand Dagmars Verbindung mit Drachen allerdings merkwürdig. Sepp Huber wollte auf der Lederweste des Rockers und mutmaßlichen Mörders einen feuerspeienden Drachen gesehen haben und das Passwort für ihren Laptop lautete „Drachenfeuer". Dieser Umstand konnte kein Zufall sein und tatsächlich fand er darauf auch einige Seiten mit dem chinesischen Horoskop, in dem es das Sternzeichen des Feuerdrachens gab. Das Mordopfer hatte seitenweise Links gesammelt, die sich auf das chinesische Horoskop im Allgemeinen und das Symbol des Feuerdrachen speziell bezogen. Das adäquate westliche Sternzeichen dazu ist der Widder. Dagmar musste sich damit beschäftigt haben, da der Feuerdrache immer wieder zu finden war. Das zweite Symbol, mit dem sie sich beschäftigte, war die Ziege, was wiederum dem Krebs entsprach, ihrem eigenen Sternzeichen.

Erwin war elektrisiert, war er da etwa auf eine wichtige Spur gestoßen? Er selbst hielt nicht viel von Horoskopen, Hellsehen und ähnlich okkulten Begriffen. Nun aber begann er, sich fieberhaft in die Materie einzuarbeiten, Dagmars Laptop lieferte ihm die Grundlagen dazu. Dort fand er ein Partnerhoroskop für den „Drache-Mann" und „Ziege-Frau", in dem es hieß, dass der Drache und die Ziege in Freundschaft und Liebe harmonisch miteinander umgehen. Der Drache sei unkompliziert, ehrlich, strebe nach Führung. Bevorzuge eine unabhängige Position in der Gesellschaft und schätze die persönliche

Freiheit. Die Ziege jedoch stehe auf einer Theaterbühne, wo sie verschiedene Rollen ausprobiere. In der Partnerschaft von Drache und Ziege steht Geld immer im Vordergrund. Er beschränke sich nicht bei seinen Ausgaben, genau wissend, dass er sein Depot immer wieder auffüllen könne. Die Ziege trenne sich ebenfalls leicht vom Geld, egal, ob eigenes oder fremdes Geld. Gerade, weil sich beide darin gleichen, komme es immer zu Meinungsverschiedenheiten darüber.

Er wagte es kaum, dem Chef von seiner Recherche zu erzählen. Denn für Kalteis war so etwas wie ein Horoskop esoterisches Geschwätz. Trotzdem konnte es ein klitzekleiner Baustein für die Ermittlung sein. Denn dann müsste der geheimnisumwitterte Rocker mit Zottelhaar und Bart im Sternzeichen des Widders zwischen 21. März und 20. April geboren worden sein.

Doch der Kommissar reagierte anders als erwartet. Pfiff wieder durch seine berühmte Zahnlücke und lauschte voll konzentriert den Ausführungen seines Stellvertreters.

„Ich finde das sehr interessant, was du da aus deinem Blechtrottel herausgeholt hast. Es ist Zeit für einen Richtungswechsel. Wir haben bis jetzt unsere Aufmerksamkeit den kriminellen Motorradgangs gewidmet. Keine der bekannten Gruppen hat jedoch einen feuerspeienden Drachen als Klubemblem. Könnte es sein, dass der mutmaßliche Mörder diesen Drachen selbst, eben als sein Sternzeichen auf dem Rücken seiner Lederweste trug? Dass es diese Lederweste nur einmal gibt? Dann müsste sie zu finden sein. Irgendwo muss sie erzeugt und verkauft worden sein, wir werden einen Postwurf zur Post bringen, vielleicht erkennt jemand diese einzigartige Lederweste! Wissen wir schon Bescheid, wie ihre Uhr und ihr Schmuck ausgesehen haben, die sie bei ihrer Ermordung trug? War Seipelt schon mit Hannah im Haus der Trutzbichlers?“

Das kostete Erwin einen Lacher. „Der hat heute dienstfrei und sich noch nicht gerührt, der ist noch angefressen wegen deinem Anschiss gestern!“

„Das ist mir egal. Scheuche ihn auf, er muss hergekommen, das ist ein Befehl!“

Eine halbe Stunde später war Seipelt, deprimiert und eingeschüchtert, zur Stelle. Kalteis war kurz angebunden. „Du rufst auf der Stelle die Hannah an. Wenn sie von ihrer Arbeit nach Hause kommt, dann holst du sie ab. Nimm dir den Haustorschlüssel für die Casa Trutzbichler. Sie soll Dagmars Schmuckkassette in Augenschein nehmen. Wir haben ja bei der Toten keinen Schmuck gefunden und die elegante Dame hatte sicher bei diesem ominösen Treffen eine Halskette um. Vielleicht fällt der Hannah auf, welche Kette fehlt. Größe, Farbe, Art der Steine und so ähnlich, du weißt schon, auf was es darauf ankommt. Noch besser wäre es, wenn sie auch Angaben über ihre Armbanduhr machen könnte. Schau' all die Fotos durch, die auf der Kommode in ihrem Zimmer stehen. Es ist gut möglich, dass man die Kette und die Uhr auf einem der Bilder besser sehen kann!“

Seipelt rief Hannah sofort an, sichtlich froh darüber, so einfach aus seinem Schlamassel entkommen zu sein.

Als die beiden beim Haus ankamen, fanden sie es leer. Sie gingen in den ersten Stock in Dagmars Schlafzimmer. Hannah kannte die Gepflogenheiten ihrer besten Freundin und wusste, dass sie ihre Schmuckkassette in der untersten Lade des Schminktisches versteckt hatte. Hannah nahm Stück für Stück der Kostbarkeiten heraus und legte sie fein säuberlich auf den Tisch. Seipelt, der sicherlich kein Fachmann war, riss die Augen auf. Jedem Laien musste sofort klar sein, welche Werte hier zum Vorschein kamen. Hannah lächelte: „Die Dagmar war eben ein Luxusweib. So lange alles gut lief, wurde sie von ihrem Göttergatten mit Schmuck und schicker Mode geradezu überhäuft. Da konnte alles nicht teuer genug sein, sagt aber viel über ihre Widersprüchlichkeit aus. Auf der einen Seite trug sie teuren Schmuck, hüllte sich in Samt und Seide und auf der anderen gab sie sich mit dreckigen und brutalen Motorradgangstern ab. Aus einem mir unbekannten Anlass kippte ihre Persönlichkeit einfach um. Ich kann mir bei bestem Willen nicht vorstellen, wo und wann das passierte! Jedenfalls fehlt ihre Blutsteinkette, die war zwar nicht so kostbar, aber die trug sie fast jeden Tag. Ihre Uhr war wiederum sehr teuer, eine Patek Philippe, so glaube ich, mit einem braunen Krokolederband! Außerdem trug sie immer ihre einzigartige Geldbörse aus Fischleder mit sich, die in der Nähe von Litschau erzeugt wird."

Seipelt erinnerte sie an das Treffen der wilden Horde mit den historischen Militärfahrzeugen. „Du hast doch damals auch von den Gerüchten gehört, dass sie bei der Orgie am Badeteich am Lagerfeuer mit dabei war. Man hat gesehen, wie sie halbnackt im Wald verschwunden ist, als wir das Lager geräumt haben!"

Hannah ärgerte sich über sich selbst. „Wie konnte ich nur so blöd sein und diese unappetitliche Episode vergessen. Tut mir leid, dass mir das bei deiner Befragung nicht eingefallen ist. Sie hat mir am nächsten Tag brühwarm erzählt, dass du sie in der Frühe nach Hause gebracht hat."

Seipelt setzte nach. „Sonst hat sie nichts über diesen Abend erzählt?"

Hannah wurde rot. „Ich habe ihr hoch und heilig schwören müssen, dass ich nichts davon ausplaudere. Aber nun, da sie tot ist, bin ich wohl nicht mehr daran gebunden. Angeblich war sie nur zufällig dort auf der großen Wiese bei Badeteich und wollte sich die Oldtimer ansehen. Da hat sie so ein Typ angequatscht und ihr die Geräte erklärt. Es begann ganz harmlos, meinte sie. Dann hat man ihr eine Flasche Bier in die Hand gedrückt und sie hat sich zu denen ans Lagerfeuer gesetzt. Die Kameradschaft hat ihr gefallen, das Lagerfeuer war romantisch und alles war in Ordnung. Zu ihrem Unglück hat sie sich dann überreden lassen, einen Joint mitzurauchen und noch einen. Plötzlich war alles so schön, so voller Farbe und sie meinte, fliegen zu können. Sie muss total high gewesen sein und ist erst wieder munter geworden, als ihr von der Polizei mit Blaulicht vorgefahren seid. In dem ganzen Trubel ist sie kopflos in den Wald gelaufen. Was dann passierte, wusste sie nicht mehr. Sie konnte sich nur mehr daran erinnern, dass du am nächsten Tag auf einmal vor ihr gestanden bist und sie nach Hause gebracht hast. Sie ist dann eine Stunde lang unter der Dusche gestanden, weil sie sich schmutzig und besudelt gefühlt hat. Wahrscheinlich, so hat sie mir unter Tränen gestanden, sind diese wilden Kerle in der Zeit, wo sie bekifft war, alle über sie hergefallen!"

„Dann war das der Knackpunkt in ihrem Leben! Zu dieser Zeit muss sie mit dem Kokain angefangen haben, die arme Dagmar", brach es aus Seipelt erregt heraus, „vielleicht hat sie ab diesem Zeitpunkt bewusst die Gefahr gesucht und ihren sexuellen Phantasien freien Lauf gelassen!"

Hannah konnte nicht umhin, ihm einen verbalen Schlag in die Magengrube zu verpassen. „Wahrscheinlich wäre es für sie bekömmlicher gewesen, das „böser-Cop-böses-Mädchen-Spiel" weiterzuspielen, das hat dir doch damals auch gefallen, oder etwa nicht?"

Seipelt grummelte Unverständliches in sich hinein, fasste sich aber schnell. „Schon gut, schon gut, du hast recht, aber jetzt lass uns noch nach den Fotos suchen!"

Sie fanden tatsächlich drei Fotos, auf denen sowohl diese Kette als auch ihre Uhr gut zu sehen waren und nahmen sie mit. Seipelt war wie vor den Kopf gestoßen, als er daran denken musste, was da alles mit ihr am Teich passiert war. Sie war doch eine hochintelligente Frau gewesen, die solch eine Gefahr genau abschätzen konnte. Oder wollte sie das gar nicht? Brauchte sie den Kick, den sie im Swingerklub und in der Gemeinschaft von Rockern suchte, um zur Erfüllung zu kommen? Oder geschah dies alles aus Rachsucht, weil Rüdiger sie sitzen hat lassen? War ihr diese Emotion wichtiger als die Furcht um Leib und Leben?

Schönkirchner hatte wieder einmal ganze Arbeit geleistet und einen informativen Postwurf zusammengestellt. Die Bevölkerung wird um sachdienliche Hinweise an dem Mord an Dagmar Trutzbichler gebeten, stand da zu lesen. Ob wer in der Mordnacht verdächtige Personen, Dagmar oder den Mann mit langem Bart und Zottelhaaren in der Stadt oder auch abends im Herrschaftswald gesehen hätte. Die Fotos von Dagmars Blutsteinkette, der Armbanduhr und ihrer eleganten Geldbörse aus Fischleder hatte er stark vergrößert dargestellt. Außerdem ergänzte er das Blatt mit einem Hinweis auf eine ärmellose Lederjacke mit einem feuerspeienden Drachen am Rücken. Auch ein Foto von der gleichen Motorradtype mit der Frage, ob jemand dieses in der Nähe des Waldes gesehen hätte. Diese Postwurfsendung wurde in einem Umkreis von 30 Kilometern jedem Haushalt zugestellt. Ferner sandte er diese Information an alle Tageszeitungen, an die beiden Regionalblätter und an die Gratiszeitungen. Um nichts unversucht zu lassen, veröffentlichte er dieses Blatt auch in den sozialen Medien.

Tags darauf trudelten die ersten Hinweise ein. Interessanterweise betrafen die meisten die Lederjacke, und auch zwei verschiedene Personen. Damit wurden die Angaben des Ehepaars Riedler bestätigt. Beide fuhren eine Harley-Davidson, jedoch sah der eine Fahrer respektierlich normal aus und der andere war eher ein Rockertyp. Ein Juwelier aus Linz meldete sich ebenfalls. Ein Mann mit langen Haaren und Bart hatte ihm Dagmars Uhr zum Kauf angeboten. Nachdem dieser aber keine plausiblen Angaben über die Herkunft dieser teuren Uhr machen konnte, lehnte er das Angebot ab. Betreffend der Blutsteinkette und der extravaganten Geldbörse trafen keine Hinweise ein. Beide Motorradfahrer wurden zu verschiedenen Zeiten vor Dagmars Haus gesehen. Über die Mordnacht selbst trafen bedauernswerterweise keine Hinweise ein. Niemand hatte ein Motorrad am Güterweg, keiner verdächtige Gestalten im Wald gesehen. Doch drei Anrufe trieften nur so vor Gehässigkeit und gipfelten in der Aussage, dass Dagmar endlich ihren verdienten Lohn bekommen hätte.

Bei der Auswertung der Hinweise kam Kalteis so richtig in Fahrt. Schönkirchner hatte diese wiederum auf Kärtchen geschrieben und dann an die Pinnwand geheftet. In einer schnell zusammengetrommelten Lagebesprechung brachte der Kommissar die bislang vorliegenden Beweise auf den Punkt.

„Jetzt hat sich das Blatt gewendet, kein Stein bleibt auf dem andern. Wir fahnden nun gleich nach zwei Motorradfahrern, einem Rocker und einem anscheinend Gesitteten. Jeder der beiden trägt eine ärmellose Lederweste mit einem Drachen auf dem Rücken. Es scheint, als wäre der Rocker der Böse, doch wir müssen frei von Vorurteilen sein. Immerhin hat dieser dem Juwelier in Linz die kostbare Uhr zum Verkauf angeboten. Wahrscheinlich ist nun auch die Blutsteinkette in seinem Besitz, aber die hat keinen besonderen Wert. Die Geldbörse aus Waldviertler Karpfenleder ist zu auffällig, die lässt sich ebenfalls schwer verkaufen. Nun stellt sich die Frage, wer von den beiden Verdächtigen der Mörder, wer der Dealer ist. Wobei die Möglichkeit sehr, sehr hoch ist, dass Dealer und Mörder ein und dieselbe Person sind! Wenn die Geschichte mit dem chinesischen Horoskop stimmt, dann war eher der ‚Normale' der Drache zur Ziege!"

Plötzlich klingelte Seipelts Telefon. Er ging hinaus um die anderen nicht zu stören, kam aber augenblicklich wieder aufgeregt zurück. „Hannah hat mich gerade angerufen, sie wollte wissen, ob die Spurensicherung Dagmars Tagebuch gefunden hat! Es ist nicht so ein Jungmädchentagebuch mit Schloss, sondern ein Jahreskalender in Buchform, wo sie Tag für Tag alles, was ihr wichtig war, eingeschrieben hat."

Schönkirchner klickte den betreffenden Link an. „Nein, sicher nicht, da steht nichts von einem Tagebuch oder einem Kalender!"

Kalteis reagierte sofort. „Neumann, du fährst mit Seipelt sofort nochmal ins Haus. Stellt alles auf den Kopf, macht euch Gedanken darüber, wo Ihr so ein geheimes Buch verstecken würdet. Trutzbichler ist in Linz, das Haus ist leer, ihr habt alle Zeit der Welt! So, los, macht euch an die Arbeit! Solltet ihr nichts finden, dann haben wir noch die Hannah im Talon mit ihrem weiblichen Gespür. Beginnt am besten mit dem Schrank, wo sie ihre Schuhe aufbewahrt. Frauen haben nämlich ein ganz besonderes, fast schon sinnliches Verhältnis zu ihren Schuhen und ich habe schon oft erlebt, dass sie dort eher was verstecken als anderswo!"

Neumann schnappte sich den Haustorschlüssel und setzte sich mit Seipelt im Schlepptau in Bewegung. Im Hause angekommen, durchsuchten sie auf Geheiß des Kommissars zuallererst den Schuhschrank und wurden sogleich fündig. In der untersten Ecke links unten war eine Schachtel mit Schuhputzzeug, die etwas höher stand. Darunter lagen, eingeschlagen in ein Geschirrtuch, drei dieser Buchkalender der Jahre 2019, 2020 und 2021. Triumphierend kehrten sie in das Hauptquartier zurück. Ein Blick des Kommissars in eines der Bücher ließ ihn erschauern, als ob er eine Schatzkarte gefunden hätte. „Es macht sich halt doch bezahlt, wenn man in so einem kleinen Nest gute Kontakte hat, stimmt doch, Ignaz, oder nicht!?"

Seipelt strahlte wie ein frisch lackiertes Schaukelpferd. „Es freut mich, dass du wieder zufrieden bist mit mir! Wenn du auf das Datum schaust, dann siehst du, dass die tatrelevanten Eintragungen ein paar Tage nach dem Oldtimertreffen beginnen! Da muss die Ermordete erstmals engeren Kontakt mit der Gruppe gehabt haben!"

Kalteis konnte sich ein schmutziges Grinsen nicht verkneifen. „Diese Kontakte müssen extrem körperlich für sie gewesen sein!"

Er übergab Neumann den Kalender. „Du gehst jetzt in die Chefkanzlei, setzt dich an den Chefschreibtisch und wertest alles, was für uns wichtig sein könnte, fein säuberlich aus. Wenn, wie zu erwarten, verschiedene Personen darin vorkommen, dann schreibst du das betreffende Datum dazu und machst eine Chronologie der Ereignisse."

Neumann verschwand in Seipelts Büro.

Schönkirchner klemmte sich an seinen PC. Er war mit Interpol und Europol in Verbindung, da er noch immer auf der Suche nach einer Gang war, die einen Drachen als Emblem hatte. Fehlanzeige. Nun versuchte er es mit Personen, die alte Militärfahrzeuge sammeln. Da gab es schon mehr, aber keine, die jemals mit dem Gesetz in Konflikt gekommen waren. Immerhin konnte er in Erfahrung bringen, dass in Österreich einige dieser Sammler in Verdacht standen, mit Neonazis zu sympathisieren. Außerdem gab es einige Gangmitglieder, die bei den laufenden Demonstrationen gegen die Impflicht mit ihren Stahlrössern in Wien und in Linz teilgenommen hatten. Es war zum Haareraufen. Es war eine verteufelte Situation oder wie es die FBI-Leute nennen, no- face-no-name-Situation. Wenn Seipelts Leute bei der Razzia damals am Badeteich die Personalien aufgenommen hätten, wäre alles viel leichter gewesen. Jetzt konnte nur mehr der berühmte Kommissar Zufall helfen!

Neumann war erfolgreicher. Binnen einer Stunde hatte er Dagmars Kalender durch. Eine große Menge Eintragungen bezogen sich auf die Dinge des Alltags. Termine für Frisör, Fußpflege, Zahnarzt, Treffen mit Bekannten und Ähnliches mehr. Auffällig waren jedoch die anonymen Eintragungen, die sich immer wieder auf F., G. und M. bezogen und stichwortartig gehalten waren.

Diese begannen, wohl nicht ganz zufällig, mit dem Datum der Runde um das Lagerfeuer am Badeteich.

Starke Männer, gute Kameradschaft, Würstl am Feuer gegrillt, zu viel Bier getrunken, ersten Joint geraucht (vielleicht zwei?), dann Blackout – weiß nicht, wie lange, Polizei hat dann das Lager geräumt, geflohen in den Wald, wollte nicht, dass S. mich sieht, gefährliche Situation. Dann Gedächtnislücke, total benebelt, weiß nur Bescheid, das S. mich zeitig früh nach Hause gebracht hat. Wo war ich die Nacht über? Im Wald? F. ist der Netteste von allen, nicht ganz so ungepflegt, ruhiger. G. ist ein brutaler Hund, Joint gegeben.

Der nächste Eintrag ist eine Woche später zu lesen: *G. mich abgeholt mit Harley. Großartiges Gefühl, spüre die Kraft der Maschine. (fast erotisch). Fahrt in die Wachau, Haare im Wind, gutes Gefühl, Picknickplatz, hat Jause mit, ein Joint, gutes Gefühl, total entspannt. Holt aus der Brusttasche ein Briefchen mit weißem Pulver, gibt mir Röhrchen, ich schnupfe, anfangs komisch, doch dann flieg ich auf und davon, bin frei, euphorisch, riesiges Glücksgefühl, nimmt mich, großartig, noch nie so intensiv gespürt. Liegen auf Waldwiese, dann fahren wir nach Weißenkirchen, treffen dort F. und M. bei Heurigen. Viel Spaß. Abends bringt G. mich nach Hause, stellt Maschine in Garage, bleibt über Nacht bei mir. Brutal, nicht zärtlich. Fährt um 5.00 Uhr früh wieder fort. Muss aufpassen, Alfons spechtelt wieder.*

Zweimal wiederholt sich die Fahrt mit G., er macht ihr immer mehr Lust auf Kokain. Sie bezahlt ihm für die erste Lieferung 1500,- Euro und notiert die Zahlung auf der Rückseite des letzten Blattes im Kalender. Die Abstände werden immer kürzer, die Summen immer höher. Doch sie ist nicht nur mit G. unterwegs, sondern auch mit F. und M. und kauft sich eine Ledergarnitur, will nun eine richtige Rockerbraut sein! Sinkt immer tiefer, die Spirale wird immer enger. Plötzlich ist im Jänner 2021 nur mehr von F. die Rede. Er hat anscheinend guten Einfluss auf sie, denn die Zahlungen hören abrupt auf. Im Februar ist sie mit ihm drei Tage in der Therme Loipersdorf. Darüber folgt eine kurze Notiz: *War mit F. beim Frisör, hat sich Haare und Bart schneiden lassen, richtig fesch, sehr glücklich, will weg von den anderen, neues Leben (mit mir!!!) beginnen. Kein Stoff mehr! Bin sauber!*

Doch im Mai scheint die Situation zu eskalieren. F. schreibt ihr, dass er ein paar Tage aus dem Lande muss, da der Club seinen Austritt wegen dem Regelverstoß nicht akzeptieren will! Dagmar ist verzweifelt, voller Angst, sperrt sich ein. Eines Abends hört sie Schritte im Haus und G. und M. stehen plötzlich in ihrem Wohnzimmer, wollen wissen, wo F. ist. Fesseln sie an einen Stuhl, durchsuchen das ganze Haus. Flößen ihr Bier ein, zwingen sie wieder zu einer Prise Kokain. Sie ist gefügig, fürchtet um ihr Leben, wird wieder high, schwebt in höheren Sphären und hört die Englein singen. Die beiden machen sich im Hause breit, bedienen sich an der Hausbar und missbrauchen sie mehrmals. Verlangen Geld von ihr als Mitgliedsbeitrag für den Club, dessen Vorzüge sie ja mehrmals genossen hat, wie sie ihr höhnisch mitteilen. Sie gibt ihnen alles Geld, was sie im Hause hat. Schnupft mit den beiden noch eine Prise, sie wird bewusstlos. Als sie nach zwei Stunden wieder zu sich kommt, sind die beiden fort. Auf dem Couchtisch lassen sie ein Briefchen Kokain liegen. Sie versteckt es im Spülkasten.

Neumann hatte sich bemüht, die stichwortartigen Eintragungen halbwegs verständlich zusammenzufassen. Als er seinen Vortrag beendete, stürzte Seipelt fluchtartig aus dem Raum, rannte aufs Klo und übergab sich. Er war total fix und fertig, geplagt von Schuldgefühlen. Fühlte sich übergangslos schlecht, da auch er sie ausgenutzt hatte, ja, vielleicht sogar den Anstoß gegeben hat, ihre sexuelle Abartigkeit anderwärtig auszuleben. War er gar daran schuld, dass aus der bildschönen, extravaganten und hochgebildeten Dagmar plötzlich eine Nymphomanin wurde, die ihre Triebe auf höchst riskante Art und Weise zu befriedigen suchte?

Doch Seipelt war nicht der Einzige, der emotional auf die Enthüllungen in ihren Kalendern reagierte. Eine bleierne Schwere lag augenblickslang in der Luft. Alle waren bestürzt, als sie vernahmen, wie Dagmar ihr Schicksal herausgefordert hatte, welches schlussendlich zu einem tödlichen Drama führte. Sie muss verzweifelt gewesen sein, als sie merkte, wie ihr Leben immer mehr aus dem Ruder lief.

Kalteis fasste sich als erster. „Nun wissen wir, dass wir auf einmal drei verdächtige Personen finden müssen, was die Sache nicht leichter macht. Drei Rocker einer Motorradgang, von denen wir nur die Anfangsbuchstaben wissen. G. und M. scheinen die Brutalos zu sein, F. aber derjenige, der sich von den anderen der Clique absonderte und dadurch verfemt

wurde. Wobei wir wieder bei dem blödsinnigen Fehler angekommen sind, weil Seipelt mit seinen Leuten damals die Personalien nicht
festgestellt hatte. Mit den Namen würden wir uns leichter tun, manchmal wäre es eben wichtig, Dienst nach Vorschrift zu machen! Unser nächster Schritt ist es nun, eine Presseaussendung zu machen, in der wir erklären, diese drei Personen zu suchen, die sowohl Mitglieder einer Motorradgang, als auch Sammler von Military-Oldtimern sind. Damit beschränken wir uns auf einen sehr kleinen Kreis, der es uns möglich machen sollte, diese drei auszuforschen!"

Zwei Tage später erschien ein diesbezüglicher Artikel sowohl in den großen Tageszeitungen als auch in den beiden Gratisblättern. Noch am selben Tag platzte die Bombe. Ein Anrufer meldete sich, gab sich als Falco aus und erklärte sich zu einer Aussage bereit. Er werde sich am nächsten Tag frei nehmen und nach Hochstätt kommen!

Der Anruf löste Jubel auf der Polizeiinspektion Hochstätt aus. „Endlich ein Lichtblick, ein Name, ein Gesicht, das Licht ins Dunkel bringt, denn nun wird der Kreis kleiner. Wenn er sich nun stellt, dann wird er kaum der Mörder sein, aber die Gleichung mit zwei Unbekannten auflösen! Das wird der ultimative Durchbruch, ich spüre es in meinen alten Knochen! Jetzt ist es nur mehr eine Frage der Zeit, bis wir den Mörder hinter Gitter bringen!" Kalteis war aus dem Häuschen, lief euphorisch zur Pinnwand und erweiterte das Spinnennetz um drei weitere Kärtchen.

Seipelt platzte in den Jubel hinein, blass und sichtlich angeschlagen, wollte wissen, was los ist. Als ihn Kalteis von dem Anruf berichtete, brach eine schwere Last von seinen Schultern. „Gottseidank, jetzt wiegt mein Fehler von damals nicht mehr so schwer auf der Waagschale! Ich möchte auf alle Fälle bei dem Verhör morgen dabei sein!"

Endlich trafen auch andere wichtige Ermittlungsdaten ein. Das Notariat gab bekannt, dass weder von Dagmar noch von Rüdiger Trutzbichler ein Testament vorlag. Da das Ehepaar keine Kinder hat, wäre nun der Ehemann hundertprozentiger Eigentümer aller Vermögenswerte. Weiters stellte sich heraus, dass vor zehn Jahren für beide eine Lebensversicherung auf 500.000,- Euro abgeschlossen wurde.

Diese Meldung war dem Kommissar wieder ein Pfiff durch die Zahnlücke wert. „Sieh an, sieh an", meinte er, „nach der allseits bekannten Polizistenweisheit ‚Wer hat was davon?' stünde nun auch der Herr Vorstandsvorsitzende plötzlich ganz oben auf der Liste der Verdächtigen! Aber vor zehn Jahren war ja die Welt der beiden noch in Ordnung und der Abschluss einer Lebensversicherung ist ja nicht unbedingt eine kriminelle Handlung. Ich kann mir nicht vorstellen, dass er ihr Mörder ist, wo er doch sowieso von ihr getrennt lebte, Spitzenverdiener ist und eine schöne Geliebte hat. Wegen dieser Summe macht sich der feine Herr nicht die Finger dreckig! Die Triebhaftigkeit seiner Frau hat alle seine Probleme von selbst erledigt. Bei einer Scheidung ‚hart auf hart', wäre ihm nur mehr die Magermilch geblieben, ein bisschen übertrieben formuliert!"

Schönkirchner war beim Studium von Dagmars Laptop noch auf weitere interessante Details gestoßen. Dagmar hatte sich durch das Internet gewühlt und zahlreiche Informationen über Motorradgangs gespeichert. Ihr Hauptinteresse galt den sogenannten Outlaw Motorcycle Gangs wie den berüchtigten Hells Angels, den Bandidos, den Mongols und anderen, die ihren Unterhalt allesamt mit Drogenhandel, Prostitution, Geldwäsche oder auch Schutzgelderpressung finanzierten. Es ist durchaus möglich, dass es ihr da erstmals dämmerte, in welches Nest sie sich da gesetzt hatte. Trotzdem schaffte sie es nicht, aus diesem Teufelskreis auszubrechen!

Für Kalteis war dies eine weitere Bestätigung für den widersprüchlichen Charakter des Mordopfers, der nicht ihrem ursprünglichen Lebensstil entsprach. Eine gut behütete Lehrerstochter und Gattin eines Spitzenmanagers, die sodann in ihrem Leben eine vollkommen andere Richtung einschlägt und zur leichtsinnigen, das gefährliche Spiel mit dem Risiko suchenden Rockerbraut wird. Mit Schaudern dachte er an seine Tochter Nicole, die bei seiner geschiedenen Frau blieb und mit sechsundzwanzig noch immer auf seine Kosten studiert. Er hatte schon wochenlang nichts von ihr gehört, kannte ihren Freundeskreis nicht und hoffte, dass sie nie solchen Typen in die Hände fallen würde wie die arme Dagmar. Unbewusst kam ihm die Lehre des Mentalpositivismus von Oskar Schellbach in den Sinn, die ihn als Jugendlichen schon fasziniert hatte. Dieser sprach vor hundert Jahren bereits über das kleine und das große Schicksal. Dem großen Schicksal, so lehrte er, kann man nicht entgehen. Wann und wo und von wem man geboren wird und welche Hautfarbe man hat. Das kleine Schicksal jedoch gestaltet jeder Mensch selbst. Welche Freunde man hat, wie man sich weiterbildet, wie man sein Leben gestaltet. Was wiederum so viel heißt, dass, wenn du in einem abstürzenden Flugzeug sitzt, machtlos bist. Soweit das große Schicksal. Wenn man aber mit profillosen Autoreifen auf glatter Straße verunglückt, dann hat das kleine Schicksal zugeschlagen, denn man hätte ja rechtzeitig die Winterreifen wechseln können! Dagmar hat mit ihrer Nähe zu den rauen Kerlen ihr kleines Schicksal, bewusst oder unbewusst, herausgefordert und letztendlich den höchsten Preis dafür bezahlt!

Solcherlei Gedanken kreisten in seinem Kopf herum, als er vor der Pinnwand stand und die bisher gewonnenen Erkenntnisse überschlug. In seiner Laufbahn bei der Kripo ist ihm schon vieles vorgekommen, was ihm als total unlogisch, total unbegreiflich vorkam. Warum, so fragte er sich des Öfteren, tötet eine junge Mutter ihr Baby, das neun Monate lang in ihrem Bauch heranwächst? Warum erschlägt ein Sohn seinen Vater? Warum ersticht eine biedere, unauffällige Hausfrau ihren Mann eine Woche vor der Feier zur Silbernen Hochzeit? Warum tötet ein weltbekannter Chirurg seine Schwiegermutter, schneidet sie mit chirurgischer Präzision in Stücke und lagert diese in seiner Kühltruhe? Wer sagt uns, was gut und böse ist? Der Verstand, das Herz, ein Bauchgefühl? Ist das Böse nur die Abwesenheit des Guten? Oder umgekehrt? Oder gibt es tatsächlich etwas im menschlichen Körper, das unkontrollierbar und unbeeinflussbar ist und dem man einfach ausgeliefert ist?

Seit einiger Zeit beschäftigte er sich mit dem neuen Fach der Neurokriminologie, welche sich mit den biologischen Ursachen von Gewalttätigkeit beschäftigt. Man hat festgestellt, dass viele Serienmörder eine gemeinsame Anomalie haben, nämlich einen deutlich verlangsamten Herzschlag. Viele dieser Gewalttäter sind buchstäblich kaltblütig, weil sie ein schlecht entwickeltes vegetatives Nervensystem besitzen und dadurch immer auf der Suche nach dem besonderen Kick sind, der es eben wieder hochputscht. Sie suchen förmlich die Gefahr, für sie ist eine Abweichung von der Normalität normal. So hatte ein amerikanischer Amokläufer, der in einer McDonald's-Filiale 21 Menschen erschoss, einen extrem hohen Gehalt von Blei und Cadmium in seinem Körper, der große Bereiche seines Gehirns außer Kraft setzte und ihn zu einem Killer werden ließ.

Am nächsten Morgen war die Spannung im Hauptquartier greifbar. Das ganze Team war versammelt und wartete auf die Ankunft des mysteriösen F. Als dieser endlich eintraf, machte sich ein hörbares Aufatmen breit. Alle Augen waren auf ihn gerichtet, einen Mann Mitte dreißig, gut frisiert, gut angezogen, dem Durchschnitt der Österreicher angepasst. Keine Spur von Zottelhaaren, ungepflegtem Bartwuchs und ungehobelten Manieren. Er stellte sich sittsam vor. Das F steht für Falco, seinen Clubnamen, eigentlich heißt er schlicht und einfach Leopold mit Vornamen.

„Und nun hoffen Sie wahrscheinlich alle, dass ich endlich Licht ins Dunkel bringe oder etwa nicht?“ Er zeigte keine Spur von Unsicherheit, gerade so, als sei er es gewöhnt, tagtäglich von der Kriminalpolizei verhört zu werden. Kalteis runzelte die Stirn, angewidert von Falcos Überheblichkeit und legte die Karten auf den Tisch.

„Wir spielen hier nach meinen Regeln, ist ihnen das klar? Ich stelle hier die Fragen und sie haben zu antworten. Haben sie Dagmar Trutzbichler ermordet?“

„Nein!“

„Wo waren Sie in der Nacht von 10. auf 11. Juli 2021?“

„In Ungarn, in der Gegend von Sopron, bei einem Freund, der hat dort einen Bauernhof gekauft.“

„Das werden wir überprüfen. Geben Sie uns Name, Adresse und Telefonnummer des Freundes bekannt!“ Schönkirchner tippte die Angaben in das Vernehmungsprotokoll.

Bevor Kalteis seine nächste Frage stellen konnte, stand Falco auf und ging wiederum zur Pinnwand. Er strahlte eine Ruhe aus, die alle im Raum verblüffte, und fing an, die Kärtchen hin und her zu schieben. „Geben Sie mir bitte eine halbe Stunde Zeit, Herr Kommissar, und Sie können sich viel Zeit ersparen, wenn Sie mich erzählen lassen!“

Mit einem Schlag veränderte sich die Stimmung. Noch nie zuvor hatte der Kommissar erlebt, dass ein von ihm verhörter Verdächtiger die Initiative ergriff. Er sprang kurz auf, geradeso, als wollte er dem Mann an die Gurgel gehen. Dann beruhigt er sich wieder. Blickte zuerst auf die Pinnwand, nur um sich zu vergewissern, welche Kärtchen Falco verschoben hatte. An die Karte „Mörder?" war nun die Karte G. angeheftet.

Für einen kurzen Moment herrschte Sprachlosigkeit im Raum. Seipelt, Schönkirchner und Neumann starrten Kalteis an, eine Reaktion erwartend. Mit der Sicherheit eines Mannes, der sich Zeit nahm, seine Gedanken neu zu ordnen ergriff der Kommissar wieder das Wort und wandte sich an Seipelt: „Bring ihn in seine Zelle zurück! Dort soll er bleiben bis zum Sanktnimmerleinstag!"

Falco schüttelte seinen Kopf, stand auf und folgte dem Inspektor, drehte sich in der Tür noch einmal um und warf dem Kommissar einen fragenden Blick zu.

Als er weg war, ergriff Kalteis das Wort. „Wir werden den Burschen dunsten lassen. Ich glaube nicht, dass er Dagmar Trutzbichler umgebracht hat, doch er ist der einzige, der uns weiterhelfen kann!".

Er wandte sich an Erwin: „Frag bei der Polizei von Sopron an, ob ihnen der Freund von Falco bekannt ist. Mach dich außerdem schlau, ob sein Grenzübertritt dokumentiert wurde! Ich drehe schnell noch eine Runde, ich brauch frische Luft, bevor ich mir den Herrn noch einmal vorknöpfe!"

Nach zehn Minuten war er wieder da und wies Seipelt an, einen Blick durch den Spion in der Zellentür zu machen. Seipelt grinste von einem Ohr bis zum andern, als er wieder zurückkam.

„Deine Methode hat anscheinend gewirkt, er geht in der Zelle nervös hin und her!"

„Wir warten noch zehn Minuten, dann holst du ihn wieder heraus!“

Kalteis stellte das Aufnahmegerät auf den Tisch und forderte Falco mit harschen Worten auf, ihm gegenüber Platz zu nehmen. Er musterte ihn von oben bis unten und blickte ihm sekundenlang in die Augen, bis er nervös auf seinem Sessel hin- und her rutschte.

„Sie sind für mich noch lange nicht aus dem Schneider und gehören wie die anderen aus der Motorradgang zu den Hauptverdächtigen! Ich möchte nun die Wahrheit über die ganze Geschichte hören und zwar von Anfang an!“

Mit knappen Worten wies er Falco, der eigentlich Leopold hieß, an, seine Geschichte zu erzählen. Denn nur er konnte Licht in das Dunkel bringen, da er von Anfang an dabei war. Es wurde mucksmäuschenstill im Zimmer und alle hingen gebannt an den Lippen Falcos.

Erwin nahm Falcos Daten für das Stammdatenblatt auf. Leopold Fahrnleitner, geboren am 28. März 1985 in Linz, Clubname Falco, derzeit wohnhaft in Wien XI, Beruf Spengler, derzeit Teilnehmer an einem Schweißkurs des BFI. Dann endlich packte Falco aus.

„Gerry und ich haben uns in einer Erziehungsanstalt in Linz kennengelernt, den Max kenn’ ich von der Schule her und wir hatten alle das gleiche Schicksal. Zerrüttetes Elternhaus, Gewalt, Trunksucht, Scheidungen und das ganze Programm, was für einen pubertierenden Jugendlichen gleichbedeutend mit Hölle war. Ich bin bei einem Spengler in die Lehre gegangen, Gerry arbeitete am Bau und Max als Automechaniker. Wir waren alle keine Heiligen, haben Automaten geknackt und die Geldbüchsen von Sonntagszeitungsständern heruntergerissen. Doch Gerry war der brutalste von uns, hat als Kind bereits Tiere gequält. Er verfügt über ein launisches Temperament, unterliegt häufigen Stimmungsschwankungen und ist ein Chaot. Als wir zum Bundesheer kamen, haben wir uns aus den Augen verloren. Zehn Jahre später sind wir uns zufällig bei einer Motorradausfahrt begegnet. Unser Club war gut organisiert, wir waren lauter raue Kerle, haben uns lange Haare und Bärte wachsen lassen. Haben die sogenannte Kutte, eine ärmellose Weste mit vielen Abzeichen drauf, getragen. Wir waren kein krimineller Verein wie die Hells Angels zum Beispiel, haben uns aber in der Grauzone am Rande der Legalität bewegt, waren alle Brüder in einer Bruderschaft. Gerry kam mit Drogen in Kontakt, wurde Jahre später zum Dealer. Eine Zeitlang hat er bei so einer obskuren Neonazibewegung an sogenannten Wehrsportübungen teilgenommen, aber das war nicht mein Ding. Max hat Autos für eine Autoschieberbande manipuliert und war zwei Jahre im Knast. Ich bin grad so durchgekommen, manchmal hab' ich Arbeit g'habt, manchmal nicht. Max hat uns mit Sammlern von Militaryobjekten zusammengebracht und einen alten GMC aus Bundesheerbeständen gekauft, Gerry hat ein Motorrad der deutschen Wehrmacht aufgetrieben. Dann haben wir an der Oldtimerrallye in Hochstätt teilgenommen, wo die ganze Scheiße begonnen hat. Zuerst ging alles friedlich zu, aber am Abend am Lagerfeuer wurde es kriminell. Wir waren zehn, zwölf junge Männer, sind in Tarnanzügen rund ums Feuer gesessen, zwischen unseren Zelten, haben literweise Bier gesoffen und unsere Joints geraucht. Urplötzlich ist eine bildhübsche Frau mit Superfigur aufgetaucht, hat sich zu uns gesetzt und das ganze Programm mitgemacht. Ich weiß bis heute nicht, ob sich die Dagmar der Gefahr bewusst war, in die sie sich begeben hat oder ob sie diese sogar gezielt gesucht hat. Nach einigen Joints war sie jedenfalls hinüber und da war es um sie geschehen. Ich hab' zwar versucht, sie zu schützen, aber ich bin festgehalten geworden und musste bei der Massenvergewaltigung zusehen und hab nur g'hofft, dass sie davon nichts mitbekommt. Kurz darauf ist die Polizei gekommen, hat unser Lager umstellt und uns zur Räumung aufgefordert. Plötzlich war die Dagmar fort und ich hab' aus dem Augenwinkel gesehen, wie sie halbnackt in den Wald gelaufen ist. Den Rest wissen Sie ja!"

Kalteis unterbrach seinen Wortschwall. „Und wer hat Dagmar mit Kokain versorgt?"

„Der Gerry!", kam postwendend die Antwort. „Der hat mich eine Woche später angerufen, dass er sie zuhause besucht hat. Zuerst war sie ablehnend, doch dann hat er ihr erzählt, was sie mit ihr gemacht haben, als sie bekifft war und dass man Fotos von der Orgie gemacht hatte. Sie hat ihn angefleht, diese niemanden zu zeigen. Sie war wohl so verängstigt, dass sie sich ihm ausgeliefert hat. Weil sie ja allein gelebt hat, verbrachte er die Nacht bei ihr. Wie er mir am Telefon erzählte, begann er, sie mit einem Joint auf die härtere Droge vorzubereiten. In derselben Nacht schnupfte sie erstmals das Kokain. Als sie am nächsten Morgen beim Frühstück saßen, wollte sie mehr davon und gab ihm zweitausend Euro dafür. So begann er, sie zu melken, bis sie süchtig war. Sie legte sich spontan eine Lederkluft zu und wurde zum Groupie. Kam zu den Ausfahrten, fuhr einmal mit dem Gerry, einmal mit dem Max.

Dann trafen wir uns in Weißenkirchen beim Heurigen. Als ich auf das WC ging, folgte sie mir, gab mir ihre Visitenkarte und flehte mich unter Tränen an, ihr aus dem ganzen Schlamassel herauszuhelfen. Ein paar Tage später bin ich wieder nach Hochstätt gefahren!"

Kalteis unterbrach ihn abermals. „Was aber hatte es mit dem feuerspeienden Drachen auf sich?"

Falco lächelte. „Das war eigentlich meine Idee. Im Internet habe ich einen Katalog mit Waren aus Hongkong gefunden und da ich ja im chinesischen Horoskop eine Feuerdrache bin, habe ich mir so eine Weste bestellt. Als Gerry und Max diese Lederweste gesehen haben, waren sie gleich Feuer und Flamme und haben auch welche gekauft. Wir waren damit die Gang in der Gang. Damals begriff ich nicht, was sie damit wollten. Gerry und Max waren beide Kuriere für die Drogen. Wir haben ja alle drei beinahe gleich ausg'schaut. Jeder hatte lange Haare, jeder einen langen Bart, jeder die gleiche Lederweste. Aus einiger Entfernung war es schier unmöglich, uns voneinander zu unterscheiden. Dagmar hat dem Gerry schon vorher g'sagt, dass ihr Nachbar sie ständig durch ein Fernglas beobachtet.

Nach Dagmars Hilferuf bin ich ein paar Tage später zu ihr gefahren. Mit langen Haaren, langem Bart und einer ärmellosen Lederweste mit einem feuerspeienden Drachen hintendrauf. Es war ein Verwirrspiel für den neugierigen Herrn Nachbar. Dagmar hat mir unter Tränen erzählt, wie brutal und grausam Gerry und Max zu ihr sind. Ihr Mann hatte ihr den Geldhahn abgedreht und sie sei Gerry noch ein paar Tausender schuldig und weiß nicht mehr aus und ein. Sie wollte aus diesem Teufelskreis heraus und wusste nicht wie. Sie tat mir leid und ich verliebte mich in sie. Ich wollte nicht mehr so sein wie die anderen und schnitt mir die Haare und den Bart ab. Doch dann hab' ich den großen Fehler gemacht und bin aus dem Klub ausgetreten, dem ich beim Eintritt lebenslange Treue geschworen hatte. Die ersten Drohungen wurden ausgesprochen, zuerst nur am Telefon. Da ich nicht reagiert hab', haben mir zwei der Kerle aufgelauert und mir eine Tracht Prügel verpasst. Dann kam der erste Drohbrief, in dem man mir einen grausamen Tod prophezeit hat. Da ist mir klar geworden, wie ernst die Situation war und ich hab' mich für eine Woche nach Ungarn verdrückt. Als ich wieder in Wien war, las ich in der Zeitung von Dagmars Ermordung und ging wieder auf Tauchstation – bis gestern. Da erst ist mir bewusst geworden, dass es besser ist, wenn ich mich stelle! Ich habe ja nichts zu verlieren, ich bin ja unschuldig!"

„Wenn Sie nicht Dagmars Mörder sind, wer ist es dann?"

„Es kann nur der Gerry gewesen sein, der hat ihr nicht nur den Stoff geliefert, sondern sie auch erpresst. Sie war ihm doch viel Geld schuldig und er hat sie deshalb zur Rede g'stellt, irgendwas ist dabei aus dem Ruder g'laufen und er hat sie umgebracht. Nur so kann es g'wesen sein, ich habe mit ihrem Tod nix zu tun, das müssen S' mir glauben, Herr Kommissar!"

Kalteis nickte. „Ich will Name und Adresse der beiden anderen Halunken! Sagen Sie uns alles, was Sie über die beiden wissen. Jede Kleinigkeit kann wichtig sein, auch wenn sie noch so unbedeutend wirken mag!"

„Seit ich den Gerry kenne, hatte er immer mit finanziellen Problemen zu kämpfen. Egal, was er verdiente, war er Mitte des Monats immer knapp bei Kasse. Dann konnte er sich nicht einmal den Sprit für seine Maschine kaufen. Da hat er mich meistens angefleht, ich solle ihn nach Freistadt fahren, weil er dort eine Tante hat. Sie ist die jüngere Schwester seiner Mutter und betreibt dort eine gutgehende Trafik und ist alleinstehend. Aus welchen Gründen auch immer – jedenfalls hat sie an dem Gerry einen Narren gefressen und ihn unterstützt. Mir hat sie als Fuhrlohn immer eine Stange Marlboro geschenkt. Diese Tante steht hundertprozentig hinter ihm, ganz egal, was er gerade treibt. Soweit mir bekannt ist, hat sie ihm regelmäßig Pakete in den Häf'n geschickt, wenn er gerade eingesessen ist. Ich halte es für möglich, dass er sich bei ihr versteckt. Sie wäre sein Ankerplatz in stürmischen Zeiten, so sagte er immer. Könnte auch sein, dass sie weiß, wo er sich versteckt!"

„Apropos Motorrad, wie sind Sie denn nach Hochstätt gekommen?“ wollte der Kommissar wissen.

„Natürlich mit meiner Maschin', ich hab' doch kein anderes Fahrzeug!“

„Das Motorrad ist damit beschlagnahmt, die Techniker werden es genau überprüfen!“, kam klipp und klar die Anweisung des Kommissars und er wies Seipelt an, das Motorrad in der Polizeigarage zu deponieren, bis die Untersuchung abgeschlossen ist. Es könnte ja sein, dass die Maschine – entgegen Falcos Aussage – doch für die Kurierfahrten mit dem Kokain verwendet worden ist. Die Chance war zwar gering, aber Kalteis wollte nichts unversucht lassen.

Schönkirchner tippte Falcos Angaben ein und schrieb Gerald Winter und Max Koupal zur Fahndung aus. In Sekundenschnelle erging diese an alle Dienststellen in Österreich, an Europol und Interpol. Leopold vulgo Falco hatte ein Foto mitgebracht, auf dem Gerry und Max vor ihren Harleys posierten. Schönkirchner scannte es ein und jagte es in Echtzeit durch das Netz. Gerald Winter und Max Koupal waren bereits wegen ihrer Vorstrafen aktenkundig. Gerald „Gerry“ Winter war bereits zweimal im Gefängnis gesessen. Wegen schwerer Körperverletzung verbrachte er neun Monate in der Haftanstalt Suben am Inn und wegen Drogenbesitz bekam er ein Jahr in Garsten aufgebrummt. Max Koupal wiederum wurde seine Tätigkeit als Mechaniker bei einer Autoschieberbande zum Verhängnis. Dort manipulierte er Motornummern und lackierte die gestohlenen Autos um. Dafür wanderte er für zwei Jahre hinter Gitter. Fahrnleitners Jugendstrafen, die zu seinem Aufenthalt in der Erziehungsanstalt geführt hatten, wurden waren inzwischen gelöscht .

Kalteis setzte sich sofort mit dem Staatsanwalt in Verbindung, dieser bestand darauf, Leopold Fahrnleitner vorerst in

Gewahrsam zu nehmen und ließ es offen, ob er wegen Mittäterschaft zu belangen sei. Dann wandte er sich Schönkirchner zu.

„Ich will so viel wie nur möglich an Informationen und Daten über die beiden Ganoven. Familienverhältnisse, Schulabschluss, Berufsausbildung, Sozialverhalten innerhalb der Gruppe, gesundheitlicher Zustand usw. - das ganze Programm eben! Such' nach allen Informationen, jedes Detail kann wichtig sein. Frag in den Strafanstalten nach, wie sich Gerry und Max dort aufgeführt haben, welcher Clique sie angehörten, wer der Capo davon war. Ob es vielleicht sogar Aufzeichnungen von Gutachtern, Gefängnispsychologen, Gefängnispfarrern, Ärzten und dergleichen gibt. Je mehr wir wissen, desto leichter tun wir uns bei der Fahndung! Außerdem soll schleunigst ein Techniker herkommen und sich Falcos Motorrad anschauen. Stellt es in eure Garage, vielleicht finden die Techniker Walderde im Reifenprofil, obwohl es unwahrscheinlich ist, aber wir sollen nichts unversucht lassen!"

Seipelt und Neumann brachten Falco – ohne dass er Widerstand geleistet hätte – in die frisch renovierte Zelle. Sogar Erleichterung war ihm anzusehen. Schönkirchner nahm wieder seine Lieblingsstellung am PC ein und begann, alle zuständigen Stellen zu kontaktieren. Das war sein Spezialgebiet, da konnte ihm keiner das Wasser reichen. Er war verantwortlich für den „digitalen Papierkram", wie es der Kommissar zu nennen pflegte. Kalteis aber nahm das Foto, pikste es auf die Pinnwand, grinste von einem Ohr zum anderen. Dann entnahm er seiner Jackentasche eine Lindor-Kugel, hielt sie triumphierend in die Höhe und schob sie sich in den Mund. „Meine Herren", verkündete er feierlich, „die Jagd ist eröffnet, halali!"

5.

Ein kurzer Anruf bei der Staatsanwaltschaft genügte, um die Haftbefehle zu erwirken. Die Fahndung nach Gerald Winter und Max Koupal, national und international, lief auf vollen Touren an. Beiden wurde sowohl Mord, Beihilfe zum Mord als auch Drogenhandel vorgeworfen. Kalteis setzte sich mit dem LKA Oberösterreich in Verbindung, da die zwei Ganoven in Linz gemeldet waren. Beide waren ja bereits öfter mit dem Gesetz in Konflikt geraten und daher amtsbekannt. Gerald Winter wurde als besonders gefährlich eingestuft, da er auch vor Waffengebrauch nicht zurückschreckt. Die Kollegen in Linz versprachen, innerhalb einer Stunde alle geforderten Daten zu übermitteln. Ein Ersuchen um Rechtshilfe erübrigte sich, da bereits ein Haftbefehl vorlag.

Knapp eine Stunde später platzte die Bombe – Max Koupal hatte erst vor drei Wochen eine Haftstrafe wegen schwerer Körperverletzung in der Justizanstalt Garsten angetreten! Ein besseres Alibi für die Mordnacht gab es nicht! Der Haftbefehl war somit hinfällig, doch eine Anklage wegen Drogenhandels würde ihm nicht erspart bleiben. Die Beweislage gegen ihn stand allerdings auf tönernen Füssen. Denn der Trick mit der Lederweste mit dem feuerspeienden Drachen am Rücken war eine geniale Finte gewesen. Da sowohl er als auch Gerry Dagmar mit dem Kokain beliefert hatten, war an eine Identifizierung schwerlich zu denken. Beide trugen lange Haare und einen langen Bart, fuhren die gleiche Motorradmarke und waren auf größere Entfernung nicht voneinander zu unterscheiden. Nicht einmal der Spechtler Riedler wäre dazu imstande gewesen. Erschwert wurde die Sache noch dadurch, dass ja in den ersten Monaten auch Falco im selben Outfit agierte und erst nach seiner „Bekehrung“ zur Normalität fand! Für Kalteis stellte sich nun die Frage, inwieweit Falco in dieses Verwirrspiel eingeweiht war! War er ein Teil im großen Plan seiner ehemaligen Kumpane? War er wirklich ein Unschuldsengel? Er war mit Abstand der Intelligenteste des Dreigestirns, hatte er alles geplant und die beiden Kumpel als Handlanger benutzt?

Der Kommissar machte sich sofort auf den Weg nach Linz, um sich mit den Kollegen vom LKA Oberösterreich kurzzuschließen. Sein Ruf, zu den weltbesten Kapazundern auf dem Gebiet der Vernehmungstechnik zu gehören, war ihm auch in diesem Fall vorausgeeilt. Die oberösterreichischen Kollegen begrüßten ihn ausgesprochen respektvoll und nahmen ihn sogleich in Beschlag, um mehr davon zu erfahren. Obwohl er in fast allen Lehrbüchern zu dem Thema zitiert wurde, war es doch in erster Linie eine Sache der Persönlichkeit, wie man ein Verhör anlegte. Die Vorgangsweise von Kommissar Reinhart Kalteis war stets gleich, wie er es auf Lehrgängen auch seinen Kollegen eintrichterte. Zweimal im Jahr unterrichtete er für ein paar Tage die Polizeischüler an der Sicherheitsakademie im Einmaleins der Vernehmungsstrategie.

- Respektiere jeden, auch wenn er ein Monster ist! Die ersten Minuten sind entscheidend, um ein Vertrauensverhältnis aufzubauen. Wenn das nicht gelingt, dann bringst du nichts aus dem Verdächtigen heraus.
- Kenne deinen „Feind“ besser als dich! Je mehr Informationen man über einen Täter hat, desto besser kann man das Verhör lenken. Der Vernehmende muss den zuständigen Akt in- und auswendig kennen, über die Stärken und Schwächen, Herkunft, Familie und etwaige Vorstrafen des Delinquenten Bescheid wissen.

- Achte auf jedes Detail! Zuerst belanglose Fragen stellen, bei denen es dem Täter leichtfällt, bei der Wahrheit zu bleiben. Dann schärfer werden, dabei auf alle Details achten, ob es Widersprüchlichkeiten gibt. Je detaillierter eine Aussage ist, desto höher ist die Wahrscheinlichkeit, dass sie stimmt. Um ganz sicherzugehen, sich die Geschichte chronologisch von hinten erzählen lassen. Mit der Tat beginnen, je mehr Abweichungen es dabei gibt, desto wahrscheinlicher ist es, dass der Täter dabei lügt.
- Vermeide die Strategie des good cop/bad cop! Denn vor einem Verhör steht jeder Verdächtige unter Druck, ob schuldig oder nicht. Je entspannter man ist, desto lieber redet man. Unter Druck gesetzt, stoppt meist der Redefluss des Verhörten und er schaltet auf stur. Das FBI nennt das die TED-Methode (Tell, Explain, Describe – erzählen, erklären, beschreiben). Kurz gesagt – reden lassen und zuhören.
- Nicht jeder Verdächtige lügt – Emotionen wie Schweißausbrüche, Zittern, Farbenwechsel im Gesicht wird auch der Unschuldige zeigen, wenn er in einem Verhör unter Druck gesetzt wird. Trotzdem ist es wichtig, den Verdächtigen genau zu beobachten. Auf sprachliche Störungen wie Stottern, lange Pausen und Ähnliches zu achten, die Sprache des Gesichts wie blinzeln, sich abwenden, die Sprache der Hände, wenn sich der Gesprächspartner mehr als üblich an die Nase, die Ohren fasst, oder in heiklen Phasen des Verhörs seine Haltung oder auch sein Verhalten ändert, unsicher wird oder scharfen Fragen ausweicht. Ebenso wichtig ist es auch, die Sprache der Beine zu beachten, wenn sich der Befragte mit dem Körper von seinem Gegenüber entfernt, sich abwendet oder auch aufsteht und unruhig hin- und herläuft.

Wenn Kalteis junge Kollegen in Lehrgängen zur Vernehmungstechnik einschulte, dann trichterte er ihnen diese fünf wichtigen Punkte stets ein. Mit dieser Methode ist es Kalteis fast immer gelungen, die Täter zum Sprechen zu bringen. Deshalb wollte Kalteis sofort in die Justizanstalt Garsten fahren, um Max Koupal einzuvernehmen. Allerdings stieß er mit seinem Vorhaben bei seinen Linzer Kollegen nicht unbegründet auf wenig Gegenliebe.

„Lieber Herr Kollege", empfing ihn der Abteilungsleiter, „ich halte das für keine gute Idee. Wenn du den Koupal in der Haftanstalt verhörst, dann überlebt der die nächsten Tage nicht! Derzeit sitzen dort zwei brutale Burschen einer Motorradgang, wenn die das spitz kriegen, dass ihr Kollege gesungen hat, dann murksen sie ihn ab. In den letzten drei Jahren ist das mindestens zweimal passiert. Eine Untersuchung darüber kannst du vergessen, das läuft alles unter dem Motto: Keiner hat was gesehen, keiner weiß, was geschehen. Du musst dir einen anderen Trick ausdenken!"

Kalteis kratzte sich am Kopf. „Wahrscheinlich hast du recht, wir müssen sehen, dass wir den Burschen auf neutralem Boden zum Sprechen bringen! Hat er einen Anwalt?"

Ein Anruf reichte. Keine zwei Minuten später machte sich der Kommissar auf den Weg. Dem Anwalt genügte ein kurzer Blick in den Ermittlungsakt und er erklärte sich zu einer Zusammenarbeit bereit. Er würde Koupal in der Haft besuchen und ihm einen Vorschlag machen. Wenn er zu einer Aussage bereit wäre, dann würde Kalteis mit dem zuständigen Richter eine Haftverkürzung aushandeln. Um der ganzen Sache einen unverdächtigen Anstrich zu geben, sollte Koupal schwere Zahnschmerzen vortäuschen. Man würde ihn dann in Begleitung zu einem Zahnarzt bringen, wo Kalteis mit einem Linzer Kollegen in einem Nebenraum warten würde.

Dort sollte Koupal so rasch wie möglich seine Aussage machen. Außer diesem Zahnarzt und dem Leiter der Justizanstalt sollte keiner davon erfahren, um den Häftling gegen Angriffe in der Haftanstalt zu schützen. Als Mitglied der Gang unterlag er einem sogenannten Ehrenkodex und war zu Stillschweigen verpflichtet. Er wäre nicht der Erste gewesen, der schwer verprügelt oder sogar getötet wurde, weil er bei der Polizei „ausgepackt“ hatte.

Kalteis kehrte wieder nach Hochstätt zurück. Es blieb ihm vorerst nichts anderes übrig, als auf eine positive Antwort des Anwalts zu warten. Zwei Tage später war es so weit. Koupal hatte sein Einverständnis gegeben – unter der Bedingung, dass sein Anwalt bei der Einvernahme dabei sein durfte. Die Linzer Kollegen kannten einen Zahnarzt, der schon einmal in einem derartigen Fall mit ihnen zusammengearbeitet hatte. Kalteis fuhr mit großer Hoffnung nach Linz, um endlich Licht ins Dunkel zu bringen. Um ja nichts zu versäumen, nahm er den Akt mit auf sein Zimmer, ackerte ihn von A bis Z durch und stellte einen Fragenkatalog zusammen. Zeitig in der Früh brach er auf, fuhr nach Linz, traf sich dort mit dem örtlichen Kollegen in einem Café in der Nähe der Zahnarztpraxis und besprach mit ihm die weitere Vorgangsweise.

Max Koupal wurde durch die Ordination in einem Nebenraum gebracht, wo Kalteis, der Anwalt und ein Linzer Kollege bereits warteten. Kalteis und er standen sich erstmals gegenüber. Kalteis fasste sich kurz. Der Justizbeamte, der Koupal hierhergebracht hatte, wartete im Wartezimmer und ein längeres Gespräch hätte ihn misstrauisch gemacht.

„Herr Koupal, waren Sie über den Mord an Frau Trutzbichler informiert? Hat Gerald Winter jemals eine Andeutung gemacht, dass er sie umbringen will?“

„Nein, Herr Kommissar, ich war doch nur a klaner Kurier, der sie mit Stoff versorgt hat. Wie der Mord passiert is', war i' doch scho' im Häf'n!"

„Und Ihre Beteiligung an der Vergewaltigung am Teich?"

Koupal brach in schallendes Gelächter aus. „Was heißt denn da Vergewaltigung? Die gnädige Frau hat sich doch selbst angeboten, des geile Luder. Die hat doch ned genug kriegen können, a später ned. Ganz egal, wer ihr grad den Stoff nach Haus 'bracht hat, hat mit ihr ins Bett hüpf'n müss'n. Nur der Falco, der Depp, hat sich in sie verliebt, is' aus der Gang ausg'stieg'n und wollt' mit ihr abhauen, obwohl die um zwölf Jahr' älter war als er!"

„War Ihnen bekannt, dass Dagmar Schulden bei Gerry hatte?"

„Er hat einmal so a Andeutung g'macht, dass sie ein Monat mit der Zahlung hinten nach is' und da hat sei' Liefe-rant mächtig Druck g'macht. Der Gerry hat sich ja fast in die Hos'n g'schissen, weil er die Folgen 'kannt hat."

„Welche Folgen hat er da gemeint?"

„Na ja, da gibt es eigene Gesetze. Wenn du einmal nicht rechtzeitig das Geld ablieferst, dann bekommst du eine in die Fresse, wenn das aber noch einmal passiert oder man das Geld unterschlägt, dann kommt der Hammer!"

„Was meinen Sie damit, Herr Koupal?", meldete sich sein Anwalt erstaunt.

Nun schaltete sich Kalteis ein. „Das ist eine alte Mafiamethode der Geldeintreiber. Da halten zwei Burschen den Arm des Schuldners fest und schlagen mit einem Maurerfäustl einen Finger zu Brei und das ist äußerst schmerzhaft, das können Sie mir glauben!"

Koupal nickte zur Bestätigung, der Kommissar kam aber sofort wieder zum Thema zurück.

„Hatte er Frau Trutzbichler gedroht, sie mit den Nacktfotos von der Orgie am Teich zu erpressen?“

„Des war a übler Trick vom Gerry, um sie gefügig zu machen. I kann mi beim besten Willen ned daran erinnern, dass an dem Abend überhaupt Fotos g'macht worden sind! Aber des hat nix zu sagen. Heutzutage hat ja jeder sei Handy bereit!“

„Glauben Sie, dass Gerry Dagmar Trutzbichler ermordet hat?“

„Wer denn sonst? I bin ja scho a paar Tag zuvor eing'sessen, der Falco hat sich verdrückt, weil wir'n g'sucht hab'n, weil er ausg'stieg'n is. Der Gerry hat doch sein Verteiler bezahlen müssen, sonst wär' er selbst dran gewesen, der war doch nur a klanes Rädchen im großen Werkl des Drogenhandels! Der hat doch immer Geldprobleme g'habt und die Dagmar war sei' einzige Melkkuh!“

„Kennen Sie einen Ort, wo sich Gerry verstecken würde?“

„Es gibt da einen Freund irgendwo oben im Mühlviertel. Der wohnt in aner gottverlassenen Gegend mitten im Wald, zwischen Liebenau und Karlstift. Der is a alter Schrauber, der repariert sei' Harley, wenn er a Problem hat. Das Haus liegt versteckt im Wald, ideal für an, der auf der Flucht is'! Des ist die einzige Möglichkeit sich zu verstecken, weit ab vom großen Weltgetriebe!“

Die Zeit drängte und Kalteis wagte noch einen Vorstoß.

„Wo versteckt Gerry sein Geld, seine Beute?“

Koupal druckste herum, war unsicher, wie weit er gehen durfte. Er kannte seinen Freund nur zu gut und wusste, wie brutal er sein konnte. Sechs Monate vergehen sogar im Häfen schnell und wenn man draußen ist, dann holt einen die Wirklichkeit ein. Seine Furcht vor Gerry stand ihm förmlich ins Gesicht geschrieben. Dennoch gab er sich einen Ruck, um sich die Hafterleichterung zu verdienen.

„Es gibt unten beim Hafen a leerstehendes Gebäude, wo sich die Nazibrüder immer treffen. Dort stehen in an Zimmer im ersten Stock Tische und Bänke. Unter dem rechten Fenster is a Fußbodenbrettl, des nur an zwei Stellen festg'nagelt is'. Drunter versteckt er sei' Beute!"

Der Anwalt tippte auf seine Armbanduhr. Kalteis nickte, es war Zeit zu gehen. Er klopfte zweimal auf die Tür. Der Zahnarzt nickte zum Zeichen, dass die Luft rein war und übergab den schnell geheilten Koupal wieder in die Obhut seines Begleiters, der ihm sogleich die Handschellen anlegte. Kalteis hatte das Verhör auf Band aufgenommen, dankte dem Anwalt für seine Bereitschaft zur Kooperation und versprach ihm, eine Kopie des Bandes zu schicken. Der Kollege aus Linz stand am Fenster hinter dem Vorhang, gab ein Zeichen, als der Gefängnisbus abfuhr, und dann brachen sie auf.

Der Zahnarzt war gezwungen, bei dieser Charade mitzumachen, denn auch er hatte bereits Bekanntschaft mit der Kripo gemacht. Zwei Jahre zuvor war er mit zwei anderen Kollegen in einen Betrug mit Zahngold verstrickt gewesen und hatte die Sache nur deshalb überstanden, weil er sich mit der Kripo vereinbart hatte, in Zukunft zu kooperieren. Womit das uralte Sprichwort „Eine Hand wäscht die andere" wiedermal Anwendung fand.

Kalteis und sein Linzer Kollege kehrten in das Büro zurück und besprachen mit dem Abteilungsleiter die weitere Vorgangsweise. Der Kripo war das Haus am Hafen bekannt. Vor einem Jahr hatten sich Hausbesetzer dort eingenistet und fröhliche Drogenpartys gefeiert, bis die Polizei dem lustigen Treiben ein Ende setzte. Kalteis informierte seine Kollegen über die teure Uhr, das Handy und die auffällige Geldbörse aus Waldviertler Karpfenleder aus dem Besitz der Toten.

„Gerald Winter ist flüchtig, er hat die teure Uhr dem Juwelier nicht verkaufen können, wird sie irgendwo am Schwarzmarkt verscherbeln. Wenn er sich ins Ausland absetzen will, dann braucht er aber so schnell wie möglich viel Geld. Also muss er in das Haus zu seinem Versteck. Mein Vorschlag wäre, dass ihr diese Bude ein paar Tage lang unauffällig beobachtet. Wenn er kommt, dann müsst ihr zuschlagen. Aber Vorsicht! Der Bursche schreckt keinesfalls vor dem Gebrauch einer Schusswaffe zurück!"

Kalteis kehrte nach Hochstätt zurück und berichtete den Kollegen, was sich in Linz abgespielt hatte. Der junge Reininger wollte wissen, warum Koupal nicht im Gefängnis verhört wurde. Kalteis klärte ihn auf.

„Ganz egal, wo du dich dort aufhältst, die Wände haben Augen und Ohren. Du kannst dort niemandem trauen. Die Beamten lassen sich teilweise schmieren, unter den Häftlingen gibt es Cliquenbildungen. Anwälte, Besucher, aber auch Bewährungshelfer versorgen ihre Schützlinge mit Informationen und schmuggeln Handys und Ähnliches ein. Es gibt zwar in jeder Justizanstalt eine eigene Verhörzelle, aber auch dort bleibt nicht alles geheim. Wenn die Kripo einen Häftling dort verhört, so spricht sich das in Sekundenschnelle weiter. Dieser hätte keine ruhige Minute mehr. Alle wollen von ihm wissen, warum wir da waren, was er gesagt hatte. Wehe, irgendeiner der hartgesottenen Capos bekäme Wind davon, dass Koupal ausgepackt hat. Das wäre sein Todesurteil. Irgendwann beim Freigang im Hof, würde sich ein Kreis rund um den Spitzel bilden und er würde ein paar Minuten später tot am Beton liegen. Wenn die Wärter sich einschalten, ist es bereits zu spät. Eine Untersuchung bringt nichts ein, denn keiner hat was gesehen. Es mag vielleicht ein wenig sonderbar klingen, aber es gibt auch unter den Häftlingen einen Ehrenkodex. Sollte es wirklich einmal vorkommen, dass einer den anderen verpetzt, dann wird er im besten Fall ordentlich verprügelt und im schlimmsten Fall abgestochen. Der Capo schafft an und die willigen Handlanger schlagen zu. Treten dich in die Nieren, bis du Blut pinkelst. Wenn du unbeliebt bist bei den Wärtern, dann schauen sie weg und überlassen dich deinem Schicksal. Wenn du einen Häftling vernehmen willst, ohne dass er zu Schaden kommt, dann musst du eben tricksen. Dann musst du ihn herausholen zu einem Arztbesuch oder dergleichen und dort vernehmen. Selbst dann ist Vorsicht geboten, denn die alteingesessenen Häftlinge kennen diese Tricks. Wenn du da unvorsichtig bist, dann ist es um den Burschen geschehen und du kannst dir seine Aussage an den Hut stecken!"

Kalteis rief bei der Polizeiinspektion in Freistadt an, bat um Auskunft.

„Ist euch ein Mann bekannt, der in der Nähe von Liebenau einsam in einem Wald haust und dort Motorräder für zwielichtige Gestalten repariert, für Motorradgangs etwa, hart am Rande der Legalität?"

Der junge Kollege verneinte. Er sei erst vor drei Wochen hierher versetzt worden und ist mit den örtlichen Gegebenheiten noch nicht so vertraut, versprach aber Informationen einzuholen. Kalteis bat ihn höflich, diese so bald wie möglich zu beschaffen, so unauffällig, wie es nur ging. Mag sein, dass der junge Polizist die Anweisung nicht verstand, mag sein, dass sich der Kommissar nicht verständlich ausgedrückt hatte. Jedenfalls schickte man eine Streife zu dem Motorradschrauber, der den Beamten unmissverständlich erklärte, keinen Gerry Winter zu kennen. Als sie Kalteis davon verständigten, schmiss er wütend sein Handy auf den Tisch.

„Was sind da für Trotteln am Werk? Habe ich nicht klipp und klar erklärt, so unauffällig wie nur möglich zu agieren? Jetzt hat dieser Mensch bestimmt schon den Gerry gewarnt, dass uns die Verbindung zu ihm bekannt ist. Dieses Versteck wird er nie und nimmer benutzen und wir können wieder von vorne anfangen!“

Doch dies war nicht der einzige Rückschlag, den er an diesem Tag verkraften musste. Kaum zwei Stunden später meldete sich der Kollege aus Linz. Man war vor dem Haus auf Lauerstellung, als plötzlich Gerry Winter auftauchte, sich nach allen Seiten vorsichtig umblickte und dann in das leerstehende Haus ging. Zwei bewaffnete Kollegen folgten ihm lautlos. Als sie die Stiegen hinaufeilten, knallte der Wind die Haustür zu. Sie drangen in den Raum ein, doch der Überraschungseffekt war zum Teufel, der gesuchte Mörder war aus dem Fenster auf ein ebenerdiges Flachdach darunter gesprungen und ward nicht mehr gesehen. Daraufhin umstellte ein Einsatzkommando das ganze Viertel auf der Suche nach dem Flüchtigen. Doch dieser, mit allen Wassern gewaschen, hatte sich offenbar in Luft aufgelöst. Zurzeit durchkämmten an die fünfzig Beamten die Gegend rund um den Hafen. Doch das ist wie die berühmte Suche nach der Nadel im Heuhaufen. Dort gibt es jede Menge Lagerhallen und genug andere Objekte, die sich als Versteck eignen. Der ist doch in dieser Gegend aufgewachsen und kennt sich gut aus.

Das Gefühlsbarometer im Hauptquartier war plötzlich auf null gesunken. Erwin Schönkirchner fuhr seinen Computer herunter, ging zu Kalteis, um ihn zu aufzumuntern.

„Komm Reinhart, lassen wir es für heute gut sein, ich spendier’ eine Runde Bier, wenn’s recht ist. Jammern nutzt nichts, passiert ist passiert. Doch es ist nicht unsere Schuld, wenn so was schiefläuft. Darauf hatten wir keinen Einfluss.“

Kalteis ließ sich dazu überreden. Doch aus dem einen Bier wurden drei, eine großmächtige Müdigkeit überfiel ihn und er schlief am Wirtshaustisch ein. Neumann und Schönkirchner schleppten in hinaus in die frische Luft. Schlagartig war er wieder da und riss sich los.

„Lasst's mich ich in Ruh', schleicht's euch! Ich geh' jetzt noch eine Runde, um wieder einen klaren Kopf zu kriegen. Gute Nacht, meine Herren!"

Es war eine laue Sommernacht. Kalteis hatte sich wieder gefasst und schämte sich ein klein wenig dafür, dass er zu viel getrunken hatte. Er ging die Allee entlang, die aus der Altstadt hinausführte. Seipelt hatte ihn bei seinem ersten Fall in Hochstätt aufgeklärt, dass dieser schöne Spazierweg früher einmal den Spitznamen „Idiotenrennbahn" hatte. In den Jahren vor dem Zweiten Weltkrieg, als man die Einwohner hier nach Stand und Herkunft katalogisierte, war dies der Lieblingsspazierweg einer Handvoll honoriger Bürger aus der Stadt. Sie selbst sahen sich aber keineswegs als Idioten, sondern eher als Philosophen und Vordenker.

Jetzt aber war er hier, der Spitzenermittler der Republik. Zwar immer noch leicht benebelt, aber trotzdem im Vollbesitz seiner körperlichen und geistigen Kräfte, wie er selbst vermeinte. Doch es war nicht so. Ein leichter Schwindel erfasste ihn plötzlich und zwang ihn auf eine Parkbank. Er spie seinen Unmut in den Mistkübel daneben und atmete tief durch, wartete noch ein bisschen, um dann seinen Weg wieder fortzusetzen. Die Luft tat ihm gut und alsbald begann er zu denken und zu philosophieren.

Er liebte seinen Beruf, war Polizist aus voller Überzeugung. Nach etlichen Jahren Streifendienst bei der Wiener Polizei hatte er nach seiner Scheidung alle Brücken hinter sich abgerissen und war zur Kriminalpolizei gegangen. Hatte die diversen Schulungen mit Bravour bestanden und war durch sein stark ausgeprägtes Beharrungsvermögen und eine gesunde Portion Ehrgeiz die Stufen des polizeilichen Olymps hinaufgestiegen. Die erfolgreiche Aufklärung eines Falles erfüllte ihn mit Befriedigung. Immer wieder machte er sich Gedanken darüber, warum junge Menschen mit dem Gesetz in Konflikt kamen.

Die drei Drachenfreunde kamen allesamt aus ärmlichen Verhältnissen. Stammten zum Teil aus zerrütteten Familien, wuchsen wild auf und waren schon seit Kindestagen auf sich allein gestellt. In der Erziehungsanstalt gab es einen Strafenkatalog, mittels dessen Verfehlungen geahndet wurden. Kamen dort aber auch wieder mit ihresgleichen zusammen, steckten in einem Teufelskreis, aus dem es kein Entrinnen gab. Dort erlernten sie einen Beruf, verdienten Geld und gaben es mit vollen Händen sogleich wieder aus. Als sie älter wurden, fuhren sie teure Motorräder, die sie sich nicht leisten konnten, suchten Gemeinschaft in einer Motorradgang und kamen immer wieder mit dem Gesetz in Konflikt. Gerry, Falco und Max wurden zu einem eingeschworenen Team, in dem Gerry der Schläger war. Ein brutales Subjekt, welches bereits in der Kindheit zum Sadismus neigte und Tiere quälte. In dessen Familie Schläge an der Tagesordnung standen und Alkoholmissbrauch herrschte. Falco und Max wiederum kamen aus kinderreichen Familien, bei denen emotionale Gewalt alltäglich war. Wo sich die Väter schon früh verabschiedet hatten und die ganze Last auf den Schultern der Mütter ruhten.

In seiner Laufbahn als Kriminalpolizist waren ihm bereits viele solche Typen begegnet. Deren Jugend geprägt wurde durch erzieherische Verwahrlosung und die schwere Persönlichkeitsstörungen aufwiesen. Die durch soziale Ausgrenzung, Zurückweisung und Gewalterfahrung in ihrer Entwicklung selbst zu antisozialen Persönlichkeiten wurden. Gerrys Teilnahme bei Wehrsportübungen einer Neonazigruppe war eine logische Folge davon. Auch Falco und Max hielten sich mit kleineren Diebstählen als Jugendliche über Wasser, doch bei ihnen hielt sich der Aggressionstrieb in Grenzen. Keiner der drei Freunde hatte je Umgang mit Kindern aus funktionierenden Familien.

Gerry war der brutalste in dem Dreigestirn. Er hatte in seiner Kindheit nie emotionale Zuneigung erfahren. Der Vater war ein Alkoholiker. Sein jähzorniger, durch Alkoholeinwirkung aufgestachelter Aggressionstrieb, entlud sich durch das Verprügeln seines Sohnes. Wenn seine Mutter ihn zu schützen versuchte, dann scheute er nicht davor zurück, auch sie zu schlagen. Mit zwölf Jahren schlug Gerry erstmals zurück und verpasste dem Vater ein blaues Auge. Von dem Moment an gingen sich Vater und Sohn aus dem Wege. Falcos Kindheit verlief ebenso trostlos und hoffnungslos. Beide waren durch ihr Elternhaus vorbelastet.

Warum aber, so fragte sich Kalteis, schaffte es dann ausgerechnet Falco, aus diesem Teufelskreis auszubrechen? War es die Bekanntschaft mit Dagmar? Hatte er sich wirklich verliebt in die Frau, die doch um zwölf Jahre älter war als er oder sah er in ihr gar einen Muttterersatz? Wegen ihr war er aus der Clique ausgebrochen, hatte sich die Haare geschnitten und den Bart gestutzt. Es war ihm bewusst gewesen, dass er damit gegen die Regeln verstoßen und sich dabei großer Gefahr ausgesetzt hatte. Durch seine Aussage versetzte er sich in eine lebensbedrohliche Lage und den Kommissar in ein Dilemma. Er konnte ihn, dem Gesetz nach, nicht länger als 48 Stunden in Untersuchungshaft lassen. So lange aber Gerry nicht gefasst war, war er noch lange nicht in Sicherheit. Denn die Gang duldete es nicht, wenn ein Mitglied die anderen bei der

Polizei verpetzte. Dem Kommissar blieb also nichts anderes übrig, als bei der Staatsanwaltschaft um eine weitere Verlängerung der U-Haft Falcos zu bewirken. In der Zelle der Polizeiinspektion Hochstätt würde er wenigstens sicher sein.

Ein kalter Schauer rann Kalteis über den Rücken und dass nicht nur wegen des Beginns der Abendkühle. In welchem Ausmaß spielt die Erbmasse eine tragende Rolle in der Entwicklung eines Menschen, stellte er sich die Frage. War es für die drei Männer wirklich nicht möglich gewesen, sich in der Jugend von der Familie zu lösen? Warum aber war dann Dagmar Trutzbichler den Weg in die Gegenrichtung gegangen? Sie kam als einziges Kind aus einer guten Familie, wo sie verwöhnt und mit Liebe überhäuft wurde, eine gute Erziehung durch ihre gebildeten Eltern erfuhr. Besuchte eine gute Schule, heiratete einen hochintelligenten Mann, bekam alles, was sie wollte und warf sich dann rüden Kerlen an den Hals. Warum wohl, dachte der Kommissar. Fehlte ihr der Kick, wollte sie ausbrechen aus ihrem goldenen Käfig? Oder wollte sie ein Zeichen setzen, nur um der kleinbürgerlichen trivialen Scheinmoral der Kleinstadt zu entfliehen? Anders zu sein, als die andern? Warum aber mit Typen aus der alleruntersten Schicht, die nichts mit ihr gemein hatten? Was hatte, so sinnierte der Kommissar, bei ihr den Trieb zu sexuellen Phantasien ausgelöst? War der Auslöser in der religiösen Erziehung in der Klosterschule zu finden, in der alles Sexuelle als böse betrachtet und unterdrückt wurde? Wo sie in ein starres Moralsystem hineingezwungen wurde, wo die Religion ein Garantiesystem für eine bestimmte Ordnung des Zusammenlebens darstellte. Doch macht dieses System einen Menschen automatisch gut? Oder ist es nicht so, dass es auch hier eine Kehrseite gibt, deren Dynamik in der Lage ist, genau das zu zerstören, was durch die Moral eigentlich bewahrt werden soll? Hatte Dagmar diese

Kehrseite, bewusst oder unbewusst, damals am Lagerfeuer der Biker entdeckt? Dort einen Ausbruch aus den allgemein üblichen Konventionen gesucht, der ihr in der Folge das Leben kostete?

Hin und wieder gestattete sich Kalteis einen gedanklichen Ausflug in die Philosophie des Menschseins und Menschbleibens. In dieser Nacht fand er keinen Schlaf, weil ihm die Bilder vom Sein und Nichtsein nicht aus dem Kopf gehen wollten. Für den Mord an Dagmar Trutzbichler gab es nur ein Motiv – den Streit um das Geld.

Plötzlich schlug ein Blitz in die Gedankenwelt des Kommissars ein. Bisher war man von einem geplanten Mord ausgegangen, da man keine Fingerabdrücke an der Tatwaffe, dem Schal, gefunden hatte. Nach Sepp Hubers Aussage war der Mörder mit einem Motorrad gekommen. Wenn das stimmte, dann hatte er seine Lederhandschuhe an, als er sich mit Dagmar traf. Sie hatte am Vortag noch 3000,- Euro auf der Bank abgehoben. Wollte sie die letzte Lieferung Kokain damit bezahlen? War sie dem Mörder noch mehr Geld schuldig? Kam es deshalb zum Streit? Wäre sie noch am Leben, wenn sie nicht davongerannt wäre? Hätte sie der Mörder an ihrem Schal nur zurückhalten wollen? Nach Angabe des Gerichtsmediziners wurde ihr durch den raschen Riss nach hinten der Kehlkopf eingedrückt und sie erstickte. Kalteis versuchte nicht, Gerry vom Tod an Dagmar freizusprechen. Doch die Wahrscheinlichkeit, dass ihr Tod eine Verkettung ungünstiger Umstände war, wurde immer größer, denn zu Beginn war das Treffen durchaus harmonisch verlaufen, erst später kam es zu dem folgenschweren Streit.

Kalteis war nun fest überzeugt, dass keine Mordabsicht vorgelegen war. Dagmar war das Opfer einer tragischen Anhäufung von Missgeschicken geworden. Vielleicht könnte sie noch leben, wenn sie mit Gerry verhandelt hätte. Um eine Erkenntnis reicher geworden, fand Kalteis nun doch noch ein paar Stunden Schlaf.

Am nächsten Morgen, bei der Teambesprechung, untermauerte der Kommissar seine Idee. Seipelt stimmte ihm zu. Er wusste Bescheid über die Impulsivität der Frau.

„Es war eine Kurzschlusshandlung, sie musste doch wissen, dass er sie einholen würde, dass sie keine Chance hatte. Nach Auskunft der Bank seien noch immer 6500,- Euro auf ihrem Sparbuch, also hätte sie ihm das Geld ein paar Tage später auch noch geben können. Irgendwas musste passiert sein, dass sie Gerry plötzlich misstraute. Vielleicht hatte er sie wieder mit Erpressung bedroht, mit der Veröffentlichung der angeblichen obszönen Fotos. Ihre Angst war riesengroß und so hat sie ihr Heil in der Flucht gesucht und alles noch viel schlimmer gemacht!“

„Egal, was und wie es passiert ist, er ist noch immer unauffindbar. Wenn wir ihn nicht bald fassen, können wir uns die Kugel geben. Wenn er klug ist, was ich aber bezweifle, dann stellt er sich selbst und hat vielleicht das Glück, dass das Urteil nicht Mord, sondern Totschlag lautet und er sich ein paar Jahre im Gefängnis erspart! Wir aber müssen unsere Kräfte mobilisieren und weiter an der Aufklärung des Falles arbeiten!“

Am selben Tag noch traf eine weitere Hiobsbotschaft ein. Max Koupal war in der Haftanstalt Garsten von unbekannten Tätern im Hof des Gefängnisses schwer zusammengeschlagen worden, liegt im Koma und ringt mit dem Tod. Wie üblich hatte niemand was gesehen, niemand etwas gehört. Eine Zeugenbefragung war somit nutzlos geworden, da es keine Zeugen gab.

Kalteis war außer sich vor Wut. „Da hat wieder einer seinen Mund nicht halten können. Entweder der Zahnarzt oder eine seiner Angestellten. Oder irgendeiner der Wärter hat von dem getürkten Ausflug Wind bekommen und es dem Capo zugetragen. Ich nehme doch an, dass keiner aus dieser Runde etwas verraten hat!“ Sein Blick glitt von einem zum anderen und verhieß nichts Gutes.

Neumann meldete sich kleinlaut zu Wort. „Vielleicht war es ein Fehler, dass wir dem Falco sein Handy nicht konfisziert haben. Die Zelle ist doch gleich über dem Gang, es ist doch möglich, dass der alles mitbekommen hat, was wir da geredet hab'n!“

Kalteis zuckte zusammen, stand kurz vor einem neuerlichen Wutausbruch.

„Wie kann denn so etwas möglich sein, habt Ihr wirklich dem Kerl sein Handy gelassen? Glaubt Ihr denn, dass der von einem Tag auf den anderen vom Saulus zum Paulus wird? Der ist doch selbst von Beginn an in diese Sache verstrickt! Vielleicht hat er Gewissensbisse gehabt, weil er seine Freunde ans Messer geliefert hat und will jetzt was gut machen! Wenn eine Analyse seiner Handydaten ergibt, dass der Anruf aus diesem Büro rausging, dann reißt uns der Staatsanwalt den Arsch auf bis zum Geht-nicht-Mehr! Holt den Burschen heraus!“

Falco grinste unverschämt, als ihn Neumann hereinbrachte. Die Möglichkeit, dass er dann und wann tatsächlich Wortfetzen aufgeschnappt hatte war sehr groß. Der Gang zwischen der Inspektion und der Arrestzelle war nur 1,40 m breit. Die Möglichkeit, Gespräche, bei denen es etwas lauter zuging, mitzuhören, war durchaus gegeben.

„Geben Sie ihr Handy heraus“, herrschte ihn der Kommissar an.

„Welches Handy?“, Falco stellte sich blöd.

„Sie haben bei ihrer Inhaftierung einen Schlüsselbund abgegeben, ein Taschenmesser, eine Armbanduhr, eine Geldbörse mit 112,90 Euro, jedoch kein Handy. Wo ist es hingekommen?"

Falco blieb stur. „Ich besitze kein Handy!"

Jetzt rastete Kalteis aus. „Sie ziehen sich sofort aus, bis auf die Unterhose!"

Falco zuckte mit den Schultern und begann gemächlich mit dem Strip. Neumann räumte ihm seine Hosentaschen aus, aber bis auf eine Packung Papiertaschentücher war nichts drinnen. Während seines Strips stand ein wissendes Lächeln in Falcos Gesicht.

„Wollen Sie auch in meinem After hineinschauen?"

Jetzt war die sonst so viel gepriesene Beherrschung des Kommissars endgültig an ihrem Nullpunkt angelangt. Wütend sprang er von seinem Sessel auf, lief zu ihm hin und zeigte ihm die Faust. Falco wich keinen Schritt zurück. Es war dem Kommissar anzusehen, dass er dem Ganoven am liebsten eine gedonnert hätte, er fasste sich aber wieder.

„Ich denke, jetzt ist es aus mit der Vorstellung, der Vorhang gefallen. Jetzt erklären Sie mir bitte, was das Kabarett hier soll!" Falco stellte die Frage allgemein in den Raum, grinste unverschämt, hatte wieder Oberwasser.

„Haben Sie Kontakt zu einem der Häftlinge in der Justizanstalt Garsten?", wollte Schönkirchner wissen.

„Nein, ich kenne dort niemanden!"

„Haben Sie in den letzten beiden Tagen mit Gerry Winter oder Max Koupal telefoniert?"

„Nein, wie sollte ich denn? Ich bin doch seit zwei Tagen hier in eurer Pension abgestiegen. Übrigens ist der Service total mies und vom reichhaltigen Frühstücksbuffet ist auch keine Rede. Ich erkläre es euch noch einmal, ich habe kein Handy bei mir!"

Jetzt war es genug der Selbstdarstellung, die Handschellen schnappten zu und Neumann wollte Falco wieder in die Zelle bringen. Kalteis bremste ihn ein.

„Du gehst zuerst in die Zelle und horchst, ob Gesprächslärm durchdringt!“

Kalteis klärte Falco auf, dass seine Untersuchungshaft um weitere 48 Stunden verlängert wurde, zu seinem eigenen Schutz, wie er ihm erklärte. Außerdem erzählte er ihm brühwarm, dass sein Drachenfreund Max in Garsten brutal verprügelt wurde.

„Sie sollen wissen, was mit Ihnen geschieht, wenn wir Sie hier wieder rauslassen. Sie werden Zeit Ihres Lebens keine Ruhe mehr haben, wenn herauskommt, dass Sie gesungen haben wie ein Lercherl. Die werden sie nach allen Regeln der Kunst auseinandernehmen und da müssen sie noch froh sein, mit ihrem erbarmungswürdigen Leben davonzukommen. Macht Ihnen das denn keine Angst? Es wäre für Sie dienlicher, wenn Sie mit uns kooperieren würden, haben Sie mich verstanden?“

Falco nickte müde. Scheinbar hatte er nun doch begriffen, dass seine Lage alles andere als himmelhochjauchzend war und kehrte in seine Zelle zurück.

Einstweilen hatte Neumann die karge Zelle abgesucht und kein Handy gefunden. Außerdem bestätigte er, dass man laute Gespräche tatsächlich hören konnte.

Kalteis wollte nichts unversucht lassen und schickte Neumann und Reininger hinunter in den Hof hinter der Polizeiinspektion. „Sucht dort alles ab, es könnte ja sein, dass der Bursche sein Handy zwischen den Gitterstäben aus dem Fenster geschmissen hat. Schaut auf die Dächer und in die Dachrinnen hinein, der Seipelt soll euch eine Leiter geben!“

Die beiden Kollegen suchten alles ab, sowohl den Innenhof als auch die Dachrinnen in unmittelbarer Nähe. Vom Handy weit und breit keine Spur, also kehrten sie erfolglos zurück. Doch der Kommissar ließ nicht locker.

„Ich lass mich in den Hals stechen, wenn der Bursche kein Handy bei sich hatte. Der hat genau mitbekommen, dass wir über dieses sprachen und hat es an einem sicheren Ort versteckt, aber wo?“

Jetzt schaltete sich Schönkirchner und wandte sich Neumann zu. „Hast du nicht vor einer halben Stunde den Falco zum Klo gebracht?“

„Ja“, erwiderte dieser, „ich habe ihm die Handschellen abgenommen, zum Klo am Gang geführt und bin draußen vor der Tür stehengeblieben, bis er wieder herausgekommen ist. Das Fenster dort ist zu schmal, eine Flucht absolut unmöglich!“

Kalteis triumphierte. „Dann hat er das Handy in der Klomuschel versenkt! Neumann, jetzt kannst du zeigen, wie geschickt du bist!“

Christian Neumann erbleichte. „Ist das dein Ernst? Ich bin Polizist und kein Kanalräumer, das kannst du mir nicht antun!“

Kalteis nickte verständnisvoll. „Ich weiß schon, dass deine Fähigkeiten auf einem anderen Gebiet liegen, doch wenn man in der Ermittlung erfolgreich sein will, dann muss man hin und wieder auch Opfer bringen! Stell dich nicht so an und mach es einfach!“

Seipelt hatte Mitleid mit dem jungen Kollegen. „Ich schau in unsere Besenkammer, dort liegen bestimmt Gummihandschuhe herum!“

Seipelt fand und Neumann ging. Kurz darauf war die Klospülung zu hören. Einen Moment später kam Neumann mit einem unverschämten Grinsen im Gesicht zurück und warf dem Kommissar das klatschnasse Handy auf den Schreibtisch, dass es nur so spritzte. Kalteis fuhr zurück, um keinen Spritzer abzubekommen.

„Wenn man will, kann man alles“, brummte er. „Wisch das Gerät ab, nimm den Akku und die SIM-Karte raus. Besorge dir einen Fön oder Ähnliches zum Trocknen, vielleicht haben wir Glück und können noch was rausholen! Wenn nicht, dann ruf den Provider an, dass er uns eine Liste der letzten Anrufe sendet!

Schönkirchner mischte sich ein. „Chef, das ist ein Prepaid-Handy, da haben wir Pech!“

Kalteis resignierte. „Heute läuft scheinbar alles schief! Haben die vom Labor wenigstens die DNA von dem Zigarettenstummel und dem Einwegrasierer aus dem Papierkorb bekommen?“

Schönkirchner werkte auf seinen PC herum und brach in einen Jubelschrei aus. „Die DNA auf der Zigarette konnte eindeutig Gerald Winter zugeordnet werden, für die andere wurde noch keine Übereinstimmung gefunden.“

„Das ist noch lang kein Grund zum Jubeln“, lautete die griesgrämige Antwort des Kommissars. „Moment mal, haben wir schon eine Probe von Falco genommen?“

Neumann und Schönkirchner schwiegen betroffen. Erwin fasste sich als erster. „So ein Scheiß, auf das haben wir auch nicht gedacht! Aber der läuft uns ja nicht davon, wir werden das gleich nachholen!“

Er zog die dünnen Handschuhe an, suchte eines dieser Stäbchen hervor und ging in die Arrestzelle. Diesmal darf uns kein Fehler passieren dachte er sich, nicht dass wir auch da noch Fremdspuren draufkriegen. Ein paar Minuten später war er wieder da. „Er hat bereitwillig zugestimmt und ich habe eine Speichelprobe aus der Mundhöhle“.

„Steril einpacken und heute noch ins Labor senden“, kam die Anweisung des Kommissars. „In einer halben Stunde treffen wir uns in Seipelts Büro, dort kann uns der Kerl nicht mehr belauschen!“

Kurz darauf war der Anwalt von Max Koupal in der Leitung und machte ein Mordsgezeter, weil sein Mandat in der Strafanstalt so übel zugerichtet wurde. Drohte, den Vorfall zur Anzeige zu bringen, da seiner Ansicht nach Koupal nach seiner Aussage nicht ausreichend genug geschützt worden ist. Beschuldigte die Kriminalpolizei, nicht dicht gehalten zu haben und überhäufte den Kommissar mit Vorwürfen. Dessen Nerven waren bereits gereizt bis an die Grenzen des Erträglichen. In einem etwas zu schroffen Ton wies er alle Anschuldigungen von sich, war sich der Problematik jedoch voll bewusst. Denn es war wie mit dem Amen im Gebet, dass sich nun auch der zuständige Staatsanwalt einschalten würde. Ein Canossagang im Büßerhemd ins LKA war ihm sicher.

Er setzte sich auf Seipelts Drehsessel und rieb sich seine Schläfen. In der letzten Nacht hatte sein Unterbewusstsein auf seine Grübeleien reagiert und eine Botschaft ausgesandt. Angestrengt dachte er nach, um was es ging. Plötzlich machte es klick und er konnte sie entschlüsseln – er wollte Auskunft über das Verhalten der drei Drachenbrüder vor fast zwanzig Jahren in der Erziehungsanstalt einholen! So also rief er bei der Auskunft an und ließ sich die Nummer geben. Die Sekretärin verband ihn mit dem Leiter der Anstalt, Dr. Klaus Kneissl. Kalteis stellte sich vor.

„Sehr geehrter Herr Doktor, es geht um eine Mordermittlung im Waldviertel. Es gibt drei Verdächtige, die in den Jahren 2000 bis 2004 Pfleglinge bei Ihnen waren. Die Namen sind Gerald Winter, Leopold Fahrnleitner und Max Koupal. Gibt es noch Stammdatenblätter oder Ähnliches? Oder gar noch einen Lehrer, der sich auf die drei entsinnt? Wir würden uns für ihr Verhalten in der Anstalt interessieren.“

„Die Stammdaten sind sicher kein Problem, die kann unsere Sekretärin aus dem Archiv holen. Einen Erzieher aus jener Zeit kann ich nicht bieten, die sind alle schon in Pension oder tot! Es gibt da noch einen Kollegen, den könnte ich anrufen. Geben Sie mir bitte einen Tag Zeit und ich beschaffe Ihnen die gewünschten Auskünfte!“

Kalteis war mit sich und seiner Welt wieder zufrieden. Er lehnte sich genüsslich zurück und gönnte sich eine seiner Schokokugeln!

Bei der anschließenden Besprechung nahmen Kalteis, Schönkirchner, Neumann und Seipelt teil. Kalteis fasste in einem kurzen Überblick die Ergebnisse der laufenden Ermittlung zusammen.

„Ich habe soeben mit dem Leiter der Erziehungsanstalt telefoniert. Er wird uns alle Unterlagen zusenden, die die drei Verdächtigen betreffen. Wir haben uns hauptsächlich mit Gerry Winter und Max Koupal befasst. Max konnten wir als Mörder jedoch bald ausschließen, weil der zur Tatzeit ja bereits im Gefängnis war, deshalb galt für uns der Gerry als Mörder von Dagmar Trutzbichler, weil alles auf ihn hinweist. Leopold Fahrnleitner war so schlau und hat sich selbst gestellt und ausgepackt. Jetzt stellt sich die Frage – können wir ihm wirklich trauen? Nur weil er keine Zottelhaare und keinen langen Bart mehr hat? Ist er wirklich so handzahm, wie er sich gibt? Er hat uns erzählt, dass er sich in Ungarn aufgehalten hat, weil die Gangbrüder nach ihm gesucht haben. Stimmt das? Wir können uns keinen Tunnelblick erlauben und unsere Ermittlungen nur auf Gerry Winter fokussieren. Für mich persönlich ist Falco noch lange nicht aus dem Schneider. Jetzt möchte ich eure Meinung dazu hören, los geht's. Wir machen ein Brainstorming!“

Seipelt meldete sich zu Wort. „Max hat doch ausgesagt, dass sich Falco in Dagmar verliebt hatte und deshalb die Gang verließ. Wir sollten uns mit Falco über seine Beziehung zum Mordopfer unterhalten. Wollte er wirklich mit ihr ein neues Leben beginnen? Und vor allem, wo?"

„Wir müssen Falco eine Falle stellen. Er muss uns plausibel erklären können, wann und über welchen Grenzübergang er nach Ungarn eingereist und wieder zurückgekommen ist. Ob er sein Motorrad oder irgendein anderes Fahrzeug benützt hat. Dann müssen wir uns die Bänder der Videokameras an der Grenze besorgen!" Neumann hatte sich Gedanken gemacht und war dabei in Fahrt gekommen!

Schönkirchner hielt alle Gedanken auf einem Flipchart fest. „Falco ist mit Abstand der intelligenteste des Dreigestirns. Außer seinen Jugendstrafen sind uns keine Gesetzesbrüche bekannt. Er war es angeblich, der Dagmar Trutzbichler bei der Orgie am Lagerfeuer schützen wollte und von seinen Kumpels daran gehindert wurde. War er es gewesen, der die Beute den anderen zum Fraß vorgeworfen hat in der Absicht, für Dagmar sodann als der gute, nette Beschützer aufzutreten? War das ein Teil des großen Plans? Die Idee mit den gleichen Lederwesten? War es seine Idee, Dagmar in die Sucht zu treiben und hat er dabei Gerry und Max als willfährige Handlanger benutzt? Es könnte ja sein, dass sich die drei Gauner die Einkünfte aus ihrem Drogengeschäft teilten. Außerdem wissen wir nicht, ob sie noch andere Käufer belieferten. Vielleicht sind sie Teil eines großen Drogenringes?"

Kalteis applaudierte. „Das war großartig meine Herren. Wir werden Falco diese Nacht noch in der Zelle schmoren lassen. Jeder stellt für sich einen Fragenkatalog zusammen. Morgen Nachmittag werden wir die Fragen vergleichen und sortieren, damit wir für alle seine Antworten gewappnet sind. Er mag zwar intelligent sein, doch wir sind die Meister aller Klassen, die wahren Champions! Ich kann mir nicht vorstellen, dass Falco mit dem Drogengeschäft zu tun hatte, es liegen keine Beweise dafür vor. Seine Aussage, sein Austritt aus der Gang und dass er Haare und Bart aus Liebe zu Dagmar geopfert hat, klingt für mich plausibel. Mag sein, dass er tatsächlich von Gewissensbissen geplagt wurde und sein Leben ändern wollte. Wir werden ihm morgen auf den Zahn fühlen, inwieweit er ehrlich ist! Aber vorher statte ich Gerrys guter Tante in Freistadt einen Besuch ab. Erwin, frag bitte bei den Linzer Kollegen vom Suchtgiftdezernat nach, ob es eine Adresse von diesem ‚Herzog' gibt. Neumann du fährst gleich in der Früh nach St. Pölten ins Labor. Bring denen Falcos Speichelprobe und sag ihnen, sie sollen diese mit der DNA von diesem Einwegrasierer vergleichen. Mach ihnen Dampf unter dem Arsch! Ich bin gegen Mittag wieder zurück!"

Als Kalteis zeitig in der Früh nach Freistadt fuhr, regnete es in Strömen. Bis Karlstift ging es ständig bergauf, schwarze, grimmige Regenwolken hingen tief über der grün gebuckelten Landschaft. Kilometerweit führte die Straße durch den sogenannten Freiwald an der Grenze vom Waldviertel zum Mühlviertel. Erst kurz nach Sandl ging es wieder bergab bis in die mittelalterliche Stadt mit Türmen und Toren und einem Stadtgraben ringsum. In einer Seitengasse in der Nähe des Böhmertors lag die Trafik von Gerrys Tante Hedwig.

Kalteis war der einzige Kunde. Zuerst kauft er sich zwei Rubbellose, mit denen er nichts gewann. Dann erst zückte er seine Marke. „Es geht um Gerald Winter, Ihren Neffen. Wissens Sie, wo er sich zur Zeit aufhält? Wir müssen ihn zu einem Mord im Waldviertel befragen."

Tante Hedwig seufzte. „Ich weiß nicht mehr, was ich mit ihm machen soll! Sie sind nicht der einzige, der ihn sucht. Vorgestern waren drei so rüde Kerle von seiner Gang hier.

Parkten sich mit ihren Riesenmotorrädern vor der Trafik ein und spielten mit dem Gas, dass es durch die Gasse dröhnte. Dann kam einer herein, pflanzte sich drohend vor mir und wollte wissen, wo der Gerry ist. Er hätte noch eine Rechnung mit ihm offen, schrie er mich an. Ich habe ihm g'sagt, dass ich ihn schon länger nicht g'seh'n hab'. Dann ist er noch lauter geworden. ‚Richt' ihm einen schönen Gruß vom Herzog aus. Er weiß schon, um was es geht. Zwei Tage lass' ich ihm noch Zeit, dann aber spielt's Granada!'

Angst und Verzweiflung waren ihrer Miene abzulesen. „Was hat er denn schon wieder ang'stellt, der Bub?"

Kalteis musste unwillkürlich lächeln, des „Buben" wegen. „Wir ermitteln in einem Mordfall und der Gerry steckt mittendrin. Doch das ist eine längere Geschichte. Ich würden Ihnen vorschlagen, Sie sperren kurz zu und wir gehen in das Hinterzimmer!"

Tante Hedwig tat wie geheißen. Sie gingen beide in den kleinen Raum hinter dem Laden. Sie bot dem Kommissar einen Kaffee an und erzählte stockend, was sie in den letzten Tagen wegen ihres ruchlosen Neffens mitgemacht hatte.

„Zwei Stunden später hat mich der Gerry angerufen und wollt' wissen, ob wer nach ihm gesucht hatte. Ich hab' ihm von diesem unerwünschten Besuch erzählt und wollt' wissen, wer der Herzog ist und ob er ihm was schuldig wäre. Er hat recht nervös geklungen und hat mir erklärt, dass er das am Telefon nicht sagen will. Dann befahl er mir rauszugehen und zu schauen, ob die drei Motorradfahrer noch zu sehen sind. Aber die waren weg. Eine Stunde später hat er an der Hintertür geklopft. Er trug eine Sporttasche mit sich und war den Tränen nahe. Nachdem er etwas gegessen hat, ist er langsam aufgetaut hat mir schlussendlich seine Gräueltaten gebeichtet. Ich war total vor dem Kopf gestoßen und wusste ihm ersten

Moment nicht, wie ich reagieren sollte. Er braucht unbedingt Geld, hat er gemeint, sonst ist er ein toter Mann. Angeblich hat er seine Harley verkaufen wollen, aber keinen Käufer gefunden." Sie hielt sich die Hände vors Gesicht und schluchzte. Kalteis legte ihr seine Hand tröstend auf die Schulter.

„Haben Sie ihm Geld gegeben?", stellte er seine nächste Frage.

„Gleich nicht, ich habe nur die Tageseinnahmen in der Kasse, das sind ja nur ein paar Hunderter, aber er hat mehr gebraucht. Ich war richtig bös' auf ihn, wollte und konnte ihn aber auch nicht hängen lassen. Schließlich ist er ja der Sohn meiner Lieblingsschwester, hatte einen Falotten als Vater, der ihn ständig geschlagen hat, als er noch klein war. Sie können sich solche desolaten Familienverhältnisse wahrscheinlich gar nicht vorstellen. In der Erziehungsanstalt hat er sich dann den letzten Schliff seiner Verbrecherlaufbahn geholt!"

Jetzt griff der Kommissar ein. „Sie können mir ruhig glauben, dass ich in meiner Laufbahn als Beamter der Kriminalpolizei schon härtere Dinge erlebt habe. Aber ich kann Ihnen sagen, dass Gerry dem Herzog Geld für eine Kokainlieferung geschuldet hat. Dieser fackelt nicht lange, wenn einer seiner Händler die Kohle nicht rechtzeitig abliefert. Haben Sie ihm nun Geld gegeben oder nicht?"

„Ich bin gestern Vormittag gleich zur Bank und habe 5.000,- Euro abgehoben. Mehr kriegt er nicht, hab' ich ihm erklärt. Um zehn Uhr abends kam er in der Finsternis angeschlichen und hat sich das Geld geholt. Er hat dann noch kurz unverständliches Zeug gefaselt, was ich nicht ganz verstanden hab'. Dass ihn seine zwei besten Freunde bei der Polizei verraten haben. Einer davon hat für seine Untreue bereits büßen müssen und jetzt sei der andere dran! Da hab' ich ihm unmissverständlich erklärt, dass er sich nicht mehr blicken lassen soll! Ich hab' mein Leben lang gearbeitet und ehrlich verdientes Geld auf die hohe Kante gelegt. Nächstes Jahr geh' ich in Pension und hab' auch schon einen Käufer für die Trafik. Ich will weder mit dem Gerry noch mit irgendwelchen anderen Gangstern zu tun haben und bin nicht neugierig drauf, dass mir diese den Laden kurz und klein schlagen!"

Ihre Nerven lagen blank. Kalteis hatte, was er brauchte und war nicht bereit, den Seelentröster zu spielen. So verabschiedete er sich kurz, reichte ihr seine Visitenkarte mit der Aufforderung, sich zu melden, wenn Gerry oder andere verkommene Subjekte bei ihr nochmals auftauchen und sie bedrohen würden.

Bei seiner Rückkehr erstattete er kurz Bericht. Dazu zog sich das Team in Seipelts Kanzlei zurück, von wo aus Falco in der Zelle sie nicht hören konnte.

„Wir sind um zwei Erkenntnisse reicher geworden, erstens, dass Gerry von seiner Tante 5.000,- Euro bekommen hat. Jetzt stellt sich die Frage, wie hoch seine Schulden beim Herzog sind und ob ihm von dieser Summe ein Teil bleibt. Außerdem sinnt er auf Rache. Max Koupal hat seinen Denkzettel schon bekommen, doch nun ist zweifelsohne Falco an der Reihe. Das ist unsere Chance. Wir werden ihn freilassen und als Köder benutzen. Nun, zweitens, zur Erkenntnis meiner Fahrt nach Freistadt. Der Herzog ist Mitglied von Gerrys Motorradgang! Ich bin mir so gut wie sicher, dass dieser Dealer den Auftrag für die Verprügelung von Max gegeben hat. Der hat doch überall seine Hände im Spiel und hat hundertprozentig von seiner Rolle als Kurier für Gerry gewusst. Gerry hat in seiner Verzweiflung das Geld für seine Schulden durch den Verkauf seiner heißgeliebten Harley-Davidson lukrieren wollen, doch er fand keinen Käufer dafür. Wenn ihr mich fragt, hat da die Bruderschaft ihre Hand im Spiel. Die kennen doch alle potenziellen Käufer in der Branche und haben todsicher eine Vorwarnung lanciert, damit der Gerry auf seiner Maschine sitzen bleibt."

Schönkirchner unterbrach seinen Chef: „Wie stellst du dir die Geschichte mit Falco als Köder vor? Ist das nicht ein bisschen zu riskant? Ich kann mir beim besten Willen nicht vorstellen, dass der Staatsanwalt seine Einwilligung dazu gibt!"

Kalteis lachte verächtlich. „Wir werden diesem Schreibtischhengst überhaupt nichts davon sagen. Das nehme ich auf meine Kappe, denn es ist unsere einzige Chance, diesen verzwickten Fall aufzuklären!" Rasch ergriff er das Mikrofon und gab folgende Erklärung ab.

„Sowohl die Kriminalbeamten Schönkirchner und Neumann, wie Ignaz Seipelt von der Polizei Hochstätt waren gegen den Vorschlag von Kommissar Kalteis, den Untersuchungshäftling Leopold Fahrnleitner, genannt Falco, als Köder zu benutzen und lehnten jede Verantwortung dafür ab." Kalteis schaltete das Aufnahmegerät ab und klatschte in die Hände. „Damit seid ihr aus dem Spiel und ich allein der verantwortungslose Idiot, wenn etwas dabei schief geht! Dann kriege ich nicht mal mehr eine Stellung als Straßenkehrer! Unsere, ach moralisch so unschuldige Führungsspitze wird mich fallen lassen wie einen heißen Erdäpfel und der Presse zum Fraß vorwerfen."

Nun schaltete sich Seipelt ein. „Wir präparieren Falcos Maschine mit einem Peilsender. Dann lassen wir ihn frei und verfolgen das Signal am Bildschirm. Außerdem brauchen wir von der Zulassungsstelle in Linz das Kennzeichen von Gerrys Motorrad. Dieses muss an alle Polizeidienststellen gesandt werden, die werden sich in unser aller Interesse in den nächsten Tag wieder vermehrt auf den Straßenverkehr zwischen dem Mühlviertel und dem Waldviertel konzentrieren und uns etwaige Sichtungen bekanntgeben! Wir sollten eine Pressemeldung aussenden, dass man Falco weder eine Beihilfe zum Mord noch den Handel mit Drogen beweisen konnte. Deshalb muss er aus der Untersuchungshaft entlassen werden!“ Der Vorschlag Seipelts hatte zweifelsohne Hand und Fuß.

Kalteis kratzte sich am Hals und seufzte. „Normalerweise habe ich mit den Zeitungsfritzen nichts am Hut, weil sie ständig nerven. Doch hin und wieder sind sie ganz brauchbar. Erwin, du setzt ein Mail auf mit reißerischer Aufmache: ‚Überraschende Wende im Fall Trutzbichler! Leopold Fahrnleitner, genannt Falco, wegen Mangel an Beweisen aus der Untersuchungshaft entlassen!‘ Die Frist für die Untersuchungshaft wurde schon zweimal verlängert und so hat auch der Staatsanwalt keine Handhabe, wenn wir ihn freilassen.

Wirf ein paar unbedeutende Details in den Text ein, damit sie anbeißen! Schreib aber um Gotteswillen nichts davon, dass Falco seine beiden Drachenfreunde verpfiffen hat, plötzlich mit der Polizei kooperiert und wir nun den wahren Mörder kennen. Formuliere das als Sonderbericht mit allerhöchster Dringlichkeit. Um das Spiel vom Tarnen und Täuschen zu perfektionieren, endest du mit der alten Lüge der Kripo, dass mit einer Verhaftung des wahren Täters in Bälde zu rechnen sei!“

Erwin macht sich sofort an die Arbeit und sandte diese aufrüttelnde Meldung noch vor Redaktionsschluss sowohl an alle Tageszeitungen als auch an die Nachrichtenredaktion des ORF.

Kalteis rief Gruber, den Kriminaltechniker, an.

„Servus Rudi, wir brauchen deine Hilfe. An welcher Stelle befestigt man einen Peilsender an einem Motorrad, ohne dass er entdeckt wird?“

„Welche Marke, welche Type?“

„Eine Harley-Davidson, Pan America!“

Einen Moment herrschte Funkstille, dann war Gruber wieder zur Stelle. „Ich würde sagen, am besten am hinteren Kotflügel. Knie dich neben dem Gerät nieder und vergewissere Dich, dass man den Sender, der ja nicht größer als eine 1-Euro-Münze ist, erkennen kann. Ruf die Kollegen am Grenzposten in Gmünd an, die haben solche Helferlein vorrätig! Viel Glück bei deinem Vorhaben!“

Seipelt wurde beordert, den Peilsender aus Gmünd zu holen.

Eine halbe Stunde später kam Neumann von seiner Blitzfahrt ins Labor nach St. Pölten zurück und berichtete kurz und bündig. „Die DNA auf dem Einwegrasierer ist mit Falcos Speichelprobe ident und eindeutig ein paar Tage älter als jene auf der Zigarette aus dem Aschenbecher von Dagmars Wohnzimmer. Also war Gerry ein paar Tage vor dem Mord in Hochstätt gewesen und hat das ausstehende Geld von ihr gefordert, um seine Haut zu retten! Aber warum war Falco ein paar Tage zuvor bei Dagmar? Wollte er sie warnen?“

Seipelt brachte den Peilsender. Kalteis folgte ihm in die Polizeigarage und sie brachten ihn gemäß Grubers Rat an Falcos schwerer Maschine an.

Seipelt blieb skeptisch. „Wenn das nur gutgeht! Was ist, wenn Falco unseren Plan durchschaut, der ist doch mit allen Wassern gewaschen?“

Kalteis beruhigte ihn. „Du gehst in der Früh in die Trafik und kaufst die Krone, den Kurier und Die Presse. Vergiss aber nicht diese beiden Gratiszeitungen, die bringen unsere Story wahrscheinlich als Sensationsmeldung auf der Titelseite! Wenn das der Fall ist, dann holen wir Falco aus der Zelle und erklären ihm, dass der Haftrichter die Untersuchungshaft aufgehoben hat und er nun wieder ein freier Mann sei! Wir werden ihm noch einige unangenehme Fragen stellen, vielleicht gibt er noch ein paar wertvolle Informationen preis! Erwin kann auf seinem Bildschirm das Signal exakt verfolgen, wir wissen also immer, wo er sich gerade aufhält!“

Seipelt ließ nicht locker. „Mir ist nach wie vor nicht gut bei dieser Sache, schließlich ist Falco unser Kronzeuge und das noch dazu inoffiziell. Ich bin nach wie vor dafür, den Staatsanwalt davon zu informieren. Was ist, wenn Falco den Peilsender entdeckt und unschädlich macht? Sollen wir dann Straßensperren einrichten, um ihn und seine Verfolger abzufangen? Schau dir doch einmal eine Straßenkarte von Niederösterreich an, dann wirst du sehen, dass es hier bei uns im Waldviertel ein dichteres Straßennetz gibt als sonst wo hierzulande. Da gibt es nicht nur Bundesstraßen, Landstraßen und Gemeindestraßen, sondern eine unüberschaubare Menge an Güterwegen, Hofaufschließungswegen, Forststraßen und Feldwegen. Es ist schier unmöglich, alle diese Verkehrswege zu überwachen! Und wer garantiert uns, dass Gerry den Falco tatsächlich verfolgt?“

Der Kommissar schenkte ihm ein Lächeln. „Glaub mir, ich weiß, wie diese Burschen ticken. Der Gerry ist doch auf seinem Rachefeldzug, da er vermutet, dass ihn Falco bei der Polizei verpfiffen hat. Ich wette mit dir, dass der spätestens um zehn Uhr hier auftaucht!“

6.

Am nächsten Morgen stürzten sich Kalteis und seine Kollegen auf die Zeitungen. Alle Tageszeitungen, aber auch die beiden Gratisblätter, brachten die Meldung von Falcos Freilassung. Man wisse nicht konkret, ob er gesungen hatte, schloss es aber auch nicht aus. Zwischen den Zeilen konnte man jedoch herauslesen, dass die Unschuldsvermutung von den Berichterstattern angezweifelt wurde. Falcos Rolle in dem Mordfall wurde noch immer angezweifelt. Der Kommissar war noch nicht fertig mit ihm und ließ ihn noch ein bisschen in seiner Zelle dunsten. Er wollte ihn zuvor noch ins Gebet nehmen in der Hoffnung, noch ein paar Tipps zu bekommen. Diese allerletzte Befragung war für 11.00 Uhr angesetzt. Doch es kam nicht dazu.

Denn was an diesem Tag passierte, war auch von den größten Pessimisten nicht vorauszusehen! Ab 10.00 Uhr erschütterte aufdringlicher Motorenlärm das verschlafene Städtchen. Zuerst waren es nur drei, ein paar Augenblicke später bereits fünf und knapp vor 11.00 Uhr standen 18 schwere Harley-Davidson Motorräder auf dem Parkplatz vor der Polizei – die Motorradgang war unvermittelt über Hochstätt hereingebrochen wie eine große Naturkatastrophe! Wie bei einer Parade standen 18 zottelhaarige, langbärtige, hartgesottene Biker neben ihren schweren Maschinen und drehten den Gasgriff auf, dass es durch die Gassen dröhnte und die Bevölkerung in Panik versetzte. Fenster und Türen wurden aufgerissen und nach einem kurzen Moment des Erschreckens sogleich wieder zugemacht.

Die wilde Horde stellte ihre Motoren ab. Die Biker nahmen Aufstellung vor ihren Maschinen, geradeso, als wollten sie eine Parade abnehmen. Mit einem Male kehrte erwartungsvolle Stille ein. In Sekundenschnelle füllten sich die Fenster der Polizeiinspektion von Hochstätt. Kalteis und sein Team, aber auch die diensthabenden Hochstätter Polizisten hatten ihren Beobachterstatus in der Galerie eingenommen und verfolgten angespannt den weiteren Verlauf der Demonstration. Seipelts Gesicht war zornesrot, seine Hände zu Fäusten geballt. Seit ihrer Einrichtung war die Polizeiwache in dem verschlafenen Städtchen nie belagert worden. Ausgerechnet in seiner Amtszeit als Leiter war dies nun passiert und sein Name würde in den Chroniken von Schmach und Schande an oberster Stelle stehen.

Die 18 zottelhaarigen, langbärtigen, hartgesottenen Kerle der Bruderschaft nahmen soeben Teil zwei der Aktion in Angriff. Sie ließen ihr Motorräder im Leerlauf weiter jaulen, griffen in ihre Seitentaschen und rollten ihre Banner aus. Die Parolen waren eindeutig, unmissverständlich, beunruhigend. „Tod dem Verräter ", „liefert Falco aus!" stand darauf zu lesen, umrahmt von allerlei kämpferischen Symbolen wie Totenköpfen, Blitzen und schwarzen Gewitterwolken.

Kalteis gab Neumann die Anweisung, Falco aus seiner Zelle zu holen. Dieser zitterte am ganzen Leib und war totenblass. Der Motorenlärm war bis in seine Zelle zu hören und eindeutig genug. Man wollte ihn zur Rechenschaft ziehen. Kalteis wies ihn an, sich hinter ihm an das Fenster zu stellen.

„Kennen Sie diese Leute, sind das die Mitglieder Ihrer Gang?"

Falco nickte. „Ja, ist die Linzer Gruppe, wo Gerry, Max und ich dabei waren!"

„Wer ist der Chef der Meute?"

Falco wies auf einen Riesenlackel in der ersten Reihe. „Das ist der Jakob Hofer, genannt der Herzog, ein Dealer und Schläger von der übelsten Sorte. Gerry war einer seiner Kuriere!"

„Ist Gerry bei der Gruppe?“

Falco musterte die Reihe von Antlitz zu Antlitz, ein hoffnungsloses Unterfangen, da sie alle irgendwie gleich aussahen und noch dazu ihre Masken vorschriftsmäßig aufhatten. Er schüttelte den Kopf. „Nein, Gerry ist nicht dabei, da bin ich mir sicher. Der sitzt irgendwo in einem Loch und hat die Hose gestrichen voll!“

„Wie es aussieht, so wollen die ihren Kopf! Die würden die Belagerung sofort aufgeben, wenn ich sie ausliefere, soll ich das tun?“

„Um Gotteswillen nein, das wäre mein Tod! Das können Sie doch nicht tun, Herr Kommissar!“

Kalteis nickte. Sein Mitleid hielt sich in Grenzen, doch für ihn war Falco noch der wichtigste Zeuge. „Dafür verlange ich aber totale Offenheit, wenn Sie nicht mit uns kooperieren, dann werfe ich Sie den Löwen zum Fraß vor!“

Neumann brachte Falco wieder in die sichere Zelle zurück. Kalteis wandte sich an Schönkirchner. „Schau nach, ob gegen Jakob Hofer ein Haftbefehl vorliegt. Saug alles aus deinem Blechtrottel heraus. Ich fress' einen Besen mitsamt der Putzfrau, wenn der kein Sündenregister hat.“

Mittlerweile hatte sich die Sonne hinter schwarzen Wolken verzogen, die wie aus dem Nichts plötzlich aufgetaucht waren. Trotz der ernsten Lage genehmigte sich der Kommissar ein leises Lächeln.

„Neumann, du hast so ein modernes Handy mit all dem Internetzeugs. Schau auf den Wetterbericht, ob ein Wolkenbruch bevorsteht. Es könnte ja möglich sein, dass die Natur für die Burschen da unten zum Spielverderber wird.“

Neumann stieß einen Freudenschrei aus. „Ich habe da den tschechischen Wetterradar, der für das Waldviertel meistens richtig liegt mit seiner Prognose. Wenn wir diesem vertrauen können, dann soll in fünfunddreißig Minuten ein schweres Gewitter über Hochstätt hereinbrechen!"

Kalteis lachte. Dann werden wir die Burschen ein bisschen schmoren lassen und auf Zeit spielen. Demonstrativ ging er vom Fenster weg und zog den Vorhang. Seipelt jedoch beobachtete die grimmige Schar durch einen Spalt im Vorhang. Fünf Minuten später kam Bewegung in die Gruppe der Belagerer.

„Es tut sich was!", schrie der Postenkommandant in den Nebenraum hinein, „der Hofer hat einem seiner Leute Geld gegeben und dieser fährt gerade mit seiner Maschine weg!"

Eine Viertelstunde lang tat sich nichts. Die Männer, angetan mit ihren Kutten, standen in Gruppen herum, diskutierten und warfen ab und zu finstere Blicke auf die nun verdunkelten Fenster des Polizeigebäudes. Motorengeräusch hallte durch die Gasse, der ausgesandte Kumpan kehrte mit einer großen Einkaufstasche zurück und verteilte Wurstsemmel und Flaschen mit alkoholfreien Getränken.

Schönkirchner war fündig geworden – Jakob Hofers Vorstrafenregister war wahrlich nicht ohne. Bereits mit 20 Jahren wurde er erstmals straffällig, da er bei einer Prügelei einem Wirt eine Hand und drei Rippen gebrochen hatte. Fünf Jahre später stand er erneut vor Gericht wegen schwerer Körperverletzung mit Todesfolge. Er stand damals am Beginn seiner Karriere als Drogendealer und kam einem anderen in die Quere. Als dieser das Messer zog, war es um seine Selbstbeherrschung geschehen. Er riss ihm das Messer aus der Hand und bei der anschließenden Rauferei setzte er seinen wuchtigen Körper als Waffe ein. Als sein Widersacher zu Boden ging, trat er mehrmals auf ihn ein. Drei Tage später starb dieser an einem Schädel-Hirntrauma. Dafür fasste Hofer fünf Jahre aus. Nach seiner Entlassung aus der Haft wurde er der Boss einer Bande und ließ die anderen die Drecksarbeit verrichten. Seitdem war er nicht mehr straffällig geworden und es lag auch kein Haftbefehl gegen ihn vor.

Kalteis besprach sich mit seinem Team. „Der Typ ist kein Waisenknabe und ich kann mir vorstellen, dass auch die anderen der Gruppe bereits im Visier der Polizei standen. Wir dürfen uns daher von dieser friedlichen Szene nicht täuschen lassen, die führen doch was im Schilde! Die sind nicht nur hergekommen um hier gemütlich zu jausnen. Wir werden sie weiter beobachten und im richtigen Moment eingreifen!“

Der Kommissar sollte recht behalten. Kaum zwanzig Minuten später machten sich einige der Hartgesottenen an ihren Motorrädern zu schaffen. Sie zogen die Benzinschläuche herunter, füllten die leergetrunkenen Flaschen mit Benzin. Einer kramte einen Putzfetzen aus der ledernen Motorradtasche, riss einige Streifen herunter und bestückte damit die benzingefüllten Flaschen.

Seipelt, der im ersten Moment gar nicht begriffen hatte, was da unten vor sich ging, brach nun in Panik aus. So rasch er konnte, verließ er seinen Beobachtungsposten und informierte die Kollegen.

„Soeben wurde uns der Krieg erklärt, die basteln Molotow-Cocktails “, rief er ihnen angstvoll zu, „die wollen unsere Bude stürmen!“

Kalteis, Schönkirchner und Neumann liefen rasch zum Fenster, rissen die Vorhänge auf, nicht glauben wollend, dass dem sonst so beschaulich dahin dösenden Polizeiposten Hochstätt ein Sturmangriff bevorstand.

Kalteis ergriff die Initiative. „Jetzt platzt mir aber endgültig der Kragen! Ich gehe jetzt hinunter und knöpf mir den Herzog vor!“

Dann ging er hinunter auf den Platz und stellte sich der Meute.

„Guten Morgen, die Herren", gab er sich devot. „Ihr habt euch ja einen ganz besonderen Tag für einen Vereinsausflug ausgesucht!"

Niemand lachte. Kalteis war sich seines Unterfangens bewusst, hatte aber auch keine Jubelschreie erwartet.

„Wer ist euer Sprecher?"

Jakob Hofer pflanzte sich vor Kalteis auf. Ein massiger Muskelprotz, der den Kommissar noch überragte. Kalteis wich keinen Zentimeter zurück und übernahm das Kommando.

„Mein Name ist Reinhart Kalteis, ich leite die Ermittlung im Mordfall Dagmar Trutzbichler. Ohne dem Ergebnis der Ermittlung vorzugreifen, kann ich euch mitteilen, dass Gerry Winter, einer von euch, der Hauptverdächtige ist!"

Laute Buhrufe erhellten die Stille.

„Weiß wer von euch, wo sich Gerry Winter derzeit aufhält?"

Die Buhrufe wurden noch lauter.

„Die ursprünglichen Verdachtsmomente gegen Leopold Fahrnleitner, genannt Falco, haben sich im Laufe der Ermittlungen zerschlagen, er war zur Tatzeit im Ausland, was euch zweifelsohne bekannt ist! Die Untersuchungshaft wurde aufgehoben und er ist ein freier Mann!"

Nun war die Menge nicht mehr zu halten. Es wurde geschrien, gepfiffen, gehupt und eine Schimpftirade ergoss sich über das Straßenpflaster. Falco ist ein Verräter, ein Arschloch, ein Polizeispitzel und noch mehr, tönte es in die Mittagsstille.

Kalteis nahm sich Hofer zur Brust. „Es gibt keine rechtliche Handhabe mehr gegen Falco. Die Staatsanwaltschaft hat angeordnet, ihn freizulassen. Ich möchte Sie warnen, irgendwelche gewaltsamen Aktionen zu starten. Halten Sie Ihre Leute in Zaum. Bis jetzt gibt es für die Polizei keinen Anlass einzugreifen, solange keine strafbaren Handlungen getätigt werden. Sollte dies aber der Fall sein, werden wir mit aller Härte durchgreifen. Wir sitzen am längeren Ast und für uns zählt das Gesetz. Deswegen müssen wir Falco freilassen. Ich hoffe, Sie werden das akzeptieren. Ich bin bekannt dafür, meine Fälle alle zu lösen und ich bin nicht bereit, mich von meinem Vorhaben abbringen zu lassen. Auch von Ihrer Gruppe nicht. Wenn Sie wissen, wo Gerry ist, dann sagen Sie es. Ich weiß Bescheid über ihren Drogenhandel und auch, dass Ihnen Gerry Geld schuldet. Aber ich möchte Sie ausdrücklich warnen, eine persönliche Hetzjagd gegen ihn zu starten. Die Attacke gegen Max Koupal in der Justizanstalt Garsten war wohl der erste Akt in ihrem Rachefeldzug, belassen Sie es dabei, es wurde schon genug Schaden angerichtet. Wenn Sie schlau sind, dann betrachten Sie die heutige Fahrt nach Hochstätt tatsächlich als Vereinsausflug und rufen ihre Leute zurück."

Jakob Hofer schenkte dem Kommissar ein unverschämtes Grinsen. „Der ‚Fall Gerry', um es in Ihren Worten auszudrücken, ist meine Privatsache. Sowohl Max, als auch Gerry und Falco waren Mitglieder unserer Bruderschaft und haben eindeutig gegen die Regeln verstoßen. Für uns steht Vereinstreue, Kameradschaft und Loyalität an allererster Stelle. Unser Ehrenkodex ist uns heilig und jeder gelobt bei seinem Eintritt, diesen zu befolgen. Es ist uns egal, ob ihr Falco heute oder morgen oder übermorgen freilasst, so wird er einer Strafe nicht entgehen. Wenn nicht heute oder morgen, dann halt irgendwann. Und glauben Sie mir, er weiß das! Da kann er sich hundertmal bei seinem Freund in Ungarn verstecken, wir werden ihn aufspüren!"

Die Situation wurde immer bedrohlicher. Einige der Biker hatten einen Ring rund um den Kommissar und ihrem Anführer gebildet und es war ihnen anzusehen, dass sie keineswegs friedlich gestimmt waren. Der Kommissar sandte ihnen verächtliche Blicke zu und wich keinen Schritt zurück.

Seipelt, Schönkirchner und Neumann standen am Fenster und betrachteten die Eskalation mit großer Sorge. Seipelt, der liebe, freundliche Landpolizist, der sich im Laufe seiner beruflichen Tätigkeit meist nur mit Verstößen gegen die Straßenverkehrsordnung befasst hatte, war knapp dabei, seine Nerven zu verlieren. Doch Schönkirchner und Neumann, die schon längere Zeit zu Kalteis Teams gehörten und einiges gewohnt waren, beruhigten Seipelt.

„Du brauchst dir keine Sorgen zu machen", sprach ihm Schönkirchner Mut zu, „der Reinhart hat schon oft so brenzlige Situationen bravourös gemeistert, der weiß genau, wie man mit solchen Halunken umgehen muss!"

„Dein Wort in Gottes Ohr", erwiderte der nervöse Chef der Hochstätter Polizei, „aber ich bin mir da nicht so sicher. Ich denke, wir sollten die Kollegen im Umkreis von 25 Kilometern in Alarmbereitschaft versetzen. Die sollen herkommen und mit ihren Einsatzfahrzeugen die ganze Horde umzingeln!"

Neumann fummelte auf seinem Smartphone herum. „In spätestens zwanzig Minuten sollte die Gewitterfront über Hochstätt hereinbrechen, vielleicht löst sich dann alles in Wohlgefallen auf. Ich kann mir nicht vorstellen, dass die Kerle im Regen ihre Belagerung fortsetzen werden!"

Kalteis, der ahnte, was in seinen Kollegen vorging, wollte die Situation beenden und sprach unten am Parkplatz weiter auf Hofer ein.

„Nicht nur Ihr habt Eure Regeln, sondern auch die Polizei und für die bin ich verantwortlich! Es werden jetzt zwei Dinge passieren. Erstens: Die vier Burschen, die Benzin in die Flaschen abgezapft haben werden dieses brav und artig wieder in ihre Tanks leeren. Zweitens: In einer Viertelstunde möchte ich eine Liste mit den Namen aller anwesenden Clubmitglieder haben. Wenn das nicht passiert, dann nehme ich sie wegen Bedrohung und Aufwiegelung gegen die Amtsgewalt, Verstoß gegen das Demonstrationsverbot und so weiter fest. Ich bin überzeugt, dass dem Staatsanwalt dafür noch ein paar Gründe mehr einfallen werden!“

Der Kommissar drehte sich um und bahnte sich unerschrocken den Weg durch Hofers Anhänger, kehrte in das Polizeigebäude zurück und informierte die Kollegen über den Stand der Verhandlungen.

Seipelt war noch immer der Meinung, dass es notwendig wäre, Verstärkung anzufordern. Kalteis wies ihn in seine Schranken. „Ich habe das Sagen hier und ich habe dem Anführer ein Ultimatum gestellt. Wenn er aber so blöd seine sollte, dieses nicht anzunehmen, dann können wir noch immer zu härteren Maßnahmen greifen. Vorrangig aber spielen wir auf Zeit. In einer Viertelstunde gehe ich wieder hinunter und dann werden wir sehen, inwieweit der große Capo Hofer seine Gruppe im Griff hat!“

Demonstrativ blieb er am offenen Fenster stehen und beobachtete das Geschehen auf dem Parkplatz. Der Herzog fuchtelte mit seinen Händen herum, schüttelte den Kopf und fischte sich einen seiner Kumpane aus der Menge heraus. Er hielt ihn mit der rechten Pranke auf Abstand und trat ihm mit aller Wucht zwischen die Beine. Dieser krümmte sich vor Schmerzen und warf ihm einen hasserfüllten Blick zu. Einer seiner Freunde brachte ihm eine Flasche Cola und deutete ihm an, dass er was trinken müsse. Zehn Minuten später stand der Schmerzgeplagte an der Mauer des Nachbarhauses und kontrollierte, ob er noch pissen könnte. Einige Minuten später startete er sein Motorrad und fuhr grußlos ab.

Unruhe machte sich breit unter den hartgesottenen Gesellen. Es war offensichtlich, dass nicht alle mit der Vorgangsweise ihres Chefs einverstanden waren. Der Herzog drehte seine Runden um die versammelte Schar, klopfte dem einen auf die Schulter, sprach auf den nächsten eindringlich ein und hatte mehr als genug Mühe, seine Kumpel zu beruhigen. Sie schrien sich gegenseitig an und stießen wild um sich, der Aggressionspegel war dabei, seinen Höhepunkt zu erreichen.

Mittlerweile hatte es sich in der Kleinstadt herumgesprochen, dass vor der Polizei irgendetwas Außerordentliches im Gange sei. Ein Grüppchen junger Burschen stolzierte selbstbewusst durch die Reihen der Biker und fachsimpelte mit diesen über die Eigenheiten und Vorzüge ihrer Motorräder. Zwei Mädchen waren in der Gruppe, die unnötig viel Haut zu zeigten und die Muskeln der Biker bewunderten. Drei ältere Herren waren dabei, die Motorräder zu begutachten und schwelgten in Erinnerungen an die alten Zeiten, in denen man noch auf Puch oder Horex unterwegs war.

Die Stimmung unter den Rockern entspannte sich etwas. Sie beantworteten Fragen der schaulustigen Hochstätter in Bezug auf ihre Kleidung und die Ausstattung ihrer schweren Motorräder. Die zwei Mädchen waren besonders von den vielen Stoffaufnähern auf den Kutten der Rocker angetan. Seipelt sah ihnen vom Fenster aus zu. Die beiden Mädchen waren ihm bekannt und er wusste, dass sie gerne mit dem Feuer spielten und den Ruf hatten, „Diskothekenschlampen“ zu sein. Die größere der beiden zeigte auf einen karoförmigen Aufnäher mit dem Zeichen 1% auf der Kutte des Rockers, der von einem Normalsterblichen wohl als grundhässlich bezeichnet worden wäre.

Seipelt wandte sich an den Kommissar: „Reinhart, komm bitte zum Fenster, weißt du, was dieses Abzeichen zu bedeuten hat?“

Kalteis klärte ihn auf. „Dieser Aufnäher, in Rockerkreisen Patch genannt kommt ursprünglich aus Amerika. Dieses Abzeichen wurde von den amerikanischen ‚Outlaw Motorcycle Gangs' als Antwort einer Rechtfertigung der 99% motorradbegeisterten Sonntagsfahrer übernommen, die friedlich und sittsam die Straßen bevölkern. Die harten Burschen wollen damit der Öffentlichkeit zeigen, dass sie zu dem einen Prozent gehören, das sich nicht um Gesetz und Ordnung schert. Doch das ist aber noch gar nichts, denn bei den ‚Hells Angels' in Amerika gibt es sogar ein eigenes Zeichen für Mitglieder, die schon einmal einen Polizisten verprügelt haben!"

Seipelt schüttelte den Kopf, solche Verrücktheiten waren ihm bislang fremd geblieben in der Beschaulichkeit seines Dienstpostens. Er hoffte inständig, dass sich die Menge bald wieder zerstreuen würde und konnte nicht verstehen, dass der wilden Horde plötzlich so viel Aufmerksamkeit zukam.

Kalteis sah diese Entwicklung mit einem lachenden und einem weinenden Auge. Auf den ersten Blick sah es zwar aus, als ob sich die Lage entspannen würde, doch auf den zweiten Blick war er sich noch immer nicht sicher, ob der Herzog seine Mitglieder nun im Griff hatte oder nicht. Zwei bullige Typen stießen einen schmächtigen Burschen vor sich her, sprachen vehement auf ihn ein und drängten ihn an die Hauswand, wo in einer Lacke die Pisse des Kollegen im Staub versickerte. Blitzschnell war der Herzog da und trieb die drei Widersacher auseinander.

Der Kommissar blickte auf seine Uhr, die 15-Minuten-Frist, die er dem Herzog gewährt hatte, war längst verstrichen. Plötzlich rief Seipelt nach ihm: „Reinhart, komm bitte zum Telefon, unser Herr Bürgermeister möchte Dich sprechen." Kalteis verdrehte die Augen, das hatte ihm gerade noch gefehlt.

„Hier spricht der Bürgermeister“, tönte es ihm entgegen. „Seit einer halben Stunde läuft das Telefon am Gemeindeamt heiß. Unsere Bürger sind voll des Entsetzens, weil in unserer friedlichen kleinen Stadt plötzlich eine Rockerbande ihr Unwesen treibt. Ich möchte, dass diese Aktion so schnell wie nur möglich beendet wird. Solche Typen haben hier bei uns nichts zu suchen und es ist Aufgabe der Polizei, die Bürger vor solchen asozialen Typen zu beschützen.“

„Herr Bürgermeister, ich kann Ihren Unmut durchaus verstehen, aber ich garantieren Ihnen, dass dieser Spuk bald beendet ist. Die Aktion der Rocker richtet sich nicht gegen Ihre Stadt und ihre Bewohner, das Interesse gilt einzig und allein einem Mitglied der Gang, das hier in Untersuchungshaft sitzt. Wir haben die Pflicht, einen Mordfall aufzuklären, in den Mitglieder dieser Gang verwickelt sind. Bis jetzt haben sie noch gegen kein Gesetz verstoßen , ihre Motorräder tragen alle eine Nummerntafel und jeder hat einen Führerschein. Solange sie nicht randalieren oder gar handgreiflich werden, haben wir keine Handhabe gegen sie. Ich habe ihrem Anführer ein Ultimatum gestellt und bin gerade auf dem Weg zu ihm!“ Wütend knallte Reinhart den Hörer auf die Gabel. „Es ist doch immer dasselbe mit Euch Provinzlern , kaum wird Euer biederes, an Höhepunkten gerade nicht sehr gewohntes Leben ruckartig gestört, so zuckt Ihr schon aus. Doch wir leben nun einmal in keiner heilen Welt, auch hier heraußen am Lande nicht!“

Seipelt zog die Stirne kraus. „Kannst du dich denn nicht in den Bürgermeister hineindenken, der ist doch verantwortlich für seine Leute und eben in Sorge, dass die Situation eskaliert! So ungefährlich ist doch diese Aktion nicht, oder?“

„Sei doch nicht so ein Angsthase, mein Freund! Deine Hochstätter sind anscheinend etwas mutiger als du, schau beim Fenster raus, dann wirst du sehen, dass die neugierigen

Leute immer mehr werden. Das entschärft die Situation und kann für uns nur gut sein. Die Burschen werden nicht so blöd sein und vor so vielen Zeugen den Polizeiposten zu stürmen! Je mehr Leute sich unter das Rudel mischen, desto weniger können sie anstellen! Wir werden diese Situation für uns ausnutzen und die Kerle noch ein bisschen verunsichern. Unser junger Kollege Neumann wird jetzt mit der Kamera hinuntergehen und eine Reihe Fotos schießen!"

Neumann grinste wie ein Lausbub und fischte die Kamera aus einer Ledertasche hervor. Diese Aktion war genau nach seinem Geschmack. „Ich werde mich bemühen, möglichst alle Mitglieder der Gang abzulichten! Das wird diesen mit Sicherheit nicht gefallen!"

Mit jugendlicher Unbekümmertheit eilte er die Stiegen hinunter. Seipelt und Kalteis schauten ihm vom Fenster im ersten Stock aus zu, wie er furchtlos in die Reihe der Zottelbärtigen und Hartgesottenen eindrang und ein Foto nach dem anderen machte. Unruhe machte sich unter der wilden Horde breit. Einige begannen zu murren, einer wollte Neumann den Fotoapparat aus der Hand reißen, doch dieser ließ sich nicht beirren und setzte seinen Auftrag fort.

Rufe wurden laut. „Schleich dich, Kieberer! Gib die Kamera weg! Host nu nie was vo an Datnschutz ghört? Wir wolln net fotografiert werdn!"

In Windeseile hatten einige der Hardliner Neumann eingekreist und ihn drohend in ihre Mitte genommen. Nun wurde die Situation bedenklich, die Stimmung drohte zu kippen. Mindestens zwei waren mit Schlagringen bestückt und einer trug sogar einen Gummiknüppel an seinem Gürtel.

Kalteis musste eingreifen. „Erwin und Ignaz, kommt mit mir, es ist an der Zeit, den Burschen zu zeigen, wo Gott wohnt. Ignaz nimm deine Pistole aus dem Halfter, du gehst hinter mir!"

So rasch sie nur konnten, eilten sie die Treppe hinab und postierten sich vor der üblen Schar.

Doch auch der Herzog war nicht untätig geblieben. Kurzentschlossen hatte er die Gruppe rund um den eingekesselten Neumann auseinandergerissen und seine Leute laut brüllend aufgefordert, Ruhe zu bewahren. Doch nicht alle waren mit seinen Anweisungen einverstanden. Ein verwegen aussehender Biker mit langem Bart baute sich urplötzlich mit einer unverhohlenen Drohgebärde vor dem Herzog auf. Dieser, gut einen Kopf größer als der aufmüpfige Kerl, fasste ihn mit seinen Pranken, hielt ihn von sich weg und schüttelte ihn durch.

Ruckartig veränderte sich die Stimmung unter den Bikern. Zuerst waren es drei, dann fünf der hartgesottenenen, zottelhaarigen Biker, die ihre Fäuste ballten und sich wütend ihrem Präsidenten näherten. Sofort waren Jakob Hofers Sergeants, ebenso groß und wuchtig wie er, zur Stelle und schirmten ihn ab. Wie kampfbereite Stiere standen sich die beiden Gruppen gegenüber und starrten sich an. Hofer und seine beiden Leibwächter wichen keinen Millimeter zurück. Explosive Spannung lag in der Luft, die Lunte brannte lichterloh.

Seipelt wurde nervös. Schweißperlen standen auf seiner Stirn und es war ihm anzusehen, dass er dieser Situation nicht gewachsen war. So eine bedrohliche Situation hatte er in den dreißig Jahren seiner Polizistenlaufbahn noch nie erlebt.

Kalteis nahm ihn zur Seite, sprach leise auf ihn ein. „Uns kann es nur lieb sein, wenn die Kerle mit sich selbst beschäftigt sind. Solange es zu keinem Raufhandel kommt, werden wir nicht eingreifen! Ich gebe ihnen noch zehn Minuten Zeit, bevor ich Feuer ins Öl gießen. Es ist vielleicht besser, wenn du mit Erwin wieder in die Kanzlei gehst, Ihr braucht keine Angst um mich haben, die werden sich hüten, mich anzugreifen!"

Als Erwin und Ignaz weg waren, rief er auch Neumann zu sich.

„Ich bin gleich fertig, Chef", rief der Jungspund dem Kommissar zu. „Ich bin mir sicher, jeden dieser lieblichen Chorknaben abgelichtet zu haben!" Flink wie ein Wiesel wandte er sich durch die grimmige Schar und eilte sofort in die Inspektion, um die Bilder auf der Speicherkarte zu bearbeiten.

Auch der Kommissar war beunruhigt, doch er verdrängte seine innere Dramatik und war bemüht, Gelassenheit auszustrahlen. Kurz entschlossen ging er auf Jakob Hofer, der sich Herzog nannte und Präsident des wilden Haufens war, zu.

„Herr Hofer", sprach er ihn demonstrativ höflich an, „Sie sind mir die Liste mit den anwesenden Clubmitgliedern noch schuldig."

Seine Stimme klang laut und unerbittlich, alle sollten von seinem Handel mit dem Herzog hören. Es war ihm durchaus bewusst, dass sein Auftritt äußerst provokant und gefährlich war, doch er wollte die Sache ein für alle Mal beenden. Heimlich warf er einen Blick in das dunkelschwarze Wolkenmeer und betete inständig, dass das Gewitter so schnell wie nur möglich über Hochstätt hereinbrechen werde.

Als der Herzog zu seiner blitzblanken Harley ging und ein Stück Papier aus der ledernen Motorradtasche herausholte, ging ein Raunen durch die Luft. Einige der Biker ließen ihrem Unmut freien Lauf.

„Verräter!", tönte es aus ihren Reihen. „Arschloch! Polizistenfreund!"

Hofer wies seine beiden Sergeanten auf, Ruhe zu bewahren und donnerte dem nächststehenden Aufmüpfigen seine Faust ins Gesicht. Es war ihm vollkommen bewusst, dass er Autorität zeigen musste, um die plötzlich umgeschlagene Stimmung nicht eskalieren zu lassen.

Seine Stimme donnerte über den Parkplatz. „Brüder, wir haben den Run unternommen, um den Verräter Falco zur Verantwortung zu ziehen und ich erkläre ihn hiermit offiziell als ‚out in bad standing'. Er ist ab nun vogelfrei und wird uns nicht entkommen. Doch heute ist scheinbar nicht der richtige Tag und es bringt uns nichts als Ärger, wenn wir in diesem Kaff irgendwem den Krieg erklären oder uns gar selbst zerfleischen, ist das klar?"

Nun geriet die Menge außer Rand und Band, nachdem ihr Anführer das Todesurteil gegen Falco ausgesprochen hatte. Die Rocker klatschten wie wild, veranstalteten ein Hupkonzert, streckten die Daumen nach unten, rollten erneut ihre Transparente aus und brüllten aus Leibeskräften. „Tod dem Falco, Tod dem Falco!"

Der Herzog sonnte sich kurz in ihrem Applaus und riss dann aber seinen rechten Arm in die Höhe und stoppte das Gejaule. Dann aber tat er etwas, was alle verblüffte. Er steckte die Liste mit den anwesenden Clubmitgliedern in den Mund, begann langsam zu kauen und spuckte die speichelgesättigten Krümel dem vom Zorn erbleichten Kommissar vor die Füße.

Vielleicht war es Zufall, vielleicht Bestimmung, vielleicht Bestrafung – noch im selben Moment brachen alle Schleusen und heftiger Regen, gepaart mit einem aufkommenden Sturm überfiel meuchlings die kleine Stadt.

Der Herzog startete blitzschnell seine Harley, riss die Hand als Zeichen des Aufbruchs in die Höhe und fuhr als erster ab, die Karawane folgte ihm. Innerhalb von gerademal fünf Minuten war der Spuk beendet und der Parkplatz leer. Der Kommissar aber, klatschnass bis in die Unterhose, harrte nach einer ultrakurzen Schreckstarre noch minutenlang aus, von einem Ohr bis zu anderen wie Schulbub grinsend. Die

Anspannung der letzten Stunden fiel von ihm ab wie ein Blütenregen im Morgenwind. Die bedrohliche Situation hatte ein gutes Ende gefunden und seine Taktik, auf Zeit zu spielen, hatte hundertprozentig funktioniert

Vor Nässe tropfend, doch voll an Euphorie, rannte er die Stiegen hinauf in die Kanzlei. Das gesammelte Team erhob sich und klatschte Beifall.

„Seipelt, schnell, fahr mich ins Quartier, ich muss mich umziehen, bevor ich mich verkühle, alles andere besprechen wir später!"

Eine Stunde später war der Kommissar geduscht, umgezogen und wieder voll im Einsatz. Obwohl er es nach außen hin nicht zeigen wollte, so hatte ihm die erfolgreiche Konfrontation mit der Bikerhorde einen immensen Auftrieb gegeben. Seipelt wiederum, endlich wieder glücklicher Alleinherrscher der Polizeiinspektion Hochstätt, fuhr zum nächstgelegenen Supermarkt und kehrte mit einem Stapel Pizzakartons und einer Kiste Bier zurück.

Kalteis gab seinem Team eine halbe Stunde Zeit für die improvisierte Siegesfeuer. Alle waren froh, diese gefährliche Aktion heil überstanden zu haben. Nach und nach pendelte sich der Adrenalinspiegel der Teammitglieder wieder auf einen Normalzustand ein.

Kalteis blickte hinaus auf den bleigrauen Wolkenspiegel über Hochstätt. Es schüttete noch immer und auf dem nun leergefegten Parkplatz glänzte Motoröl in den Lacken. Seipelt und sein junger Kollege Reininger sammelten die leeren Pizzakartons und Bierflaschen wieder ein und warteten auf die weiteren Anweisungen des Kommissars.

Kalteis wischte sich den allerletzten Krümel von den Lippen, erhob sich und ging zur Wandtafel mit dem Spinnennetz der Ermittlungsdaten.

„Wir haben diesen bedrohlichen Moment gemeistert“, begann er mit seinen Ausführungen, „doch die Sache ist noch nicht ausgestanden. Tatsache ist jedoch, dass wir ein Stück in der Morderklärung weitergekommen sind. Es ist uns wohl allen klar, dass Gerry Winter der Mörder von Dagmar Trutzbichler ist. Nun gilt es, seiner habhaft zu werden. Ich wette ein Monatsgehalt darauf, dass er sich in den nächsten drei Tagen stellen wird. Er hat sich Jakob Hofer zum Todfeind gemacht, steckt damit bis über den Hals in der Scheiße und es bleibt ihm nur mehr die Wahl zwischen Pest und Cholera. Wir sind, bildhaft gesprochen, die Cholera, die ihm eine Überlebenschance bietet! Wenn er schlau ist, dann ergreift er diese Möglichkeit! Aber ich möchte ich euch kurz in die Welt der Rockerbanden, oder Outlaws, wie sie in den USA genannt werden, einführen.

Bei meiner dreimonatigen Schulung auf der FBI-Akademie in Quantico habe ich auch im Umgang mit den sogenannten ‚Outlaw Motorcycle Gangs‘ Erfahrung sammeln können. Dort wird mit härteren Bandagen gekämpft und im Vergleich mit dem, was sich da drüben mit solchen Gangs abspielt sind der Herzog und seinen Benzinbrüder die reinsten Waisenknaben. Es gibt dort sechs große Gruppen, die sich gegenseitig ständig in die Haare liegen. Die beiden größten Gruppen sind die ‚Bandidos‘ und die ‚Hells Angels‘, die ähnlich organisiert und weltweit tätig sind. Die Bandidos betreiben im Süden und Westen der Vereinigten Staaten einen schwungvollen Handel mit Kokain, Marihuana und Methamphetamin. Ihre unmittelbaren Konkurrenten, die Hells Angels, stehen ebenfalls ständig im Konflikt mit den Behörden, da sie neben dem Suchtgifthandel auch noch mit Schutzgelderpressung und Geldwäsche tätig sind. Viele von ihnen standen auch bereits wegen Mordes und schwerer Körperverletzung vor Gericht. Dann gibt es noch die

‚Mongols', die ebenfalls auf dem Rauschgiftmarkt unterwegs sind und ihre Territorien mit Mord und Totschlag verteidigen. Dazu kommen noch die ‚Outlaws' mit etwa 1700 Mitgliedern in derzeit 13 Ländern, die nicht nur im Drogenhandel, sondern auch auf dem Gebiet der Brandstiftung, Schutzgelderpressung und Zuhälterei tätig sind. Die gewalttätigste MC-Gang Amerikas sind jedoch die ‚Sons of Silence' die vor nichts zurückschrecken und außer all den vorgenannten Delikten auch noch im Waffenhandel tätig sind.

Sie alle aber haben noch eine Gemeinsamkeit und dass sind ihre heißgeliebten Harleys. Wie ihr soeben gesehen habt, sind diese der ganze Stolz der Rocker. Auch wenn sie selbst eher ungepflegt sind, so bringen sie viel Zeit mit der Pflege ihrer Motorräder zu.

Walter Davidson und Bill Harley haben diese Entwicklung sicher nicht vorhergesehen, als sie 1903 die erste funktionsfähige Maschine in Milwaukee aus ihrem primitiven Schuppen rollten. Die beiden Tüftler haben ganz klein angefangen und im Lauf der Jahrzehnte einen amerikanischen Mythos geschaffen. Sogar das Firmenlogo strotzt vor Patriotismus und in den Achtzigerjahren des 20. Jahrhunderts wurde das Motorrad zu einer amerikanischen Institution.

Am 4. Juli 1947 fand in der kalifornischen Kleinstadt Hollister ein großes Motorradtreffen der American Motorcyclist Association (AMA) statt, bei der es zu Unruhen und Auseinandersetzungen kam. Die amerikanische Presse berichtete daraufhin vom Hollister Bash in unterschiedlicher, meist unnötig drastischer Weise, wobei auch gestellte Fotos von angeblich betrunkenen und randalierenden Outlawbikern gezeigt wurden, von denen eines mit einem großen Artikel im Magazin Life erschien. In einer ersten Stellungnahme differenzierte sich die AMA von den randalierenden Bikern.

Nun aber gingen die sogenannten Outlaws auf Konfrontation. Wie der Ausdruck ‚Onepercenter' sagt, differenzieren sich nun diese Gangs von den anderen neunundneunzig Prozent der friedliebenden und rechtschaffenen Harley-Enthusiasten, die sich mit ihren Familien an den Wochenenden zu einer Ausfahrt mit dem Motorrad treffen und in deren Reihen Manager, Anwälte und biedere Familienväter zu finden sind.

Vor etlichen Jahren kam es in Berlin, aber auch in skandinavischen Städten, zu fast schon kriegerisch zu nennenden Auseinandersetzungen zwischen den Hells Angels und den Bandidos, bei denen es etliche Tote gab. Von solchen Eskalationen sind wir in Österreich gottseidank verschont geblieben. Das heißt aber noch lange nicht, dass unsere Freunde aus Linz Waisenknaben sind. Gut die Hälfte davon hat schon gesiebte Luft geatmet, wie wir aus Erfahrung, aber auch aus Falcos Rechtfertigung erfahren haben."

Der Kommissar hielt kurz inne, ging zum Fenster und sah nach der Wetterlage. Es regnete noch immer heftig, doch am westlichen Horizont riss die Wolkendecke bereits auf.

„Wir müssen uns über die weitere Vorgehensweise beraten und ich schlage vor, dass Neumann und der Kollege Reininger zu eine Erkundungstour aufbrechen. Macht eine Runde um die Stadt und schaut, ob die Luft rein ist. Zu neunundneunzig Prozent sind die Kerle bereits nach Linz unterwegs. Sie haben trotz ihrer geringen Gehirnkapazität wohl längst begriffen, dass sie ihren nunmehrigen Erzfeind Falco mit solchen Störaktionen nicht in ihre Gewalt bekommen, doch wir dürfen nichts unversucht lassen! Außerdem ist es wichtig, Präsenz zu zeigen! Mittlerweile haben es die biederen Hochstätter wohl schon mitbekommen, dass die Burschen abgerückt sind und die Gefahr damit vorbei ist! Macht deswegen zur Beruhigung der Gemüter eine Runde durch die Stadt.

Zeigt allen, wer hier das Sagen hat! Kurvt in der Gegend herum, schaut nach, ob sich eventuell ein versprengter Trupp irgendwo abseits der Bundesstraße versammelt hat und einen weiteren Einsatz plant. Ich glaube zwar nicht daran, aber wir müssen alle Eventualitäten ausschließen!“

Neumann und Reiniger machten sich auf den Weg. Schönkirchner hatte einstweilen die Fotos, die Neumann in den Reihen der Rocker gemacht hatte, auf dem Monitor bearbeitet. Seipelt holte Falco aus der Zelle.

Er hatte in der Zelle genau mitbekommen, dass seine ehemaligen Kumpel weg sind und wieder sein provokantes Grinsen aufgesetzt. Dem Kommissar gefiel dieses nicht und er nahm ihm sofort wieder den Wind aus den Segeln.

„Ihr unverschämtes Grinsen ist absolut fehl am Platz, das kann ich ihnen versichern!“, herrschte er ihn an, „Sie werden jetzt an Erwins Bildschirm ihre guten, alten Freunde, die ihnen nun nach dem Leben trachten, identifizieren!“

Falco gab kleinlaut nach und nahm neben Erwin Schönkirchner vor dem Bildschirm Platz und ging mit diesem Foto für Foto durch. Obwohl die Rocker ihren Masken trugen, konnte er aufgrund der Augenpartien und ihrer Motorräder alle Teilnehmer der Störaktion identifizieren und ermöglichte es Erwin so, deren Namen in den Fahndungslisten der Kriminalpolizei einzugeben. Mehr als die Hälfte der Mitglieder hatte Dreck am Stecken, von schwerer Körperverletzung bis hin zu Drogenhandel und dem Schulden von Unterhaltszahlungen.

Kalteis spürte instinktiv, dass Falco trotz all seiner scheinbaren Selbstsicherheit hochgradig nervös war, da er nicht wusste, was ihm bevorstand. Obwohl keine Notwendigkeit bestand, ihn weiter zu verunsichern, wurde er wieder in seine Zelle gesperrt.

Der Kommissar war noch immer verärgert wegen der Kaltschnäuzigkeit des Herzogs, als er ihm die Reste der zerkauten Mitgliederliste wie einen Fehdehandschuh vor die Füße gespuckt hatte. Er hatte die Herausforderung angenommen und beschlossen, keinen Stein auf dem anderen zu lassen. Deshalb hatte er Seipelt angewiesen, sich mit allen Polizeistationen auf der Strecke von Hochstätt bis Linz in Verbindung zu setzen.

Ignaz Seipelt, ergraut im jahrelangen Kampf mit Parkplatzsündern und Verkehrsrowdys, empfand diesen Befehl des Kommissars als einmalige Chance, endlich eine Belobigung seitens des Landespolizeikommandos zu bekommen und so hatte er einen Rundruf an die Kollegen in Bad Großpertholz, Sandl und Freistadt gestartet. Alle drei Polizeistationen konnten vermelden, dass eine Rockergruppe auf dröhnenden Harleys ihre Orte passiert hatten, also musste sich der Herzog mit seinen Kumpanen knapp vor Linz befinden. Die logische Folge war, die Kollegen in Linz zu verständigen. Schönkirchners Recherchen hatten nämlich ergeben, dass es für ein Mitglied der Gruppe einen Haftbefehl gab. Die Linzer Kollegen versprachen, die Meute an der Stadtgrenze zu stoppen.

Kalteis rieb sich die Hände, denn er ahnte, dass die Souveränität des Herzogs darunter sehr leiden und den Zusammenhalt der Gruppe gefährden würde. Doch nun war es an der Zeit, Falco ungefährdet aus der Gefahrenzone zu bringen. Er trommelte alle Mitglieder des Teams zusammen und teilte ihnen seinen Entschluss über die weitere Vorgehensweise mit.

„In den nächsten Minuten wird der Herzog mit seiner Gang von der Polizei irgendwo im Großraum Linz gestoppt werden. Die werden kaum Milde walten lassen, sich bei der Kontrolle genug Zeit lassen und den gesuchten Rocker festnehmen. Das gibt uns ein Zeitfenster für die ganze Nacht. Weder der Herzog, noch irgendein anderer der rauen Kerle wird sich in der nächsten Zeit hier blicken lassen. Wir werden einen Staffellauf mit Falco in der Mitte unternehmen. Du, Seipelt, wirst mit Reininger den Falco bis Zwettl eskortieren und dort den Kollegen übergeben. Die sollen ihn bis Gföhl begleiten und die Gföhler die Etappe bis Krems übernehmen. Damit müsste jegliche Gefahr für unseren ‚Mandanten' vorbei sein und der soll tun, was er will. Seine Untersuchungshaft ist offiziell aufgehoben und er ist ein freier Mann. Ob er jemals wieder glücklich wird, ist eine andere Frage, denn für die Gang und all den anderen Bruderschaften ist er ab nun vogelfrei! Doch das soll nicht unser Problem sein, das hat er sich selber eingebrockt! Wir aber werden mit aller Kraft gegen Gerry Winter weiter ermitteln!"

Er ging zu Falco in die Zelle. Der saß wie ein Häufchen Elend auf der Matratze. Wahrscheinlich dämmerte es ihm schön langsam, auf welch gefährliches Spiel er sich da eingelassen hatte. Kalteis teilte ihm mit, dass es nun keinen Grund mehr gebe, seine Untersuchungshaft zu verlängern und er ab nun ein freier Mann sei. Zu seiner Sicherheit würde seine Fahrt bis nach Krems von der Polizei gewährleistet sein.

Fünfzehn Minuten vor Mitternacht drehte Reininger noch eine Runde durch die Stadt. Die Stille war schmerzlich hörbar, nirgendwo brannten Lichter in den Fenstern, die Straßen und Gassen waren menschenleer. Kalteis gab das Startzeichen zum Aufbruch. Seipelt und Reiniger spielten die Vorhut und warteten mit laufendem Motor, bis Falco sein Motorrad aus der Garage geholt hatte. In Blitzesschnelle waren sie fort. Kalteis klatschte in die Hände und schob sich erstmals an diesem denkwürdigen Tag eine seiner geliebten Schokoladenkugel in den Mund. Eine halbe Stunde später kam von Seipelt die

Nachricht, dass er Falco ohne Schwierigkeiten an die Zwettler Kollegen weitergereicht hatte. Es war wie bei einem olympischen Staffellauf, in dem Falco das Staffelholz war!

Zwei Tage lang tat sich nichts. Obwohl die Kollegen der Kripo Oberösterreich ständig die Bahnhöfe und Autobushaltestellen sowie alle jene Orte, an denen sich Gerry aufhalten könnte, im Auge hatte, blieb er spurlos verschwunden. Doch am dritten Tag überschlugen sich die Ereignisse. Zuerst kam ein Anruf von der Justizstrafanstalt Garsten, dass Max Koupal seinen schweren Verletzungen erlegen war. Einen kurzen Moment lang gestattete sich Kalteis eine Art Schuldgefühl, doch Max hatte die Herausforderung gesucht und sie nicht bestanden. Drei Stunden später kam es zum Showdown, mit dem niemand gerechnet hatte. Der Linzer Anwalt, mit dem Kalteis schon zu tun hatte, meldete sich mit einer sensationellen Nachricht: Gerry Winter war gemeinsam mit Jakob Hofer in seiner Kanzlei aufgetaucht! Ein Jubelschrei des Kommissars hallte durch das Büro der Polizeiinspektion Hochstätt.

Der Anwalt berichtete ihm von einer denkwürdigen Amtshandlung, die er so noch nie erlebt hatte. Gerald Winter überschrieb mit einem Schenkungsvertrag seine geliebte Harley-Davidson seinem ehemaligen Kumpel Jakob Hofer vulgo „der Herzog“! Doch es kam noch besser – Gerry wollte sich der Polizei stellen!

Kalteis war wie vom Donner gerührt. Mit dieser Entwicklung hatte er nicht gerechnet, doch sie war die logische Schlussfolgerung seines Appells an Jakob Hofer!

Gerry hatte seine Schulden beim Herzog mit der Schenkung des Motorrads wohl abbezahlt und zweifelsohne hatte ihm sein Anwalt nahegelegt, sich zu stellen. Seiner Ansicht nach lag keine Tötungsabsicht vor und Dagmars

Tod war eher ein Unfall gewesen, den sie selbst verschuldet hatte!

Seipelt, Neumann und Reininger setzten sich sofort Richtung Linz in Bewegung, um Gerry abzuholen. Kalteis sammelte gemeinsam mit Schönkirchner einstweilen Daten und Fakten und bereitete sich auf das Verhör vor.

Am späten Nachmittag bezog Gerald „Gerry" sein neues Quartier auf der Polizeiinspektion Hochstätt. Auch er hatte sich logischerweise verändern müssen, um seinen Häschern zu entgehen. Die Zottelhaare waren ebenso der Schere zum Opfer gefallen wie der lange Bart. Plötzlich sah er stinknormal aus. Doch Angst schnürte ihm die Kehle zu, denn er stand zwischen den Fronten, wobei jene der Polizei wenigstens nicht lebensbedrohend für ihn war. Sein größtes Problem war zweifelsohne der Herzog. Dessen Rache würde grausam sein und dieser würde ihn mit seinen Kumpels bis an sein Lebensende jagen.

Diesmal durfte es keine Nachlässigkeiten geben. Gerry wurde ausgezogen bis auf die Unterhose. Neumann leerte seine Taschen aus, nahm ihm das Handy, die Geldbörse, einen Schlüsselbund und den Führerschein. Schönkirchner erledigte die erkennungsdienstlichen Details wie Fingerabdrücke und Speichelprobe. Um nicht gleich mit der Tür ins Haus zu fallen, forderten sie Gerry auf endlich auszusagen und ein Geständnis abzulegen.

Er war bei einem Schulfreund in Linz untergetaucht, der ihn jedoch nach dem Fahndungsaufruf im Fernsehen kurzerhand vor die Tür gesetzt hatte. Als letzter Ausweg blieb ihm seine Tante in Freistadt, auch wenn die Gefahr groß war, dass sie überwacht wurde. Irgendwie gelang es ihm, sich im Schutze der Dunkelheit bei ihr einzuschleichen. Sie beschwor ihn, sich selbst zu stellen, bevor er von der Gang zu Tode gejagt wurde. Nur bei der Polizei konnte er seines Lebens sicher sein. Doch es kommt meistens anders als man denkt. Nach einer schlaflosen Nacht standen Jakob Hofer und drei seiner Handlanger nicht nur vor der Trafik, sondern auch beim Hintereingang. An eine Flucht war nicht zu denken, nun war Coolness und Verhandlungsgeschick seine einzige Chance. Hofer, genannt „der Herzog“ zog ihn am Gürtel kurzerhand in den Hof hinein.

„Du bist so gut wie tot und du weißt es auch. Ich liebe es nicht, von meinen Mitbrüdern betrogen zu werden. Mir ist es egal, ob du diese Schickse nun um'bracht hast oder nicht, aber ich kann es nicht zulassen, von einem Mitglied der Gang hintergangen zu werden. Ich kann dort nicht meinen Ruf aufs Spiel setzen und deshalb muss ich an dir ein Exempel setzen, das verstehst du doch, oder?“

Gerry zitterte am ganzen Leibe und brachte kein Wort heraus. Bitten, weinen, um Gnade winseln waren unnötig, wie er wusste. Er hatte selbst einmal kräftig zugeschlagen, als ein Mitglied der Gang abgeurteilt worden war und wusste, dass er keine Gnade erwarten konnte. Jakob zog ihn in den Holzschuppen hinein und griff zur Axt. Gerry weinte wie ein kleines Kind und machte sich in die Hose. Der „Werwolf“, Jakobs Stellvertreter, umklammerte ihn und legte seine linke Hand auf den Hackstock.

„Du weißt doch, was man in Saudi-Arabien mit Dieben macht. Man hackt ihnen kurz und bündig die linke Hand ab!“

Gerry brach ohnmächtig zusammen, der Werwolf ließ ihn los. Zehn Minuten später schlug er die Augen wieder auf. Jakob Hofer stand drohend vor ihm und kratzte sich seinen Bart. In dem Moment wurde es Gerry bewusst, dass er noch einmal davongekommen war. Der Herzog zeigte sich königlich gütig und stellte seine Bedingungen.

„Nummer Eins. Du fährst jetzt mit uns nach Linz. Wir gehen zu unserem Anwalt und der stellt einen Schenkungsvertrag aus, mit dem du mir deine Harley schenkst. Nummer Zwei. Nachdem dieser Akt deiner Großzügigkeit meine Großzügigkeit wieder wettmachte, stellst du dich der Polizei. Der Anwalt wird auf Totschlag plädieren und du kommst nach maximal drei Jahren wieder frei. Das ist deine allerletzte, ultimative Chance und du hast sie nur meiner Großherzigkeit zu verdanken. Wenn du das nicht akzeptierst, landest du spätestens morgen als Wasserleiche in der Donau, hast du mich verstanden? Wir können es uns nicht leisten, wegen dir ständig im Scheinwerferlicht der Kripo zu stehen, deshalb schmeißen wir dich aus der Bruderschaft. Du hast gegen unsere Gesetze verstoßen und bist nicht mehr willkommen. Was immer auch mit dir passiert, ist uns egal, du stehst ab sofort nicht mehr unter dem Schutz der Gang, ist das klar?"

Der Werwolf, der als Sozius des Chefs aus Linz gekommen war, band ihn mit einem Strick auf den hinteren Sitz seiner eigenen Maschine. Dann bewegte sich der Trupp in Richtung Linz weiter.

Kalteis nahm Gerrys Geschichte achselzuckend zur Kenntnis, die Schonfrist war vorbei. Schönkirchner bereitete alles für das Verhör vor. Kalteis und Gerald Winter nahmen ihre Plätze am Verhandlungstisch ein.

„Wo waren Sie in der Nacht vom 10. auf dem 11. Juli 2021?", begann der Kommissar die erste Einvernahme des mordverdächtigen Gerald Winter, genannt Gerry.

„Im Hochstätter Herrschaftswald!"

„Wie sind Sie dort hingekommen und in welcher Absicht?"

„Ich bin mit meinem Motorrad von Linz nach Hochstätt gefahren, weil ich Dagmar Trutzbichlers Schulden eintreiben wollte!"

„Wie hoch war die Summe und wie entstand sie?“

„Es waren 5.000,-- Euro, die mir diese Frau für meine letzte Lieferung noch schuldig war!“

„Was haben Sie geliefert?“

Gerry druckste herum, wollte mit der Sprache nicht heraus. Der Kommissar sah ihn scharf an. „Wir wissen, was Sie geliefert haben, aber ich möchte es aus ihrem Mund hören!“

„Ich hab' ihr Kokain geliefert. Sie war süchtig bis zum Geht-nicht-Mehr!“

„Wer war Ihr Großhändler, Ihr Dealer?“

Gerry schwieg. Seine Angst vor dem Herzog war riesengroß und er konnte seinen Namen nicht preisgeben. Es war ihm klar, dass ihn die Kripo seit Urzeiten in der Kartei hatten. Für Kalteis war diese Aussage nicht wichtig, seine Ermittlung betraf nur den Mord, mit der Rauschgiftsache würden sich die Kollegen vom Drogendezernat befassen. Also kam er sofort auf den Punkt.

„Haben Sie Dagmar Trutzbichler getötet?“

„Nein, Herr Kommissar, das war nichts anderes als ein bedauerlicher Unfall, den sie selbst ausgelöst hat!“

„Beschreiben Sie genau, was bei dieser Zusammenkunft passiert ist.“

„Ich war zwei Tage zuvor bei ihr im Haus. Das muss der 8. Juli gewesen sein, sie hatte gerade mal 2.000 Euro im Safe und die hat sie mir gegeben. Die weiteren 3.000 Euro würde ich Samstagabend bekommen, da sollte ich aber nicht zu ihr ins Haus kommen, da ihr Nachbar sie ständig bespitzelt und ohnehin schon viel zu viel geredet wurde über ihren Umgang mit so rüden Kerlen“ - er musste über sich lachen – „wie mich. Sie hat mir dann genau erklärt, wo wir uns um 22 Uhr treffen würden. Dort ist dann alles schiefgelaufen!“

„Hatten Sie die Absicht, Dagmar Trutzbichler zu töten?"

„Nie im Leben, das können Sie mir glauben, Herr Kommissar! Wir haben uns zuerst gut unterhalten. Plötzlich ist sie rabiat geworden und wollte mir 1.000 Euro herunterhandeln und es kam zum Streit. Sie beschimpfte mich maßlos, nannte mich einen Betrüger und Vergewaltiger und rannte in einem Höllentempo davon. Ich war einen Moment lang perplex, dann rannte ich ihr nach. Als ich sie eingeholt hab', ist plötzlich ihr Schal um meine Augen geflattert und ich hab' seine Enden mit beiden Händen gepackt und fest angezogen. Ich wollte ja nur, dass sie endlich stehenbleibt und zur Vernunft kommt! Aber dann hab' ich den Ruck gespürt, als ich sie in ihrem Lauf gebremst hab'. Dabei hat sie sich selbst erwürgt."

„Haben Sie das mit Ihrem Anwalt ausgemacht?"

Gerry sprang von seinem Sessel auf und schrie Kalteis an.

„Es war genau so, wie ich es Ihnen jetzt erzählt habe, das müssen Sie mir glauben, Herr Kommissar! Ich habe nie die Absicht gehabt, sie zu töten! Das Ganze war ein bedauerlicher Unfall, ein tragischer Moment, der von höheren Mächten beeinflusst wurde! Ich bin unschuldig!"

Kalteis verdrehte die Augen. Plötzlich sollen höhere Mächte im Spiel gewesen sein? Gab es am Ende gar einen Schutzheiligen der Drogendealer? Das schlug dem Fass den Boden aus! Nun hatte die Geduld des Kommissars ein Ende. Es war Zeit, eine höhere Gangart einzuschlagen. Mit aller Kraft drückte er Gerry auf seinen Sessel nieder und maß ihn mit feurigem Blick.

„Es ist immer wieder dasselbe mit euch Brüdern. Gewalt anwenden den Schwächeren gegenüber, keine Spur von Reue zeigen und sich dann vor der Verantwortung drücken! Doch dieses Spiel ist ein für alle Mal aus! Bei mir gelten andere Spielregeln und jetzt möchte ich wissen, wie es weitergegangen ist. Mit kurzen, präzisen Angaben, ohne Ausflüchte, ohne Wenn und Aber. Haben Sie mich verstanden?“

Gerry nickte, gab sich plötzlich kleinlaut. „Ich war total verzweifelt und zog sie vom Weg ein kleines Stück in den Wald hinein. Dann habe ich ihre Handtasche mit der Geldbörse genommen, die teure Armbanduhr von ihrer Hand gestreift, die Halskette abgenommen und bin so schnell wie möglich abgehauen!“

„Was haben Sie mit der Handtasche gemacht?“

„Nachdem ich alles genommen hab', was interessant war, habe ich sie unter der Fahrt auf eine Wiese geschleudert.“

Kalteis nickte. „Sie haben die wertvolle Uhr einem Linzer Juwelier zum Verkauf angeboten, doch dem war die Sache zu heiß. Wo ist die Uhr jetzt und wo die Geldtasche aus Karpfenleder und Dagmars Schmuck?“

„In einem sicheren Versteck in Linz“, lautete die vage Antwort.

Kalteis wurde unruhig. Ihm war das Versteck ja ohnehin bekannt, doch es war wichtig für ihn zu erfahren, ob Gerry log.

„So weit sind wir auch schon, doch Linz ist groß. Also heraus mit der Sprache, wo ist dieses geheimnisvolle Versteck?“, fuhr er ihn schroff an.

Gerry schwieg. Kalteis drohte.

„Ich möchte aus Ihrem Mund hören, was wir bereits wissen. Heraus mit der Sprache! Sonst ziehe ich hier ganz andere Saiten auf, haben Sie mich verstanden!“

Nun gab Gerry klein bei und sprach bereitwillig über das lose Fußbodenbrett in dem verlassenen Haus im Hafenviertel. Ein paar Minuten später waren Kalteis und Neumann mit dem geständigen Gerald „Gerry“ Winter unterwegs nach St. Pölten. Erwin Schönkirchner blieb noch in Hochstätt, um das Equipment der Kripo abzubauen.

Dann begann das zermürbende Prozedere der Justiz. Kalteis und Neumann lieferten Gerry beim zuständigen Haftrichter ab und übergaben ihm dem vollständigen Akt über die Ermittlung. Nach einem ausführlichen Studium des Aktes wurde Gerry vom Haftrichter erneut verhört. Anschließend beriet sich der Richter mit dem zuständigen Staatsanwalt. Dieser schloss die Möglichkeit, dass der Tod von Dagmar Trutzbichler durch eine tragische Verkettung unglücklicher Umstände verursacht worden sein könnte, sofort aus. Nach Aussage des Verhafteten war es kein geplanter Mord gewesen, sondern eine Affekthandlung, was wiederum als Totschlag bewertet werden könnte. Doch auch die Anklage wegen Totschlags stand auf tönernen Füssen. Schließlich entschied sich der Staatsanwalt, Gerald Winter wegen des Mordes an Dagmar Trutzbichler anzuklagen. Der Besitz von Suchtmitteln und der Handel damit würde in einer Nebenklage behandelt werden, außerdem beantragte der Staatsanwalt die Untersuchungshaft für den Delinquenten. Aufgrund der ständigen Überlastung des Gerichts war in den nächsten drei Monaten mit einer Verhandlung wohl nicht zu rechnen.

Geschlagene zwei Stunden stand Kommissar Kalteis dem Leiter des Ermittlungsbereiches EB LKA 1 (LL), sprich Abteilung Leib/Leben, Rede und Antwort. Dieser zeigte sich hocherfreut über die ausgezeichnete Ermittlungsarbeit unter der Führung des Kommissars. Es passierte nicht oft, dass so ein komplizierter Fall, bei dem es nur einen Zeugen, aber kein unmittelbar sichtbares Motiv gab, innerhalb von zwei Wochen aufgeklärt wurde. Wohlwollend wurden Kalteis, Schönkirchner und Neumann Belobigungen zugesprochen. Eine Pressekonferenz würde am nächsten Nachmittag stattfinden. Kalteis wurde angewiesen, einen Frage-Antwort-Katalog zusammenzustellen, um für heikle Fragen der Journalisten gewappnet zu sein.

Kalteis war kein Freund solcher Pressekonferenzen. Wie üblich würden sich sein Chef und der zuständige Staatsanwalt im Lichte des Ermittlungserfolgs seines Teams in der Öffentlichkeit sonnen. Außerdem hasste er dieses Frage-und-Antwort-Spiel, bei dem man dumm gestellte Fragen keineswegs dumm beantworten durfte. Sie liefen im Prinzip immer nach dem gleichen Schema ab.

Doch der Fall Trutzbichler hatte seine Eigenheiten und es hatte in der Vergangenheit schon Mordfälle gegeben, bei denen die Boulevardblätter plötzlich den Täter zum Opfer hochstilisierten. Warum hatte Dagmar das Treffen spätabends in einem Wald vorgeschlagen? Warum hatte sie nicht die ganze Schuldensumme bei sich? Was hatte sie dazu angetrieben, die Gesellschaft dieser wilden Rabaukengruppe zu suchen? Die Gerichtsreporter würden den Lebenslauf der Dagmar Trutzbichler von A bis Z zerpflücken und sie als süchtiges, männermordendes Luxusweib hinstellen, das selbst den Tod herausgefordert hatte. Der tatverdächtige Gerald „Gerry" Winter wäre dann plötzlich das Opfer einer zerrütteten Familie, in der der Vater ein Trinker und Schläger war und er selbst in der Erziehungsanstalt quasi den letzten Schliff für eine Verbrecherlaufbahn erhalten hatte. Kalteis kannte dieses Spielchen mit der Mitleidsmasche. Er wusste genug über die Prägungen, die man als Kind und Jugendlicher von so desolaten Familienverhältnissen mitbekam, doch für ihn blieb Gerry Winter eine tickende Zeitbombe, die hinter Schloss und Riegel gehörte!

Tatsächlich tauchte bei der Pressekonferenz die Frage auf, ob man den Mord nicht eher als unglücklichen Unfall behandeln sollte. Kalteis hätte ja bewiesen, dass keine Mordabsicht vorgelegen war! Eine Menge unangenehmer Fragen prasselten auf den Kommissar ein. Ob Gerald Winter schon früher einmal als Dealer verhaftet wurde? Ob Dagmar Trutzbichler seine einzige Kundschaft war und, und, und ...

Kalteis beantwortete die Fragen auf Ehre und Gewissen, hielt sich jedoch ein paar Optionen zurück. Er hatte einen außergewöhnlichen Mordfall innerhalb von nur zwei Wochen aufgeklärt, der Mörder hat seine Tat gestanden und alles andere sei nun Sache des Gerichts und bis zu einer Urteilsverkündigung bleibt Gerald Winter in Untersuchungshaft! Mit diesem kurzen Statement fand die Pressekonferenz ihr Ende.

Noch am selben Abend trafen sich Kalteis, Schönkirchner und Neumann bei einem Italiener. Der Kommissar hatte zu Pizza und Lasagne eingeladen und mit einer Flasche Barolo wurde der Erfolg des Ermittlungsteams gefeiert. Nachdem eine zweite Flasche entkorkt worden war, gestattete sich Reinhart Kalteis eine kurze Schlussbemerkung.

„Wir können stolz sein auf unsere Arbeit. Wir haben in Rekordzeit einen Fall geklärt, in dem es keinerlei wirklich wertvolle Beweise gab und nur einen einzigen Zeugen. Wenn wir diesen genannt hätten, wäre die ganze Ermittlung geplatzt. Der Staatsanwalt, die Presseleute und die biederen Hochstätter Bürger wären über uns hergefallen, da wir einem verrückten, asozialen Waldmenschen, der in kein herkömmliches Schema passt, geglaubt hatten. Vor Gericht wäre Sepp Huber als unglaubwürdig abgestempelt und wahrscheinlich gar nicht erst als Zeuge zugelassen worden. Deshalb dürfen wir das nicht an die große Glocke hängen. Inwieweit Gerrys Anwalt dabei mitspielen wird, ist die große Frage. Der wird seinen Mandanten mit Klauen verteidigen in der Hoffnung, dass die Anklage nicht auf Mord oder Totschlag lauten wird, sondern er wird die ganze Angelegenheit als verhängnisvollen Unfall deklarieren. Er wird mich in den Zeugenstand rufen und mit seinen Fragen bis aufs Blut sekkieren. Mit hundertprozentiger Sicherheit wird er mich für den Tod Max Koupals in der Haft verantwortlich machen und den Ganoven zu einem Märtyrer hochstilisieren.

Schönkirchner, Freund und Stellvertreter, teilte die Sorgen des Kommissars. „Der Kerl ist mit allen Wassern gewaschen. Doch allein die Tatsache, dass er Anwalt eines gewalttätigen Rockers ist, wird ihm beim Richter und beim Staatsanwalt keine Sympathiepunkte einbringen. Wenn es hart auf hart dabei zugeht, musst du die Rolle vom Herzog als Drogendealer und Auftraggeber für die tödliche Prügelei an Max Koupal offenlegen. Dabei kannst du auch Zweifel anmelden, ob nicht der Anwalt selbst über die Aussage von Max Koupal damals beim Zahnarzt in Linz geplaudert hatte. Denn dann hätte er den Anstoß für den Tod seines Mandanten gegeben. Mit solcherlei Fragen kannst du den Anwalt in Verlegenheit bringen und die Geschworenen verunsichern. Außerdem kann es nicht schaden, die Rolle des Angeklagten als Teil einer kriminellen Bande herauszustreichen."

Jetzt funkte Neumann dazwischen. „Das sollte für die Geschworenen und den Richter doch Grund genug sein, um Gerry für zehn Jahre einzubuchten! Er hat das Mordopfer mit Drogen beliefert, missbraucht, umgebracht und seine Tat gestanden!"

Kalteis nahm einen Schluck des ausgezeichneten Rotweins. „Wir sollten uns gar nicht so viel Gedanken machen. Bis zum Prozess können noch ein, zwei Jahre vergehen, so wie unsere Gerichte derzeit überlastet sind. Da türmen sich jahrelang bereits riesige Aktenberge auf, die auf eine Verhandlung warten!"

Wieder war es der Jungspund, der Kalteis und Schönkirchner mit einem handfesten Argument fast aus den Socken holte. „Ich wette mit euch, dass der Prozess spätestens in drei Monaten stattfindet. Unser aller Freund, der Herr Vorstandsdirektor Doktor Rüdiger Trutzbichler hat doch vor zehn Jahren eine Lebensversicherung über 500.000,- auf den Tod seiner Frau abgeschlossen. Der lässt doch mit Sicherheit seine Verbindungen spielen, damit der Prozess so früh wie nur möglich über die Bühne geht. Der verkehrt doch in den allerhöchsten Kreisen und kennt viel einflussreiche Leute und hat sicher nichts dagegen, wenn dieses hübsche Sümmchen auf seinem Konto eingeht!"

Kalteis klopfte Neumann respektvoll auf die Schulter. Noch im selben Moment brachte der Ober die dritte Flasche Barolo und beendete damit alle vor Sorge triefenden Grübeleien und das Trio feierte bis in die frühen Morgenstunden seinen großartigen Erfolg!

7.

Erstaunlicherweise hatte Neumann mit seiner Ankündigung, dass der Prozess früher stattfinden würde, recht behalten. Es war vorstellbar, dass Dr. Trutzbichler im Hintergrund an den richtigen Fäden gezogen hatte. Er war aus Eigennutz daran interessiert, dass der Fall so rasch wie möglich verhandelt wurde. Erstens wollte er einen Schmutzkrieg um seine Person vermeiden und zweitens die Lebensversicherung seiner Gattin kassieren. Nicht einmal zwei Monate nach der Aufklärung des Mordes wurde Kommissar Kalteis vom zuständigen Staatsanwalt angerufen. Er solle doch so freundlich sein und in die Kanzlei zu ihm kommen, um noch einige strittige Punkte zu klären. Für Kalteis war dies durchaus kein Einzelfall, dass Haftrichter oder Staatsanwalt vor einer Verhandlung noch zusätzliche Details zum Fall benötigten.

Der Staatsanwalt zeigte Bedenken betreffs der Aussage von Max Koupal und die mysteriöse Art seines Todes in der Haftanstalt. Der Umstand, dass der Linzer Anwalt nicht nur Gerry vertritt, sondern auch der Anwalt von Max Koupal war, könnte für Reibereien bei Gericht sorgen. Kalteis beruhigte den Staatsanwalt, dass Max sein Geständnis auf eigenen Wunsch im Beisein ebendieses Anwalts abgelegt hatte. Sein Pech war es allerdings, dass irgendwer in der Bruderschaft davon erfahren hatte. Im so genannten Ehrenkodex des Clubs waren Verrat und die Zusammenarbeit mit der Polizei das schwerste Vergehen überhaupt.

Doch auch die Rolle Falcos war dem Staatsanwalt nicht klar. Kalteis spürte instinktiv, dass es nun auch um seinen Kopf ging, denn schließlich hatte er dessen Freilassung zu verantworten. Mit all seiner Erfahrung und unter Aufbietung all seiner Redekunst konnte er den Staatsanwalt überzeugen, dass Falcos Alibi in der Tatnacht absolut wasserdicht war und er weder mit dem Mord noch mit der Drogengeschichte zu tun. Die Untersuchungshaft wäre zweimal verlängert worden und dann hätte es keine Begründung mehr gegeben, ihn nicht freizulassen. Als Beweismittel dienten die Tagebücher der Toten, in denen G. und M. immer als die Bösen genannt und F. stets als liebevoll geschildert wurde. Außerdem sei er ja aus Liebe zu Dagmar aus der Bruderschaft ausgetreten, wodurch er ebenfalls gegen den Ehrenkodex verstoßen hätte und auch als Verräter gejagt worden wäre.

Abschließend legten Kalteis und der Staatsanwalt eine gemeinsame Strategie fest. Sollte Gerrys Anwalt irgendwelche Tricks versuchen, dann würde ihn der Staatsanwalt über seine Beweggründe fragen, wie er auf die Idee gekommen wäre, ausgerechnet eine Gruppe zu vertreten, in der Gewalt und Drogenhandel an der Tagesordnung stünde. Außerdem erklärte sich Kalteis bereit, als Zeuge aufzutreten, wenn es unbedingt notwendig wäre.

Es kam, wie es kommen musste! Wie es voraussehbar war. Gerrys Anwalt strapazierte elendslang die schwere Kindheit seines Mandanten in einem zerrütteten, von Gewalt und Alkoholexzessen geprägten Milieu. Ein Umfeld, in dem man von heute auf morgen lebte mit beschränkten finanziellen Möglichkeiten, sprichwörtlich eben „von der Hand in den Mund". Von der Einweisung in eine Erziehungsanstalt, wo er mit gleichgesinnten asozialen Burschen zusammenkam, die Automaten knackten, Opferstöcke ausraubten und alten Damen ihre Handtaschen stahlen. Wie er später in der Bruderschaft der Biker Schutz und Geborgenheit fand, wo es ein strenges Regulativ gab und er sich gut aufgehoben und beschützt fühlte. In der jeder seinen bestimmten Platz hatte und

Gerry gezwungen worden war, Drogen zu verkaufen und dadurch zur Finanzierung der Gemeinschaft beizutragen. Dann kam er auf das Mordopfer zu sprechen. Sie hatte sich freiwillig der Gruppe angeschlossen, freiwillig zu Kokain gegriffen, um ihre gescheiterte Ehe ein wenig erträglicher zu machen. Sie war seelisch überaus labil, was ja durch ihre sexuellen Neigungen eindeutig bewiesen wäre, da sie nachweislich mit allen drei Freunden sexuelle Beziehungen gepflegt hatte. Auch ihre wiederholten Besuche in einem Swingerklub weisen auf eine schwere Persönlichkeitsstörung hin und so sei es ihr wohl nicht bewusst gewesen, welches Risiko sie dabei letztendlich einging. Obwohl sie gutsituiert gewesen wäre, hätte sie Schulden bei Gerald Winter angehäuft und sich letztendlich geweigert, diese in vollem Umfang zu bezahlen. Dadurch hätte sie seinen Mandanten in eine gefährliche Lage gebracht, da dieser wiederum seinen Lieferanten nicht bezahlen konnte. Der Anwalt stellte Gerry als kleines Rädchen in der Verteilermaschinerie dar, als allerunterstes Glied in einer brutalen Organisation. Immer wieder kam er auf die Rolle von Max Koupal und Falco zu sprechen. Er war der Ansicht, dass Falco der intelligente Drahtzieher des berüchtigten Dreigestirns gewesen wäre und Gerald Winter und Max Koupal als willigen Handlanger benutzt hätte. Falco wurde seines Erachtens nach unberechtigterweise aus der U-Haft entlassen. Sein Geständnis wäre ein Verrat an seinen Freunden Max und Gerry gewesen. Der Tod von Dagmar Trutzbichler aber, stellte er abschließend fest, wäre als Unfall zu werten, als eine Verkettung unglücklicher Ereignisse. Ihre Zusammenkunft im nächtlichen Wald sei ja anfänglich harmonisch verlaufen und wäre erst aus der Bahn geraten, als sie Gerry nicht den vereinbarten Betrag zahlen wollte. Es wäre keineswegs die Absicht seines Mandanten gewesen, Dagmar Trutzbichler zu ermorden. Sie sei davongelaufen, er ihr hinten nach und hätte sie bei den Enden ihres Schals gepackt, um sie zum Stehen zu bringen. Durch den plötzlichen Ruck wäre sie in ihrer Vorwärtsbewegung urplötzlich gestoppt und dabei unglücklicherweise der Kehlkopf eingedrückt worden, was zu ihrem Erstickungstod geführt hätte. Doch es wäre weder ein geplanter Mord noch eine Affekthandlung, sondern ein bedauerlicher Unfall gewesen. Sein Mandant bekenne sich nicht schuldig im Sinne der Anklage. Die Anklage auf Mord sei damit hinfällig, als einzige Delikte seien einzig und allein Raub und Drogenhandel zu werten.

Der Staatsanwalt bezog sich zuallererst auf die vorsätzliche Handlung von Gerald Winter, Dagmar Trutzbichler süchtig und damit auch abhängig von ihm gemacht zu haben. Man hätte sie, beginnend mit der Zusammenkunft am Teich, bewusst mit Drogen vollgestopft und ihr damit das Geld aus der Tasche gezogen. Man hätte ihre, durch die Trennung von ihrem Mann verursachte, labile Schwäche total ausgenutzt und sie wieder und wieder zum Kokainkonsum gezwungen. Wie aus ihren Tagebüchern der Jahre 2020 und 2021 (Beweismittel 1, 2) eindeutig hervorginge, wäre sie bei den Belieferungen sowohl von Gerald Winter als auch von Max Koupal zum Geschlechtsverkehr gezwungen worden. Im Gegensatz dazu benenne sie ihre Vereinigungen mit Falco immer als zärtlich und liebevoll. Schließlich war ihre Liebe zu ihm die Ursache für Falcos Gesinnungswandel gewesen. Die beiden wären Hals über Kopf verliebt gewesen und hätten eine gemeinsame Zukunft geplant. Es sei offensichtlich, dass er mit aller Macht versucht habe, aus dem kriminellen Milieu auszubrechen. Die Aussage von Leopold Fahrnleitner, genannt Falco, beweise eindeutig, dass er unschuldig sei. Man könne ihn weder mit dem Mord noch mit dem Drogenhandel seiner

Freunde Gerry und Max in Verbindung bringen. Da er ein Alibi für die Tatnacht vorweisen konnte, musste er auf freien Fuß gesetzt werden.

Gerald Winter hat schließlich den Mord an Dagmar Trutzbichler gestanden. Ob diese Tat nun als Affekthandlung mit Todesfolge oder vorsätzlich geplanter Mord beurteilt würde, sei Sache des Geschworenengerichts. Gerald Winter sei kein unbeschriebenes Blatt, sein Vorstrafenregister gäbe uns darüber Auskunft. Schwere Körperverletzung, Drogenhandel und Drogenkonsum seien verdammenswerte Konflikte, die ihn an den Rand der menschlichen Gesellschaft gedrängt hätten. Sein Leben wäre durch Gewalt und brutale Härte geprägt und es sei nicht zu erwarten, dass auch er sich besinnen und einen gewaltfreien Weg in ein anständiges Leben antreten würde. Die Staatsanwaltschaft plädierte für ein Strafausmaß von zehn Jahren!

Nach zwei Stunden Beratungszeit kamen die Geschworenen zu einem einstimmigen Urteil: Gerald Winter, genannt Gerry, wurde der schweren Körperverletzung mit Todesfolge an Dagmar Trutzbichler schuldig gesprochen. Er wurde in die Justizstrafanstalt Stein eingeliefert, wo er für die nächsten zehn Jahre sein Quartier mit Vollpension auf Kosten der Republik Österreich bezog!

Drei Tage nach der Urteilsverkündung fanden ungarische Grenzpolizisten in einem Gebüsch die übel zugerichtete Leiche eines Mannes. Anhand seines Führerscheines konnte er als Leopold Fahrnleitner identifiziert werden. Um seinen Hals hing ein Schild mit der Aufschrift „Verräter“.

Damit fand das Dreigestirn der feuerspeienden Drachen ein unrühmliches Ende!

Einen Monat später, an einem Sonntagnachmittag, standen Seipelt und Kalteis erneut vor der großen Esche im Herrschaftswald. Seipelt hatte tags zuvor seinen 55. Geburtstag gefeiert und seinen Freund dazu eingeladen. Sie genossen die Stille des Waldes, die gelegentlich von fröhlichem Vogelgezwitscher untermalt wurde. Ignaz Seipelt durchbrach als erster das Schweigen des Waldes.

„Glaub mir, Reinhart, der Mord an Dagmar ist mir ordentlich an die Nieren gegangen und ich bin froh, nur ein kleiner Landpolizist zu sein. Ich glaube nicht, dass ich für die Kripo geschaffen bin. Tagein, tagaus immer nur mit Mordopfern und Mördern zu tun zu haben, wäre nichts für mich. Zwei Morde innerhalb von sieben Jahren, noch dazu in der hintersten Provinz, sind eindeutig zu viel für mich! Ich hoffe, dass ich die paar Jährchen bis zu meiner Pensionierung davon verschont bleibe. Da ist mir ein tröstlicher Blick über den Gartenzaun der Normalität viel lieber, so wie eben die Kontrolle der Kurzparkzone in meinem kleinen, lieben, unaufgeregten Hochstätt! Die kostet nicht so viel Kraft und Nerven!

„Und Emotionen", ergänzte der Kommissar seinen Freund, „besonders dann, wenn man ein triebhafter Polizist ist, oder?"

Seipelt erbleichte. „Ich kann mir bis heute nicht erklären, was damals in mich gefahren ist, bitte sprich nicht mehr davon!"

Plötzlich blieb Kalteis stehen. Seine sprichwörtliche Fähigkeit, verborgenen Zusammenhängen intuitiv auf die Spur zu kommen, hatte wieder zugeschlagen. „Dreh dich nicht um, Ignaz, wir werden verfolgt!"

Keine zwei Minuten später tönte es fröhlich durch die Waldidylle.

„Fidiralala, fidiralala, der Sepp ist wieder da!"

ENDE